31143009907263
J SP FIC Sanchez-Escaloni
SGanchez-Escalonilla, Anto
Ana y la sibila /

D1135139

Trav

Trav

Ana y la Sibila

Editorial Bambú es un sello
de Editorial Casals, S. A.

© 2006, Antonio Sánchez-Escalonilla
© 2006, Editorial Casals, S. A.
Tel. 902 107 007
www.editorialbambu.com
www.bambulector.com

Diseño de la colección: Miquel Puig
Ilustraciones interiores: Oriol Garcia i Quera
Para la reconstrucción del Foro Romano (págs. 224-225)
el ilustrador se ha basado en la obra *Dans la Rome
des Césars*, Gilles Chaillet. Glénat.
Fotografías: Cordonpress, Dolmen

Sexta edición: abril de 2011
ISBN: 978-84-934826-0-2
Depósito legal: M-13.613-2011
Printed in Spain
Impreso en Anzos, S. L. - Fuenlabrada (Madrid)

Cualquier forma de reproducción, distribución, comunicación pública o transformación de esta obra solo puede ser
realizada con la autorización de sus titulares, salvo excepción prevista por la ley. Diríjase a CEDRO (Centro Español
de Derechos Reprográficos, www.cedro.org) si necesita foto-
copiar o escanear algún fragmento de esta obra (www.conli-
cencia.com; 91 702 19 70 / 93 272 04 45).

Ana y la Sibila

Antonio Sánchez-Escalonilla

bam bú

EDITORIAL

Vaticano

Plaza de San Pedro

Capilla Sixtina

Iglesia de San Pedro

Santa María
in Comesdin

ROMA

Cárcel Mamertina

Capitolio Roca Tarpeya

Foro romano

Arco de Jano

Monte Palatino
Domus Augusta

El Juicio Final (capilla Sixtina)

I

Ana ajustó las lentes de sus prismáticos y se estremeció al contemplar aquella mueca atormentada.

El rostro de Miguel Ángel, convertido en una máscara de goma derretida, observaba desde lo alto a la joven intrusa: una muchacha de catorce años en viaje de fin de curso, hechizada por los inquilinos de colorido vivaz que moraban en los techos y paredes de la capilla Sixtina.

Cinco siglos atrás, el autor del fresco más famoso del mundo había dejado su autorretrato entre las cuatrocientas figuras que danzaban al son de los clarines del Juicio Final. Unas despertaban para la condenación eterna. Otras surgían del sepulcro para ascender a la gloria. Y allá arriba, el apóstol Bartolomé sostenía en una mano su propia piel, aquélla que le arrancaran en su martirio y que ahora colgaba en el aire como un traje de neopreno, mostrando el semblante fantasmal de Miguel Ángel Buonarroti.

Los prismáticos temblaron entre los dedos de la joven. Hacía rato que los compañeros de Ana aguardaban en los patios del exterior, con los pies doloridos de patear las calles de Roma. El grupo de escolares había pasado por la capilla con paso rápido, entre risas y empujones, sin molestarse apenas en girar sus cuellos hacia los techos para hacer alguna broma infantil sobre los desnudos. La estancia se encontraba ahora casi vacía, a excepción de unos pocos turistas que susurraban admirados ante las imágenes de la creación de Adán, el Diluvio Universal o el sacrificio de Noé.

Inmóvil frente al alto muro, la chica detenía sus prismáticos ante cada rostro. Con un discreto movimiento, se apartó los largos cabellos castaños para colocarse unos minúsculos auriculares y encendió su reproductor de MP3 de bolsillo. Una visitante de aspecto nórdico le dirigió una mirada de soslayo para censurar su atrevimiento. Pero Ana, impertérrita, comenzó a escuchar el *Réquiem* de Mozart a todo volumen. Se dejó llevar por aquellas notas tremendas y, entonces, arrancó la historia...

En el lado derecho, los condenados caían irremediablemente hacia el abismo, allá donde Caronte, el barquero de los infiernos, conducía su barca repleta de viajeros con destino a los tormentos. Minos, el juez implacable, los aguardaba para dictar sentencia mientras sostenía una gran serpiente enroscada en el torso. A la izquierda, las almas respondían a la llamada y abandonaban sus tumbas para elevarse, ingrávidas, hasta los cielos. Abajo, los esqueletos descarnados se cubrían de carne, músculos y tendones. Arriba, los cuerpos resucitados se reunían con los bienaventurados.

Con un movimiento brusco, Ana dirigió sus lentes hasta lo más alto del fresco y descubrió la figura de un hombre que se retorcía espantado en su trono. Intentó leer el nombre inscrito en la ménsula que tenía bajo sus pies, pero una sombra cubría el rótulo y apenas distinguió un par de letras. Ana juzgó que se trataba de un personaje importante, pues ocupaba un lugar privilegiado sobre el Juicio Final, por encima, incluso, del Mesías. Concentró su mirada en el personaje y advirtió extrañada la presencia de un pez monstruoso, que parecía surgir del propio fresco.

–¡Qué curioso! –pensó Ana–. ¿Por qué pintaría Miguel Ángel un pez gigante en lo más alto de su obra maestra?

El animal flotaba en el aire, lo cual hacía el misterio todavía más intrigante.

–¡El *Dies Irae*! ¡Increíble!

Ana se sobresaltó al oír aquella voz que hablaba en su idioma. Al volverse, la chica encontró un rostro sonriente y arrugado, medio oculto por una barba cana y espesa, y tocado con una gorra de plato. A primera vista imaginó que se trataba de un mendigo, pero desechó la idea al comprobar que vestía el uniforme de los Museos Vaticanos. En una chapa gastada se leía su apellido: «Marone». Ana le devolvió una sonrisa tímida y se apresuró a apagar la música. El desconocido levantó sus manos.

–No hace falta que lo desconectes. No es frecuente escuchar a Mozart por aquí. ¿Entiendes lo que escuchas?

La muchacha se soltó un auricular y negó con la cabeza.

–No estudiamos latín... Hemos aprendido algo en la asignatura de Cultura clásica.

El anciano frunció el entrecejo y emitió un gruñido. La chica abrió su mochila y sacó un libro pequeño, de lomos bastante manoseados.

–Es el diccionario de latín que usaba mi padre en el Bachillerato. Si viajas a Roma, tienes que venir preparado, ¿no? Nunca se sabe...

La muchacha y el viejo se miraron a los ojos un instante. Ana sonrió de nuevo. Las pecas se extendieron alegremente por sus mejillas y en sus ojos azules brilló un destello de viveza juvenil.

–Me llamo Ana. He venido desde Cartagena con mis compañeros de instituto. Habla usted muy bien mi idioma, ¿sabe?

Estrecharon sus manos ante las cuatrocientas miradas del fresco.

–Marone. Virgilio Marone. Soy el guía más antiguo de los Museos Vaticanos. Llevo aquí una eternidad, ¡el tiempo suficiente para aprender cualquier lengua! Dime, ¿cómo se te ocurrió escoger una música tan singular?

Ana esbozó una media sonrisa.

–En clase me llaman el bicho raro. Pero en realidad no fue idea mía, sino de mi madre. Es profesora de arte...

El rostro de la muchacha se entristeció repentinamente.

–¿Ocurre algo?

–Discutí con mi madre poco antes de venir a Italia. Hubiera deseado pedirle perdón, pero... Bueno, tengo muy mal genio.

–Comprendo. Ahora la estás obedeciendo y te sientes mejor.

Ana asintió.

–¿Me prestas un momento tu diccionario?

La chica entregó su viejo libro al guía y el anciano comenzó a pasar las hojas. De vez en cuando abría los ojos con admiración y movía la cabeza, como recordando tiempos pasados.

Levantó una mano y siguió los compases de la música, que sonaba amortiguada en los auriculares. El guía canturreó entre dientes:

Dies irae, dies illa
solvet saeculum in favilla,
teste David cum sybilla.
Quantus tremor est futurus
quando iudex est venturus
cuncta stricte discussurus...!

Ana se esforzó en vano por comprender algo. Virgilio se apresuró a traducir la letra:

Cuando llegue el día de la ira
los siglos quedarán reducidos a cenizas,
como profetizaron David y la sibila.
¡Qué temor en el futuro
cuando venga el juez
a exigirnos cuentas con rigor...!

13

La muchacha y el guía se volvieron hacia el fresco del Juicio Final. Ana se fijó en un hombre que, sobre un pequeño promontorio, trataba de evitar su caída al abismo con desesperación. Sintió un escalofrío.

–*Teste David cum sybilla...* –repitió el anciano lentamente–. A propósito, ¿te han presentado ya a la sibila?

La chica entornó los ojos y miró perpleja al *signore* Marone. Entonces el guía miró hacia el techo de la capilla Sixtina, iluminado por un sol estival que avanzaba en su declive. Más allá de los altos ventanales destacaban doce figuras humanas sobre sus sedes de piedra. Virgilio alzó su mano y trazó un círculo en el aire para mostrárselas.

–Miguel Ángel pintó siete profetas de la Biblia que predijeron la llegada del Mesías a la Tierra: Ezequiel, Isaías, Daniel..., pero entre ellos quiso situar a cinco misteriosas mujeres que, en la Antigüedad, también anunciaron la venida de un salvador: las cinco sibilas. La gente acudía a ellas desde lugares muy lejanos para escuchar sus oráculos y conocer el futuro.

–¿Las cinco sibilas vivían juntas, en algún templo?

–No. Moraban en tierras distantes y nunca llegaron a conocerse. Aquella joven que mira de reojo es la sibila délfica, de Grecia. Su rostro siempre aparece en postales y enciclopedias. Supongo que las demás sibilas deben de sentirse algo celosas.

Señaló con su índice otro punto del techo.

–Aquella otra, pintada de perfil, es la sibila eritrea y vivía en las tierras donde se pone el sol. La mujer del turbante es la sibila pérsica, allá en el lejano Oriente. La cuarta, aquella muchacha que está casi de espaldas, es la sibila líbica. Un pintor de tu país llamado Diego Velázquez se enamoró de ella cuando visitó Roma, ¿sabes?

Ana buscó con la mirada a la adivina restante. A diferencia de las otras, parecía bastante vieja: una anciana arrugada y corpulenta que dirigía su rostro severo hacia el libro descomunal que sostenía en sus manos. Tomó de nuevo los prismáticos y se fijó en ella.

–La última sibila no parece muy agradable... –comentó.

–Según la leyenda, se trataba de una mujer bastante irascible –la voz de Virgilio adoptó de pronto un tono solemne–. Te presento a la sibila de Cumas, la más importante de todas.

Se hizo el silencio. Ana contempló los brazos tensos de la anciana y la imaginó a punto de arrojar su grueso volumen contra los dos curiosos que la espiaban desde el pulido pavimento de la capilla.

–No siempre fue tan vieja –continuó el guía–. Se llamaba Amaltes y debía de tener tu edad cuando el mismísimo Apolo se enamoró de ella y le otorgó el don de adivinar el futuro. El dios de la poesía prometió concederle un deseo más si aceptaba convertirse en su prometida. Entonces Amaltes se inclinó en el suelo, tomó un puñado de tierra y le pidió vivir tantos años como granos de arena aprisionara en su puño. Resultaron ser mil.

–¡Mil años de vida!

Virgilio suspiró:

–Por desgracia, la sibila olvidó un detalle muy importante. Olvidó añadir la juventud eterna a su deseo. Imagina

15

una vejez interminable. Setenta, noventa, cien, doscientos años... El cuerpo de Amaltes se consumía sin remedio. Vencida por la edad, la sibila se introdujo dentro de un ánfora y pidió que la colgaran del techo de su cueva, en Cumas. Allí permaneció durante siglos y siglos.

Ana sintió una mezcla de lástima y horror ante semejante tortura.

–Antes de caer tronchada por el agobio de los años, la sibila escribía sus oráculos en hojas de palmera y las arrojaba con furia a los peregrinos. Pero los visitantes de Amaltes no siempre fueron mujeres y hombres obsesionados por el destino. A veces, los niños se divertían jugando en el antro de la sibila.

Virgilio extendió los brazos con gesto dramático.

–Corrían entre risas por los pasillos subterráneos hasta alcanzar el salón donde se hallaba su cuerpo decrépito, colgado sobre las tinieblas. Entonces los pequeños preguntaban: «¡Sibila! ¿Qué deseas?». Y del interior del ánfora brotaba su lamento. Una súplica que el eco lóbrego arrastraba por los pasadizos de la gruta.

El guía se detuvo, miró a la adivina y susurró pausadamente:

–Deseo morir.

Hacía rato que Ana había olvidado la impresionante visión del Juicio Final. De todos los tormentos posibles, ninguno se asemejaba en horror al triste final de aquella anciana, condenada a transmitir sus enigmas a los hombres durante más de diez vidas enteras. Prisionera del tiempo. Prisionera de su propio deseo de eternidad.

Sibila de Cumas (detalle de la bóveda de la Capilla Sixtina)

–Cuentan que la sibila también profetizó el nacimiento del Mesías, como ya te he explicado. Y el Juicio Final. Así se dice en el *Réquiem* que estabas escuchando...

Una voz en italiano, procedente del exterior, llamó al guía. Virgilio se disculpó contrariado y, mientras se encaminaba hacia la puerta, prometió a la chica que regresaría enseguida. Pero Ana ya no le oía.

Petrificada en su postura, incapaz de despegar los ojos de sus prismáticos, la muchacha ni siquiera advirtió que se había quedado sola en la capilla Sixtina. La única compañía de Ana era aquella anciana eternamente moribunda, por la que sentía una extraña mezcla de compasión y curiosidad. Amaltes había pagado un precio demasiado alto por su don de profetizar. La muchacha pensó que quizás había merecido la pena, aunque sólo hubiera sido por los primeros cincuenta años... Porque a Ana, el bicho raro, le apasionaban los misterios de la Antigüedad, ¡tanto como los del futuro!

De súbito, mientras espiaba a la sibila a través de las lentes, se abrió paso en su interior el deseo más atrevido que jamás había expresado. Y, como si se hallara en el antro de Cumas, rogó a la adivina que le mostrase su propio oráculo.

La chica contuvo el aliento.

–Ana, se te está yendo la olla –se dijo a sí misma.

Transcurrieron unos segundos.

Un ventanal estalló en mil pedazos y sobre las losas de mármol se esparció una lluvia de cristales. Los prismáticos resbalaron entre sus dedos, pero Ana no movió un solo músculo de su cuerpo. Paralizada por el terror, tampoco se sobresaltó cuando la segunda vidriera reventó con una violencia todavía mayor. Un aire impetuoso penetró en la capilla, agitando los cabellos y las ropas de la joven. Al punto, la estancia se llenó de susurros que clamaban en lenguas extrañas. Voces antiguas de amenaza, mezcladas con llantos y lamentos. Cantos de lucha, de gesta y de victoria. Pero también de paz, de esperanza y de poesía.

Ana escuchó un susurro débil que, poco a poco, cobró fuerza sobre los demás clamores hasta apagarlos por completo. Era una voz de timbre roto, una súplica incesante que helaba su corazón y se repetía una y otra vez, como un último suspiro, cada vez más intenso, hasta hacerse insoportable:

–Deseo morir, deseo morir...

La muchacha sintió que enloquecía de angustia. Entonces escuchó otra voz que respondía a la primera y que parecía su propia voz. Era el grito de una joven atormentada, que se abría paso desde las profundidades del mundo. El llanto de alguien que se aferraba a la vida:

–¡Libérame, te lo ruego!

Y se hizo el silencio.

Los lamentos desaforados de guías y conserjes devolvieron a Ana al mundo de los vivos. Como si acabara de despertar de un sueño, se encontró a sí misma sobre el suelo frío en posición fetal, con las manos tapando sus oídos. El mármol estaba salpicado de incontables restos de vidrio, que varios hombres de uniforme hacían crujir con sus pisadas nerviosas. Ninguno reparó en la muchacha. Gesticulaban inquietos hacia arriba, profiriendo frases en un italiano endiablado.

La chica se incorporó temblando. Algo revoloteó a sus pies. Todavía aturdida, Ana descubrió que un papel parduzco, del color apagado de una planta seca, se había enganchado en la pernera de sus pantalones vaqueros. La muchacha lo recogió. Sus bordes estaban chamuscados y enmarcaban unas palabras garabateadas con prisa, escritas con mayúsculas desiguales. Leyó las primeras:

I

IANUA IANI

II

HANNA HANNIBALIS

CAVE CAVEAM

SED VADE IN EAM

Parecía latín. En un primer momento, Ana pensó que la hoja se había caído de su viejo diccionario. Con seguridad se trataba de un texto escrito por su padre años atrás, un simple ejercicio de traducción.

Uno de los guías señaló a lo alto y su voz se impuso a las otras. Los empleados del museo enmudecieron tras fijar la vista en una de las pinturas del techo. La chica siguió la dirección de sus miradas y contempló de nuevo la imagen de la sibila de Cumas.

Entonces una sombra cubrió el rostro de la muchacha. Allá arriba, sobre un ventanal destrozado, el libro gigantesco de la anciana había desaparecido, como si Miguel Ángel jamás lo hubiera pintado. La sibila posaba sus ojos en el vacío abierto entre sus dedos.

Con la vista clavada en la terrible adivina y el pedazo de papel en una mano, Ana retrocedió torpemente hacia la puerta de salida. Y después echó a correr.

II

Desde sus pedestales de piedra, los dioses y emperadores de la antigua Roma contemplaban con semblante grave la insolencia de aquella muchacha, que huía hacia ningún lado a través de las galerías de los Museos Vaticanos. Al fin, fatigada por el pánico y el esfuerzo, se detuvo en un patio de pórtico octogonal presidido por estatuas.

Apoyó las manos sobre las rodillas y se agachó en busca de resuello. Mientras respiraba ruidosamente, reconoció la escultura llamada *Laocoonte y sus hijos*: tres cuerpos atormentados, en una lucha desesperada contra dos serpientes monstruosas. En otras circunstancias hubiera disfrutado contemplando aquella obra maestra, inspirada en un episodio de la *Eneida*. Pero Ana sólo pensaba en reunirse con su grupo de compañeros y, a toda prisa, guardó en su mochila el MP3 con los auriculares, el diccionario de latín y el pedazo de papel chamuscado.

Reemprendió la marcha en busca de una salida. Poco a poco, su mente comenzaba a desbloquearse. ¿Qué había sucedido cinco minutos antes? Se encontraba en la capilla Sixtina, hablando con un guía. Al final de un sombrío corredor, una mujer anciana suspiraba por la muerte en el interior de un ánfora. Con un impulso irresistible, le había pedido que le mostrase el futuro... Y la estancia se vino abajo.

Pero aquello tenía el mismo sentido que un sueño caótico, tan laberíntico como las anchas escaleras de caracol que en aquel momento bajaba atropelladamente. Al salvar el último tramo de escalones, Ana dio un traspié y rodó hasta llegar al suelo. Entonces escuchó una salva de aplausos. Levantó la mirada y vio a sus compañeros de clase, que la aguardaban con expresión de burla, hartos de una espera interminable.

El grupo se dirigió a la estación de metro de Ottaviano, la más cercana a la plaza de San Pedro. Entre tanto, Ana intentó explicar su retraso a los profesores con una sarta de excusas contradictorias. Al aprieto de la muchacha se unieron los comentarios, más o menos hirientes, de toda la clase.

−¡Una hora entera en la capilla Sixtina! ¡Oh, el Renacimiento!

−¿Qué se te perdió allí dentro?

−Nos hemos zampado unos deliciosos helados de tiramisú. Como tardabas tanto...

−¡Chica! Tienes la cara más blanca que un folio. ¡Tanto tiempo entre los mármoles...!

–¡Qué va! Está pálida desde que entró en la sala de las momias. ¡Te dije que no miraras al faraón Amenofis después de la liposucción!

Por supuesto, la broma de costumbre no tardó nada en aparecer:

–No tiene remedio: le encanta ser un bicho raro.

Bicho raro. Cómo odiaba aquel apelativo.

Mientras el metro recorría las estaciones de la línea A, Ana permanecía callada en su asiento, apartada del bullicio juvenil. Desde la ventanilla del vagón divisó las aguas del Tíber, el río que atravesaba Roma, la ciudad eterna, y que ahora reflejaba los últimos rayos de la tarde. El convoy cruzó el puente y se introdujo de nuevo en un túnel. No era insólito que el metro de Roma circulase en algunos tramos por encima del río: los ingenieros se habían visto obligados a excavar los túneles a muy poca profundidad, pues las obras enseguida ponían al descubierto algún hallazgo arqueológico.

–Una guía de Roma... Postales de pedruscos... Unos prismáticos baratos... ¡Y un diccionario de latín!

Ana se giró hacia el asiento contiguo y vio a un muchacho de aspecto atlético y largo flequillo rubio que, con todo atrevimiento, registraba su mochila. En aquel momento, Mario era el compañero que menos hubiera deseado tener a su lado.

La chica reaccionó con furia y se apresuró a recuperar la mochila, pero Mario ya se había levantado con el diccionario en una mano y el pedazo de papel en la otra, y reclamaba la atención de todo el vagón:

–¡Eh, chicos! Voy a leeros un texto de Julio César. «*Ianua Iani, Hanna Hannibalis, bucca tritonis...*» ¡Cómo alucina!

–¡Devuélveme ahora mismo mi diccionario! ¿Has oído, estúpido?

–Estúpido –repitió Mario con sorna–. Oíd lo que me ha llamado Anita, el bicho raro...

No había pronunciado la última palabra cuando una bofetada rápida y directa selló los labios de Mario, provocando un coro de risas entre los demás chicos. Aunque humillado y furioso por dentro, el muchacho sonrió con calma forzada, metió el pedazo de papel dentro del libro y se lo entregó a Ana.

–Toma tu diccionario de latín. Yo ya tengo mi bufanda de la Lazio.

Tras apearse en Barberini, el grupo de estudiantes puso rumbo a la Fontana di Trevi. La clase entera arrojó monedas al agua para, según la tradición, asegurarse un nuevo viaje a Roma. Pero Ana ni siquiera se acercó al brocal de la fuente. No estaba de humor para juegos. Además de ponerla al borde de las lágrimas, el incidente con Mario en el vagón de metro le había recordado el hallazgo del misterioso pedazo de papel en la capilla Sixtina. ¿Realmente había pertenecido a su padre? Más que un ejercicio de latín, parecía un juego de palabras. Además, al recuperar el diccionario pudo comprobar que la textura de aquel papel era bastante rugosa. No era la típica hoja de trabajos escolares. Pero si el papel no había caído del diccionario, ¿de dónde había surgido? A medida que pensaba en ello, en la mente de Ana crecía la obsesión por traducir aquel texto.

Atravesaron la plaza de Venecia y ascendieron por una larga escalinata flanqueada por los gemelos Cástor y Pólux. Paso a paso, alcanzaron la pequeña cumbre del Monte Capitolino, la más importante de las siete colinas de Roma. El grupo de muchachos se apiñó a los pies de la escultura de Marco Aurelio a caballo, dispuestos a escuchar con un interés bastante discutible las explicaciones de la señorita Bárbara, una vieja profesora de voz aguda que dirigía miradas de matón a sueldo por encima de sus gafas. En opinión de Mario, debió haberse jubilado con la extinción de los primeros dinosaurios, pero la buena mujer, también conocida entre los estudiantes por el despiadado apodo de la Barbie, impartía Historia en el instituto de Ana con un entusiasmo inasequible al desaliento.

–Nos encontramos en el Campidoglio, el corazón de Roma –la señorita Bárbara hablaba con su vocecilla monótona–. Esta plaza fue diseñada por Miguel Ángel en el siglo xvi. Y en el centro podemos ver la soberbia estatua ecuestre del gran Marco Aurelio, que fue emperador y también filósofo.

–¿Quién? ¿El caballo o el pavo de encima?

–¡Eh! ¿No era ése el viejo que salía al comienzo de *Gladiator*?

–¡Mirad detrás de esos pedruscos! ¡Es un Ferrari Testarossa!

La profesora suspiró y condujo a los estudiantes hasta un ángulo de la plaza, donde se alzaba una copia de la *Loba Capitolina*. Señaló a los dos niños que mamaban de sus ubres:

–Supongo que habéis reconocido a Rómulo y Remo –dijo con suspicacia–. Dos mellizos descendientes de Eneas, fundadores de Roma. ¿Alguien sabe quién fue Eneas?

Al oír aquel nombre, Ana levantó su mano con un movimiento casi involuntario:

–Es un héroe de la guerra de Troya, hijo de Venus y de Anquises. Escapó de su ciudad mientras los aqueos la incendiaban y condujo a su pueblo hasta Italia. Lo he leído en la *Eneida*...

La Barbie arqueó una ceja, algo incómoda. En realidad, no esperaba que ningún chico hubiera oído hablar de Eneas ni de la *Eneida*. ¡Ni siquiera ella misma había leído el largo poema! Así que decidió zanjar el tema antes de que Ana la pusiera en algún aprieto.

Avanzaron después por unas breves escaleras entre los edificios del Capitolino. El sol ya se había puesto cuando el grupo de estudiantes se asomó a las ruinas de los Foros Imperiales. Ana apoyó sus manos en una barandilla metálica.

En aquella extensión de noble desecho, donde reinaba el silencio de la piedra muerta, la muchacha creyó percibir de nuevo el eco de una llamada lejana y en sus oídos se avivaron los antiguos clamores escuchados en la capilla Sixtina. Ana se estremeció. Su imaginación restauró en unos instantes las paredes y las columnas de los templos. Levantó cada basílica reducida a pavesas, cada friso, cada pedazo de mármol. Y entre ellos pudo descubrir a los hombres y mujeres que, durante milenios, habían animado aquel paisaje. A los constructores de calzadas, prolongadas más allá de las riberas del Mediterráneo. A los oradores y a los poetas. Y a los creadores del derecho. Y a las legiones de soldados victoriosos que, henchidos de orgullo, desfilaban bajo los arcos triunfales erigidos sobre la Via Sacra. Allá lejos, descollaba la mole imponente del Coliseo. Aquella desolación, aquel aparente cementerio en ruinas había sido un día el centro del mundo.

–¡Ah, *dottore!* –la profesora de Historia situó de nuevo a la muchacha en el tiempo y el espacio rutinarios–. Chicos, os presento al doctor Giovanni di Bogliore, que acaba de unirse a nosotros. Es un catedrático de la Universidad de La Sapienza y se ha prestado amablemente a acompañarnos en nuestro último recorrido por Roma, pues sabe que mañana regresaremos a nuestro país.

En la escalinata se encontraba un hombre moreno de mediana edad, impecablemente trajeado, que lucía una perilla recortada con esmero.

–*Dottore*, cuando desee...

–*Grazie*, profesora.

El *dottore* Di Bogliore se abrió paso con ademán solemne, carraspeó y extendió uno de sus brazos hacia el Foro, como si se dispusiera a entonar el aria de una ópera ante un público exquisito. Algunos muchachos ahogaron la risa.

–*Buona sera, ragazzi.* Contemplamos los Foros Imperiales, bajo el Monte Capitolino. Antes de la fundación de Roma, aquí sólo existían unas lagunas pantanosas repletas de, *come si dice...?* ¡Mosquitos! Después, mis antepasados construyeron la Via Sacra, testigo de un milenio de gloria romana. Los primeros reyes levantaron aquí el templo de Júpiter Óptimo Máximo, el padre de los dioses, en lo alto de esta colina.

El *dottore* señaló un peñasco del Capitolino que se precipitaba sobre los Foros con una caída mortal.

–Aquélla es la Roca Tarpeya. Desde allí se arrojaba a los condenados por alta traición. A los romanos nunca nos gustaron los traidores.

Una sonrisa cínica remató la última frase.

Ana sintió un empujón en el hombro.

–¿Hubo reyes en Roma? –susurró una voz–. La Barbie sólo nos habló en clase de emperadores.

La muchacha se giró y vio a Mario, de pronto extrañamente interesado por la historia antigua. ¿Tan pronto había olvidado la humillante bofetada?

–Primero se sucedieron siete reyes –murmuró la joven con desgana–. Más tarde, Roma se convirtió en república. Y siete siglos después apareció el primer emperador, Octavio Augusto. Rómulo fue el primer rey. Y el último rey se llamó...

La chica se detuvo. Tenía el nombre en la punta de la lengua.

–El último rey se llamó...

–Tarquino el Soberbio.

Para sorpresa de la muchacha, el *dottore* había terminado la frase. Ana comprobó avergonzada que el profesor italiano continuaba hablando con expresión seria y contrariada, sin apartar de su rostro unos ojos que la acusaban por distraer su explicación.

–Tarquino el Soberbio fue el último rey. Un monarca arrogante, sanguinario, que terminó destronado por sus súbditos.

La muchacha miró hacia el suelo, incapaz de soportar la dura mirada del profesor extranjero.

–Cuenta la leyenda que, un día, una misteriosa anciana se presentó ante el rey Tarquino y le ofreció nueve libros que llevaba consigo –prosiguió el catedrático–. Estaban repletos de profecías. Oráculos. Pero pedía un precio tan alto que Tarquino se negó a comprarlos. Entonces, la mujer tomó tres libros y los quemó en su presencia. Después volvió a ofrecerle los seis restantes, pero exigió el mismo precio. Tarquino los rechazó de nuevo y la anciana, sin inmutarse, tomó otros tres libros y los destruyó en el fuego.

Di Bogliore avanzó un paso hacia Ana.

–Por último, le ofreció los tres que quedaban. Sin bajar el precio. Tal vez fue curiosidad. Tal vez miedo. *Chi lo sá?* Pero el rey se los compró al fin y la anciana desapareció para siempre. Tarquino ordenó que guardaran los libros en una urna de piedra que fue colocada muy cerca de aquí, en el templo de Júpiter. Durante siglos, doce sacerdotes custodiaron celosamente el arca de los *Libros fatales*. Sólo se consultaban cuando un grave peligro acechaba Roma.

El catedrático hizo una nueva pausa. El corazón de Ana aceleró su marcha. Nadie se atrevía a romper el silencio que pesaba sobre el balcón de los Foros.

–Algunos habitantes de Roma reconocieron en la mujer a una *vechia* vidente, que recibía a sus visitantes dentro de una gruta situada cerca de Nápoles. Los visitantes

31

formulaban sus ruegos y la adivina escribía súbito, frenéticamente, sobre unas hojas de planta que les arrojaba al instante, mientras un viento huracanado atravesaba los corredores. ¡Un viento infernal, pues la cueva se encontraba muy próxima a la entrada del Hades! Los peregrinos se apresuraban a recoger sus oráculos, antes de que el aire se llevara las hojas para siempre.

Ana creyó que su corazón iba a saltar en su pecho de un momento a otro.

–¿Sabéis quién era aquella misteriosa mujer? –preguntó el catedrático.

Ana levantó al fin la mirada hacia Di Bogliore y respondió con voz pausada:

–La sibila de Cumas.

Por segunda vez y en el mismo día, Amaltes se cruzaba en la vida de Ana. Gracias a la explicación de Di Bogliore, la memoria de la chica completó los últimos detalles de su terrible experiencia en los Museos Vaticanos. El vacío entre las manos de la sibila, allá en lo alto de la capilla, volvía a su mente una y otra vez, mientras el grupo de escolares regresaba al hotel: un albergue de dos estrellas situado a poca distancia de los Foros.

Al llegar a una plaza, que más parecía una casual confluencia de calles, el catedrático se despidió. La señorita Bárbara aprovechó la ocasión para recuperar el protagonismo de la visita y demostrar sus conocimientos sobre la antigua Roma... con la ayuda de una gruesa guía, previa y cuidadosamente subrayada.

–Nos encontramos ahora en el Foro Boario, cerca de los antiguos muelles de la ciudad, y esto es... Hum... es el arco de Jano.

La profesora señaló un gigantesco cubo de mármol, horadado por cuatro altas arcadas que confluían en su interior. Una en cada lado, iluminadas por potentes focos. Las cuatro fachadas del curioso edificio eran idénticas, y las sombras alargadas que proyectaban sus nichos y molduras dibujaban en la tarde cuatro misteriosos semblantes de piedra desgastada.

Tres estudiantes bostezaron ruidosamente. Pero Ana tampoco prestaba atención a la señorita Bárbara, pues de pronto había sentido una extraña y poderosa atracción hacia aquella vieja mole de piedra y, sin saber porqué, como un autómata, se encaminaba hasta el interior del arco de Jano.

–El bicho raro vuelve a hacer de las suyas –comentó alguien con ironía.

La clase entera de tercero de Secundaria tomó al asalto la *trattoria* del hotel y engulló una cantidad de *pizza* y lasaña capaz de rendir al más exigente de los estómagos. Terminada la cena, el alboroto estudiantil inundó el vestíbulo del albergue y Ana se convirtió nuevamente –y para su disgusto– en el centro de atención.

–*Messaggio telefonico per la signorina.*

Una docena de rostros sorprendidos se volvieron hacia Ana, que recogía extrañada la nota que le tendía el conserje del hotel.

–«Virgilio Marone» –leyó una de sus amigas–. ¡Chicas, aquí termina el misterio! Anita estuvo ligando todo el rato con un *ragazzo* de los Museos Vaticanos.

Mario se limitó a callar, pero no pudo reprimir una breve mueca de disgusto.

Ana se guardó el aviso en un bolsillo con rapidez, sin apenas mirarlo, ignorando por enésima vez las burlas de sus compañeros. La chica recordó al anciano guía de los Museos Vaticanos mientras caminaba hacia las habitaciones. Sin duda existía alguna relación entre su precipitada desaparición y el torbellino que, un minuto después, se había desatado en la capilla. Enfiló un pasillo y, al momento, Ana se quedó paralizada frente a la puerta abierta del salón vacío del hotel. Una televisión encendida acababa de absorber sus ojos y su mente.

El *Telegiornale,* el noticiario de la RAI, recogía en su edición nocturna los insólitos sucesos acontecidos aquella misma tarde en la capilla Sixtina del Vaticano. Las imágenes ofrecieron unas breves panorámicas del Juicio Final y, finalmente, mostraron un primer plano de la sibila de Cumas.

¡Amaltes mantenía la mirada entre sus manos vacías!

A continuación se sucedieron unas rápidas declaraciones de científicos y expertos en arte. Aunque no comprendió la verborrea en italiano, a la muchacha ya no le cabía la menor duda.

Todo aquello estaba sucediendo realmente.

El recepcionista del hotel pasó junto a Ana con aire despreocupado y alzó un mando a distancia. Presionó un botón y la imagen de la sibila se desvaneció ante sus narices.

Aquella noche, mientras sus compañeras de habitación dormían, Ana se levantó de la cama y se vistió con todo el cuidado que pudo. Tomó su mochila y recorrió de puntillas el pasillo hasta llegar a una pequeña sala, ubicada al fondo del corredor. Libre del agobio de los demás estudiantes, Ana cerró la puerta y releyó el recado telefónico, una nota muy breve en la que únicamente se indicaba el nombre del guía y un teléfono de contacto. Después extrajo el diccionario de latín y extendió sobre una mesa el papel de color parduzco.

Ante su vista apareció de nuevo el texto que, por fin, podía leer completamente:

I

IANUA IANI

II

HANNA HANNIBALIS

CAVE CAVEAM

SED VADE IN EAM

III

BUCCA TRITONIS

IV

LUPA CUM PUERIS

V

VIDE IN AMPULLAM

ET AMBULA PER IGNEM

IN ITINERE AENEAE

–Parece un itinerario. Algo así como los pasos de un mapa del tesoro.

De todas las palabras del texto, tan sólo comprendió *bucca* y *lupa*, que significaban 'boca' y 'loba'. Con creciente excitación, Ana comenzó a traducir vocablos aislados según llamaban su atención, a golpe de diccionario:

–*Vide in ampullam*... 'Mira hacia la botella...' *Itinere* viene de *iter, itineris*... ¡y significa 'camino'! *Per ignem in itinere*... '¡A través del fuego en el camino!' *Bucca tritonis*... 'boca...' *Trito, tritonis*... ¿'La Boca del tritón'? *Aeneae* es el genitivo de Eneas...

Ana cerró el diccionario y trató de calmarse. Aquel sistema de traducción era un auténtico caos. Lo mejor sería empezar a traducir por el principio. Abrió el diccionario de nuevo y buscó *ianua*. 'Puerta'. Bingo. Traducir *Iani* le llevó algunos minutos más. Era el genitivo de la voz *Ianus*, de la segunda declinación. La palabra se le antojó más interesante que la anterior:

I*anus, -i*: Jano. Dios romano de las puertas, de los comienzos y de los viajeros. Se le representa como una cabeza bifronte de dos rostros opuestos, uno joven y otro anciano, que ven el futuro y el pasado. A veces aparece con cuatro rostros.

Ana tradujo enseguida las dos palabras de la primera frase. *Ianua Iani* significaba 'puerta de Jano'. Aquel extraño mensaje comenzaba indicando el acceso hacia algún lugar. Y no debía de ser un lugar cualquiera, pues quien se encontraba junto a la puerta era nada menos que el dios Jano.

–Sin duda, este mensaje revela los pasos de un camino muy especial. Jano acompaña a los viajeros. Ve el pasado y el futuro al mismo tiempo...

Vio claramente que aquel pedazo de papel no había llegado hasta ella por casualidad: era la respuesta al ruego formulado ante la sibila de Cumas. ¡Uno de aquellos oráculos que arrojaba a los visitantes de su antro! Y, como tantos peregrinos, ella también lo había recogido del suelo, antes de que un golpe de viento impetuoso lo arrancara de sus manos.

Pero en el torbellino de la capilla Sixtina, Ana también había escuchado una llamada de auxilio. La joven se llevó una mano a los labios. No podía recordar las palabras exactas de aquel grito, pero sí la desesperación con que había sido proferido.

Entonces se sintió invadida por una pena profunda y a sus ojos acudieron lágrimas de compasión. Pena y compasión por alguien que desconocía pero que, de algún modo, imaginaba tan cerca...

–*Ianua Iani* –repitió.

Al instante, en su mente apareció la figura de la vieja profesora durante la última visita de la tarde. ¿Puerta de Jano? no era la traducción exacta de *ianua Iani*.

–¡Cómo puedo ser tan estúpida!

Se restregó las lágrimas y miró por la ventana. El arco de Jano resplandecía a lo lejos bajo la noche romana, iluminado por las luces de los focos.

Las dudas se disiparon. Su oráculo encerraba un viaje de rescate, una llamada de socorro emitida desde aquella oscura región donde la historia y la leyenda se fundían en una sola cosa, más allá de las edades. La sibila le había mostrado el camino. Y aquel viaje comenzaba en el monumento al dios de doble rostro.

Aquel viaje. Su viaje.

III

No existía otra elección. Si Ana deseaba resolver aquel enigma, debía hacerlo esa misma noche..., comenzando por una nueva visita al arco de Jano. Al día siguiente tomarían el avión de mediodía y no tendría tiempo de investigar el misterioso oráculo. Además, la idea de una excursión nocturna, libre de sus compañeros, le atraía irresistiblemente.

Iba a salir del cuarto cuando recordó que aún no había telefoneado al guía de los Museos Vaticanos.

Al punto le asaltó la duda. ¿Era prudente confiar en un desconocido? El *signore* Marone se había tomado demasiadas molestias para averiguar en un tiempo récord dónde se alojaba aquella jovencita extranjera, tarea casi imposible teniendo en cuenta el número de estudiantes que visitan Roma en verano. Además, todo aquel misterio se había desencadenado a raíz de su encuentro con él: el *signore* Marone también formaba parte del enigma. Por otro lado, el aspecto del anciano no le parecía peligroso en modo alguno. Su conversación le había fascinado tanto como las charlas sobre arte y cultura clásica que, a menudo, mantenía con su madre.

El grito de la joven en apuros resonaba en su memoria cada pocos segundos. Sí, debía contestar a la llamada del guía sin perder más tiempo, antes de lanzarse a investigar nada por su cuenta. Pero usar el teléfono público del vestíbulo sería una imprudencia. El recepcionista podría descubrir su plan de fuga.

Ana abrió con decisión la puerta que daba a la sala y se encontró cara a cara con Mario. El muchacho, que vestía pantalón de chándal y una camiseta surfera, no pudo evitar el gesto de los sorprendidos *in fraganti*. Ana fue la primera en reaccionar:

—¿Qué demonios haces tú aquí?

—Vaya, eso mismo me preguntaba yo. Vi luz entre las rendijas de la puerta. ¿Ibas a alguna parte?

—Eso a ti no te importa.

El muchacho le mostró un aparato gimnástico de muelles y después tensó con vanidad su brazo derecho.

—Te presento al mejor de mis bíceps. Siempre los hago trabajar antes de acostarme.

Ana fingió admiración:

—¡Oh! Estoy realmente impresionada... —de repente, su tono de voz se volvió más educado—. Mario, ¿puedo pedirte un favor? Me gustaría usar tu teléfono móvil. ¡No voy a llamar a España! Es... una llamada local.

El muchacho inspiró profundamente y cruzó los brazos sobre el pecho, mientras adoptaba aires de marquesa ofendida:

–Primero me das una bofetada y después me pides el móvil para llamar a tu ligue.

Pero Ana conocía de sobra a Mario y sabía que le encantaba perdonar vidas: aquél era su punto débil. Un par de minutos más tarde, encerrada en un pequeño cuarto de limpieza, la chica marcaba con emoción un número que comenzaba con el prefijo de Roma. Los latidos percutían su pecho con fuerza. Al otro lado escuchó una respuesta instantánea y nerviosa:

–*Pronto*! *Sono Marone*...

–¿*Signore* Marone? Soy Ana...

–¡Ana! ¡Tenemos que vernos enseguida! ¿Estás en el hotel?

–Sí. ¿Cómo supo dónde me alojaba...?

–No tengo tiempo para explicártelo. Ellos también lo saben.

La voz de Ana tembló al replicar:

–¿Ellos? ¿Quiénes son ellos?

–Por favor, escúchame. Debemos encontrarnos esta misma noche, pero primero quiero que me respondas a una pregunta: ¿conservas el papiro de lino que recogiste en la capilla Sixtina?

La chica miró el pedazo de papel parduzco que llevaba en la mano.

–Pero, ¿cómo sabe...?

–¿Lo conservas?

–Sí, lo tengo aún. Alguien escribió en él unas frases en latín. La primera es *ianua Iani*. Creo que se refiere al arco de Jano, ¿verdad? Está muy cerca del hotel. Iba a dirigirme allí ahora mismo.

–Jano... –Virgilio pronunció el nombre del dios con un suspiro–. Tengo que arriesgarme a salir.

Se hizo un silencio tenso. Ana contuvo el aliento.

–Presta mucha atención –advirtió el guía al cabo de unos segundos–. A pocos metros del hotel hay una iglesia, Santa María in Cosmedin. ¿La conoces? Nos encontraremos allí dentro de diez minutos. ¿Entendido?

–De acuerdo.

–Ten mucho cuidado y no dejes que nadie te siga.

Con una mezcla de envidia y mosqueo, Mario vio cómo Ana desaparecía por la escalera de incendios del albergue, rumbo a su aventura nocturna. Una vez fuera del edificio, la muchacha respiró la brisa veraniega. Escudriñó nerviosa cada rincón de la calle y después se perdió acera abajo con paso apresurado. En una ocasión se detuvo para escuchar los sonidos de la noche y creyó oír un leve rumor de pasos. Falsa alarma. Ana ya conocía aquellas burlas de su imaginación en momentos parecidos aunque, a decir verdad, nunca las había soportado con una excitación semejante.

Vio a lo lejos la pequeña iglesia medieval de Santa María in Cosmedin, cuyo alto campanario de seis pisos se recortaba tenuemente contra una noche sin luna. Se aproximó a la verja del atrio y comenzó a recorrer la fachada de una esquina a otra, mientras aguardaba la llegada del anciano con inquietud creciente.

Se detuvo y miró entre los barrotes. Desde un ángulo del atrio la observaba un rostro inexpresivo y siniestro, esculpido sobre un enorme disco de piedra. Exhibía en la penumbra su boca abierta, más dispuesta a engullir que a emitir sonidos. Tras la primera impresión, Ana reconoció la *Bocca della verità*. La 'Boca de la verdad'. Según había leído en su guía de Roma, una tradición aseguraba que aquella lápida pronunciaba oráculos, aunque no existía ningún caso de profecía reconocida. Al parecer, la *Bocca* era una simple tapa de alcantarilla, una antigua losa que cerraba uno de los accesos a la Cloaca Máxima, el gran colector excavado en tiempos de los antiguos reyes, que fluía bajo los pies de la muchacha hasta desaguar en el Tíber. Otra leyenda contaba que los jueces de la Edad Media introducían las manos de los acusados en la abertura de la *Bocca*, con el fin de tomarles juramento. Si no decían la verdad, las fauces de piedra se cerraban implacables...

–¿Te ha seguido alguien?

Ana se volvió. Bajo la luz mortecina de las farolas, Virgilio Marone ofrecía un aspecto fatigado. Aún vestía el uniforme de los Museos Vaticanos, tal como lo había encontrado aquella tarde.

–Supongo que no –respondió la chica con vacilación.

En silencio, el guía echó un vistazo alrededor e invitó a la chica a caminar entre las calles desiertas del barrio del Velabro. La muchacha dejó que el anciano iniciase la conversación, aunque las preguntas se agolpaban en su mente.

—Me alegro de comprobar que estás bien. ¿Has traído el papiro?

Ana se descolgó la mochila, sacó el diccionario y extrajo de entre sus páginas el pedazo de papel parduzco. Virgilio Marone lo tomó con delicadeza reverente y lo alzó en el aire para leerlo. Después se lo devolvió a su dueña y prosiguieron su marcha en silencio. Al fin, el anciano miró a la muchacha. Con suavidad, posó una de sus manos sobre su cabeza y, para sorpresa de Ana, sonrió con dulzura:

—Eres muy afortunada. La sibila no se dirige a cualquiera.

—Entonces, este pedazo de papiro... ¿es un oráculo auténtico de la sibila de Cumas?

Virgilio asintió:

—Puedes aceptarlo como un precioso don. Pero no te ocultaré que toda elección entraña un riesgo. ¿Qué piensas tú de todo esto?

Ana concentró sus ojos en la noche estrellada antes de responder:

—Creo que se trata de un viaje. Como ya le dije, sospecho que comienza en el arco de Jano. ¡Allí!

La chica extendió su brazo y señaló el extraño edificio de cuatro puertas que se alzaba al final de la calle. El mármol desgastado reflejaba con poderoso brillo la iluminación artificial. Horas antes, durante la explicación de la señorita Bárbara, el arco de Jano parecía un monumento más. Uno de tantos, ignorado por los turistas tras un empacho de arqueología. Pero Ana contemplaba la sólida construcción con temor respetuoso, como el umbral de acceso a un mundo insospechado.

Recreación del Arco de Jano

–Mientras contemplaba a la sibila a través de los prismáticos, escuché con fuerza la voz de una joven que gritaba en el viento tormentoso: «¡Libérame, te lo ruego!».

La muchacha describió al anciano la honda impresión que le había provocado aquella voz angustiosa y le transmitió su decisión de viajar en auxilio de la joven, quienquiera que fuese. El guía sonrió a Ana con admiración. Después suspiró:

–Pobre Amaltes...

–Entonces, ¿fue la sibila quien me envió la llamada de socorro? Lo había sospechado, aunque se trataba de una voz juvenil. Parecía tan aterrorizada...

–Ese mismo terror también te acecha a ti.

Un viento helado recorrió la espalda de Ana.

–Dime, jovencita, ¿viajarás en su ayuda?

–Creí que la sibila de Cumas sólo era un personaje de leyenda, un mito del pasado. ¿Debo arriesgar mi vida por una fantasía, por una mentira? Incluso ahora mismo me parece que estoy soñando.

–Y, sin embargo, la voz que escuchaste con tus propios oídos era real. ¿Me equivoco? Tan real como el miedo y la compasión que sientes en este mismo instante. Mira tu reloj: el tiempo transcurre. ¡Es tiempo real! ¿Fantasía, dices? A veces la fantasía es mucho más verdadera que todos esos hombres de carne y hueso, que mienten con sus vidas día y noche. Créeme, los que pintan y relatan las leyendas nos hacen un favor muy grande al confundir las fronteras de la ficción y de la fantasía. Vivimos en los dos mundos. ¡Son el mismo mundo!

Ana miró boquiabierta al anciano guía. El miedo y la audacia pugnaban en su interior.

–No le entiendo.

Con un gruñido, el *signore* Marone dejó su teorema para otro momento. La chica levantó sus manos algo agitada.

–Todo esto es muy confuso. Nunca nos habíamos visto hasta hoy. No se ofenda, pero cualquiera desconfiaría de un extraño en un encuentro casual. Sólo soy una chica de catorce años que visita Roma en viaje de estudios... Y de pronto el viaje va más allá de lo que hubiera soñado, pero... ¿hacia dónde?

Virgilio se encogió de hombros.

–Eso forma parte del misterio. Verás, en ocasiones muy especiales se abren umbrales ante jóvenes como tú. Surgen en los lugares más inesperados y conducen a quienes los traspasan hacia aventuras desconocidas. Así sucedió con los héroes y heroínas del pasado... y del presente.

El anciano guía hizo una pausa y miró de nuevo alrededor. El arco de Jano se encontraba ya a pocos metros.

–Amaltes ha suplicado tu ayuda. Nunca antes lo había hecho a través de un oráculo. Pero en tu camino hasta ella, encontrarás a otros que tal vez necesiten de ti. Un héroe sólo recibe la llamada a una misión si se encuentra en condiciones de renunciar a su propia seguridad, a su propio futuro... en beneficio de otros. Proteger y servir: ése es el secreto. ¿Has visto *Caballero sin espada*? Es una película de los años treinta...

La expresión confusa de la muchacha contrarió de nuevo al anciano.

–Olvídalo. Es en blanco y negro...

–¿Y quiénes son aquéllos a los que debo ayudar? –preguntó la chica.

–Eso también forma parte del enigma. Igual que nuestro encuentro. Acabas de referirte a él como algo casual... Te diré que no creo en la casualidad.

Llegaron al monumento. Ana concentró en él su mirada, mientras la brisa se filtraba entre los portales con un susurro fúnebre. El atisbo de una sombra escurridiza desvió su atención hacia un ángulo de la plaza, y de nuevo temió que alguien les hubiera seguido. En aquel momento, Ana era incapaz de distinguir entre el viento romano y la respiración de un intruso.

–Mientras hablábamos por teléfono, usted me dijo que «ellos» también sabían lo que me estaba ocurriendo –la chica se detuvo un instante–. ¿Regresaré de mi viaje?

Virgilio descansó su mirada en la de Ana.

–Cuando dijiste arco de Jano, sufrí un estremecimiento. No confío en Jano. En cambio, la sibila de Cumas nunca me ha defraudado –su semblante ceñudo recorrió la blanca arcada–. Fíjate: cuatro fachadas, cuatro estaciones. Doce nichos, uno por cada mes del año. Tu viaje entraña un grave riesgo: Jano sirve a Saturno, el titán del tiempo. Pero puedes vencerlos. Aquí comienza tu senda: escógela o recházala. No puedo decidir por ti.

Ana cerró los ojos y apretó los párpados. Las preguntas viajaban ahora veloces por su mente. Se decidió por una de ellas, la más atrevida:

–*Signore* Marone... ¿Quién es usted?

–Virgilio Marone, un simple guía. Puedes llamarme Virgilio.

Al pronunciar estas palabras, como si se tratara de un encantamiento, los cuatro haces de luz eléctrica parpadearon con una extraña convulsión y después estallaron con un estrépito sordo. Asustada, Ana se protegió el rostro con las manos. Entre los cuatro pilares del arco de Jano, allí donde coincidían los umbrales, surgió un resplandor luminoso. Un pequeño fulgor fosforescente que, en una fracción de segundo, se transformó en una llamarada ingrávida de verdoso destello.

La muchacha no se había recuperado aún del impacto cuando la llama que ardía entre los cuatro portales se tornó de un rojo infernal y se alzó con un rugido hasta la bóveda del cubo marmóreo. Al mismo tiempo, una sombra formidable surgió en el corazón de la hoguera. Virgilio retrocedió y contrajo su rostro en un gesto de fatalidad:

–¡Nos hemos entretenido demasiado!

Se escuchó un estampido y las aristas de un nicho saltaron en pedazos. La negra silueta saltó de entre las llamas sobre la muchacha que, muda de horror, permanecía con los pies firmes sobre el empedrado. En el último instante, Virgilio aferró sus brazos con fuerza y consiguió derribarla hacia un lado. Después se interpuso entre la sombra y la chica con gesto desafiante. La silueta rodó por el suelo y se alzó con rapidez ante el anciano. Ana se alejó del arco gateando sobre los adoquines y se volvió hacia el espectral atacante.

Su aspecto era semejante al de un guerrero colosal extrañamente encorvado, oculto en una túnica negra, como las imágenes de las parcas en las danzas de la muerte. Unas llamas exiguas lamían su cuerpo. Y el rostro era un tizón carbonizado, envuelto en una especie de sudario, agrietado por innumerables arrugas.

Dio tres pasos decididos y apartó al anciano de su camino con un manotazo.

–¡Sólo persigue acabar conmigo! –pensó Ana con horror.

La sombra extendió hacia la muchacha una de sus garras, apenas recubierta por unos jirones de piel. Ana escuchó un grito gutural de triunfo y aguardó temblorosa el embate fatal de aquella zarpa. De pronto, el sonido se convirtió en un gañido de dolor. La silueta se desplomó sobre sus rodillas y cayó de lado, mientras Virgilio hería la monumental corcova con una esquirla de mármol desprendida tras la explosión.

–¡*Pronto*, Ana! –gritó el anciano–. ¡Cruza el umbral!

La chica se incorporó y recogió su mochila. Entre tanto, Virgilio se aferraba a las espaldas de la gigantesca sombra, que se revolvía con la furia de una alimaña herida. El interior del sudario se iluminó con repentinos fogonazos, como si se hubiera desatado una tormenta eléctrica bajo aquella envoltura andrajosa.–¡Rápido, traspasa el fuego! –Virgilio gritaba desesperado–. ¡Entra en el arco!

El anciano guía tomó a la chica de la mano y ambos corrieron hacia el imponente edificio, como si aquel monumento milenario fuese el único refugio para sus vidas. Detrás, la sombra se erguía dispuesta a un nuevo ataque.

Sólo restaban un par de metros para penetrar en el arco, cuando Virgilio dio un traspié y cayó sobre el empedrado de adoquines irregulares.

–¡Corre, Ana! –gritó Virgilio–. ¡Olvídate de mí!

El coloso se revolvió ante el nuevo desafío de Virgilio y un resplandor comenzó a refulgir allí donde se intuía la monumental testa. La toga se deshizo en cenizas y dejó al descubierto un cráneo informe, encendido como un hierro candente. La sombra emitió un bramido desgarrador, imposible para una garganta humana.

Ana vio cómo las tremendas garras asían el cuerpo de Virgilio y lo alzaban en el aire como un muñeco roto y vencido. Dos negros orificios se rasgaron en el cráneo de magma, dibujando las cuencas vacías de un rostro cruel. La testa se agitó con un segundo gañido y, al revolverse, mostró su reverso durante unos instantes. Fue un momento fugaz, suficiente para atisbar otro semblante en la parte posterior del cráneo. Un rostro torturado que, a diferencia del anterior, reflejaba pánico.

Paralizada junto al arco de Jano, la chica parecía incapaz de obedecer la orden de Virgilio. Una última llamada la despertó de su encantamiento.

–¡Cruza el umbral!

El anciano dedicó a la chica una breve sonrisa y cerró los ojos, dispuesto a recibir un zarpazo mortal.

Ana se limpió las lágrimas, incapaz de comprender por qué sucedía todo aquello. Venciendo su dolor, dio la espalda a Virgilio Marone y corrió hacia el fuego. Furiosas, las llamas engulleron el cuerpo de la muchacha y se encresparon hasta anegar por completo el arco de cuatro puertas. En el mismo instante, una segunda figura surgía en un extremo de la plaza: allí donde, minutos antes, Ana temiera ver la sombra de un intruso. La figura salió al encuentro de la chica y, tras cruzar el arco, penetró en la hoguera.

Mario.

IV

Ana había leído en algún sitio que, al traspasar la delgada línea que separa la vida de la muerte, los pasajeros del último viaje aparecían de repente en un largo y estrecho túnel. El tiempo y el espacio se volvían inseguros, como en un sueño, y al final del corredor vislumbraban una luz enigmática y resplandeciente. Entonces caminaban atraídos por aquel resquicio luminoso y la vida desfilaba ante los ojos del viajero como en una película instantánea.

Ana siempre había pensado que aquello sólo era una leyenda más. Pero en cuanto se arrojó a las llamas que ardían bajo el arco de Jano, al momento sintió que gravitaba en un éter tenebroso. El enorme monumento se esfumó por encanto y el barrio entero con él. Ana sólo veía oscuridad. Como en la leyenda, un débil destello la esperaba a lo lejos, señalando el único lugar adonde dirigirse.

–¿Mario? ¿Estás aquí? No puedo verte.

Encontró su propia voz distante y frágil.

Con la velocidad del relámpago, a su mente acudieron los recuerdos más ocultos de su memoria. Algunos eran tan antiguos que, en una primera impresión, no le parecieron suyos. Sensaciones cálidas, caricias suaves, latidos amortiguados que se fundían con los de su corazón... La luz del sol, el tacto agradable de un vestido de algodón, pasos inciertos sobre un entarimado... Y una sonrisa que se repetía una y otra vez.

Los brazos de su madre dominaron la siguiente secuencia de imágenes. Y junto a ella, un hombre joven que portaba el aroma del mar consigo, a veces vestido de uniforme azul oscuro con anclas prendidas en la tela. Su mano gigante engullía la suya con delicadeza y la llevaba a todas partes. Ana revivió el encuentro con sus tres hermanos mayores en una casa de ventanas orientadas hacia el mar. La luz de un faro lejano barría la oscuridad de las noches, transformando su cuarto en una estancia mágica, ahuyentando a los monstruos, atrayendo a las hadas.

Agua, sal, gaviotas... Las calles de Cartagena. Barcos refugiados al abrigo de un puerto en el invierno. El bullicio de una casa repleta de niños. Interminables paseos a la orilla del mar, con los pies descalzos. Pocas amigas. Las historias de su padre antes de dormir. Estampas coloreadas y aventuras de un muchacho de mechón pelirrojo, siempre acompañado por un fox-terrier de lana blanca, perdido en el Congo, en el Tíbet, en la Luna... ¡Y los libros! Y una curiosidad tremenda por desvelar todos los misterios. Por la pantalla de aquella prodigiosa película comenzaron a pasar los reyes y las reinas del pasado, marineros de piel curtida, princesas de largos cabellos de platino, héroes con la piel sembrada de cicatrices... Su madre siempre estaba allí, alimentando su hambre por contemplar los misterios de un mundo que ya consideraba el mejor regalo jamás soñado.

La película llegaba a su término.

Una estúpida discusión de última hora, antes de emprender su viaje de estudios. Se empeñaba en llevarse la cámara de fotos de su hermano, una máquina profesional que Ana ni siquiera sabía usar. Su madre intentó que razonase, pero ella se enfurecía aún más. Sin móvil y sin cámara: sólo unos extravagantes prismáticos.

El último recuerdo de sus padres. Un sentimiento de culpa mientras el avión rodaba por la pista. Roma. El rostro deforme de un pintor. La gran catástrofe de la capilla Sixtina. Un pez en el aire. La mirada grave de una anciana en lo alto de la bóveda. El ruego más audaz de su vida. Una llamada angustiosa.

Ana comprendió que sus recuerdos se agotaban y sintió un impulso repentino de correr hacia el final del túnel. Intentó mover sus pies sobre un suelo que no existía y al momento se encontró salvando el abismo en un vertiginoso vuelo, hacia el fulgor de una estrella en expansión. Ana cerró los ojos y se protegió el rostro con las manos. Muy pronto se hallaría al otro lado del túnel. Si sobrevivía al impacto.

El suelo apareció de improviso bajo sus pies, que aún **55** mantenían el impulso de su carrera hacia el arco de Jano.

Retiró las manos de sus ojos y parpadeó bajo el alto sol del mediodía. Un segundo antes se encontraba en plena huida, aterrada por el extraño ser de cráneo incandescente. Se detuvo en seco. Miró alrededor y comprobó que se encontraba al abrigo de un alto umbral. Cruzó el vano y comprobó desconcertada que el arco era el paso de una muralla.

Pero aquello que contemplaba no era el barrio del Velabro en una tranquila noche de verano.

Ante Ana se extendía una vasta llanura en declive, una ladera donde bullía un millar de soldados luchando frente a frente, entre las ruinas de una ciudad devastada. En un solo instante escuchó el fragor de un combate a muerte, gritos de furia y de dolor, y el metálico estallido de las armas cuando chocan en el aire. Un viento húmedo y caliente comenzó a asfixiarla con su hedor. Desde su atalaya vio campos incendiados, más allá de los edificios reducidos a pavesas humeantes.

La tierra se estremeció de pronto. Una roca de granito, del tamaño de un tonel, acababa de caer con un estruendo sordo, arrastrando en su camino a varios soldados defensores. Al primer proyectil siguieron otros más. Segundos después de su aparición, Ana se encontraba en medio de una lluvia de meteoritos silbantes que descargaba con furia sobre el atormentado escenario. Las rocas barrían los cuerpos de aquellos desgraciados, transformados en las miniaturas de un cruel juego infantil.

Horrorizada, la muchacha se volvió hacia la arcada y se topó con Mario. Su rostro había palidecido y mostraba los efectos del prodigioso viaje. Sin cruzar palabra, la chica lo tomó del brazo y le obligó a penetrar de nuevo bajo el arco, hacia el túnel que le había conducido a aquel infierno. En ese momento, un nuevo proyectil hizo diana en lo alto del muro y el arco se vino abajo, convirtiendo el portal de la muralla en una brecha a cielo abierto.

Ana y Mario cayeron a tierra y se cubrieron la cabeza con los brazos, en un intento inútil por evitar la avalancha de sillares que se les venía encima. Pero tan sólo sintieron los dolorosos impactos de pequeñas piedras en la espalda y los costados: una sección de la muralla, milagrosamente en pie, había contenido parte del desprendimiento, evitando así que murieran aplastados. Escucharon una voz enérgica entre la polvareda:

—¡Insensatos, salid de aquí ahora mismo!

Ana y Mario se incorporaron con rapidez y se hallaron ante un joven soldado de barba morena, vestido con los restos de una túnica de lana bastante sucia. Empuñaba una corta falcata de hierro y llevaba la cabeza cubierta con un capacete de cuero. Cubría su pecho un pequeño pectoral metálico, amarrado con cinchas y deformado por los golpes del combate cuerpo a cuerpo. En su rostro, ennegrecido por la sangre y el hollín, brillaban dos ojos encendidos de furor:

—¡Corred, maldita sea!

La sección de la muralla en equilibrio comenzaba a tambalearse. Los muchachos siguieron al soldado a toda prisa, a lo largo del cerco defensivo que recorría el altozano. Ana escuchó cómo los bloques de piedra se desmoronaban, arruinando para siempre el mágico umbral. Pero

57

no miró atrás. Un golpe de brisa le trajo el inconfundible olor del salitre y al momento divisó en el horizonte la línea del mar. Sus aguas en calma contrastaban con el horror de la batalla. Mientras corrían, la tormenta de rocas continuaba fustigando la llanura. Ana vio a lo lejos, entre las brechas de la muralla opuesta, una hilera de catapultas que despedían sus enormes proyectiles, en tanto que las torres de asalto rodaban pesadamente hacia los muros de la ciudad. En algunos puntos de la fortaleza, los soldados estrellaban con saña los formidables arietes, una y otra vez.

Los defensores sucumbían al asedio.

El joven infante los llamó desde una portilla excavada al pie de la muralla y luego desapareció de su vista. Ana y Mario se introdujeron en la madriguera sin dudar un instante. Atravesaron el corredor subterráneo y alcanzaron el patio de una ciudadela. Allí la actividad era frenética. Un centenar de hombres se afanaba con desesperación en la defensa de sus hogares, si es que podía llamarse así a aquel conjunto de paredes ruinosas. Agrupados por tríos en la parte alta de la muralla, los soldados tomaban largas astas de madera, en cuyo extremo descollaba una punta de hierro de un metro de largo, y las colocaban en ballestas. Antes de arrojar al enemigo los imponentes dardos, envolvían el proyectil en estopa y pez, y lo prendían con fuego.

Mario sintió que le temblaban las piernas. Apoyada en una pared, Ana recuperaba el resuello. Nadie parecía fijarse en aquellos adolescentes, aturdidos en mitad de una batalla que se libraba en algún momento de la historia. Apenas disfrutaban de su breve respiro cuando un soldado asió a Mario por el pecho y golpeó su cuerpo despiadadamente contra la muralla. Dos hombres más aparecieron tras él. Uno de ellos era el infante que había librado a los jóvenes de la muerte. El otro debía de ser un capitán, a juzgar por su casco de metal y el rico pectoral que lucía sobre su túnica.

–¡Todos los hombres defienden hasta el último palmo de tierra! –rugió el oficial–. ¿Acaso pensabas desertar? ¡Responde, muchacho!

El capitán abofeteó a Mario con el revés de su mano y lo tomó por los cabellos. Después desenvainó su falcata y colocó la hoja afilada en el cuello del chico, que se deshizo en un llanto silencioso.

–¡Suéltale! –gritó Ana–. ¡No es ningún traidor!

El oficial se volvió hacia la chica sin apartar el arma de su presa.

–¿Desde cuándo da las órdenes una mujer?

El capitán arrastraba las palabras al hablar mientras volcaba todo su odio en aquel joven cobarde que, según las leyes de la ciudad, merecía una muerte inmediata. Durante un brevísimo silencio se escucharon unos gritos femeninos procedentes de la ciudad.

–¡Las mujeres se están arrojando al fuego con sus hijos! ¡Destruyen sus hogares y prefieren morir en ellos antes que entregarse al enemigo! Apenas queda una casa en pie... ¿Y tú sólo pensabas en salvar tu vida? ¡Responde, por Tagotis!

El joven infante se adelantó y puso su mano sobre el brazo que empuñaba la falcata:

–Déjalo, Yaincoa; tal vez haya perdido el juicio. Nadie escaparía de la fortaleza por el muro exterior. Los encontré en el sector donde el ataque de Majarbal es más fiero.

De repente, la chica comprobó asombrada que tanto Mario como ella entendían la extraña lengua de los soldados, que sonaba con un acento áspero y silbante. Por su parte, aquellos tipos también comprendían el idioma de los muchachos. Ana supuso que, tras cruzar el arco de Jano, las barreras del lenguaje habían desaparecido.

El brazo del capitán tembló mientras se apartaba lentamente del cuello de Mario.

–Baraeco nos ha olvidado –murmuró entre pensamientos oscuros–. Nuestros sacrificios no fueron suficientes, Dibus.

–No. Roma nos abandonó primero. Hemos soportado el asedio de los púnicos durante siete meses. ¡Hicimos cuanto pudimos por defender nuestra patria!

–¿Púnicos? –se preguntó Ana–. ¡Están sufriendo un ataque cartaginés!

El oficial bajó la mirada y asintió. Alguien gritó desde lo alto de la muralla:

–¡Faláricas! ¡Subid más dardos! ¿Oís? ¡Faláricas y brea!

Un grupo de hombres con aspecto macilento y astroso se acercó a su capitán para informarle de los últimos progresos de los sitiadores.

Supieron que tres torres se habían venido abajo ante el empuje de los arietes, arrastrando consigo los muros que las unían. Los soldados, desfallecidos por el hambre y doscientos cincuenta días de asedio, se reunían en el espacio abierto entre las brechas del cerco y sus propios hogares, en un esfuerzo desesperado por contener al enemigo. Las mujeres que aún quedaban con vida se habían refugiado con sus hijos pequeños en el templo, erigido en la cúspide de la ciudad. Acogidas por los sacerdotes, implorarían a sus dioses por última vez y después tomarían veneno. Antes de que el sol declinara, cien mil soldados de Cartago irrumpirían al asalto y hollarían las calles de la fortaleza.

—La muralla interior de Arse ha caído. Todo ha terminado.

Ana vio que Yaincoa se abría paso entre sus hombres con expresión ausente y compungida, arrastrando la hoja de hierro, incapaz de pronunciar una orden o una frase de ánimo. Varios soldados siguieron a su jefe hacia el interior de la ciudad, allí donde un centenar de columnas de humo negro se alzaba hacia el cielo plomizo, arrojando a las alturas su vómito de hollín, polvo y ceniza. Tan sólo aguardaron junto a los muchachos Dibus y el otro infante que había guiado al capitán hasta el joven desertor.

Al verse libre de la muerte, Mario cerró los ojos y respiró con fuertes jadeos.

—¿Te has fijado en sus ropas, Dibus? —el soldado señaló los pantalones vaqueros de los chicos—. Visten como galos, con las piernas cubiertas. Y esos morrales que cargan a la espalda no parecen de cuero.

Ana reparó en las mochilas deportivas que aún llevaban consigo. Con toda su alma, la muchacha deseaba preguntar a aquellos soldados dónde se encontraban y a qué momento acababa de transportarles el arco de Jano. Pero estaba demasiado asustada por la suerte de Mario y la brutalidad del oficial. ¿Los asaltantes eran, entonces, tropas de Cartago?

Un tumulto de gritos guerreros tronó sobre sus cabezas y los dos infantes, alertados, se apresuraron a abandonar a los dos extraños jóvenes: los cartagineses habían penetrado en el círculo interior de la ciudadela.

En cuanto los chicos se vieron solos, Mario dejó arrastrar su cuerpo rendido sobre la pared. Ana lo sostuvo antes de que cayera al suelo.

–¿Dónde estamos? –preguntó el muchacho con un hilo de voz.

–No tengo la menor idea. Virgilio, el anciano que me acompañaba junto al arco de Jano, me habló de un viaje. Pero no detalló hacia dónde... ¿Te has fijado? Hablamos lenguas distintas, pero podemos entender a los soldados.

Mario concentró todas sus fuerzas en un estallido de ira:

–¿Un viaje? ¿De qué estupidez estás hablando? ¡Todo esto es una locura! ¡Devuélveme a Roma! ¡Quiero recoger mis cosas y marcharme a casa cuanto antes!

–Me temo que eso no es posible. El arco de la muralla saltó en pedazos en cuanto aparecimos aquí, ¿recuerdas? Espero que el *signore* Marone haya previsto todo esto.

Mario comenzó a dar vueltas en círculo, presa de los nervios. En un pómulo lucía un hematoma que se hinchaba por momentos.

–Espera... ¿Te refieres al viejo chiflado que intentó atacarte hace un momento?

–¡No me atacaba! Sólo intentaba ayudarme a descifrar un enigma –de pronto su rostro se contrajo con un gesto de temor–. Aquella bestia lo atrapó entre sus brazos para despedazarlo, pero él sólo se preocupaba por mostrarme la puerta de salida. Intentaba defenderme.

–¿Llamas puerta de salida a este desastre?

–¡Yo no te pedí que me siguieras! Si me estabas espiando, es problema tuyo. ¿Por qué corriste hacia el arco?

Azorado, Mario abrió la boca para responder. Pero el tumulto se encrespó en las calles adyacentes y la conversación se interrumpió bruscamente. El combate ya se libraba en el corazón de la ciudadela. Convencidos de que sus esfuerzos eran inútiles, los defensores abandonaron las faláricas de fuego y brea, y saltaron ágilmente desde las cornisas interiores de la muralla hasta el patio. Pasaron junto a la pareja de extranjeros sin mediar palabra.

La huida precipitada de los soldados distrajo a la pareja de extranjeros, que interrumpió su discusión. Entonces advirtieron el peligro que acechaba y, sacudidos por el pánico, echaron a correr entre la multitud por las callejuelas empedradas que ascendían a lo más alto de la ciudad. A uno y otro lado, Ana contemplaba ruina y desolación. Como Yaincoa había revelado entre sollozos, los cuerpos de hombres y mujeres, niños y ancianos, yacían muertos a las puertas de sus casas. Muy pocas se mantenían en pie, pues la mayoría habían sido incendiadas.

La muchacha hizo esfuerzos por no vomitar. El aire viciado, recalentado por las hogueras, la asfixiaba en su huida hacia ninguna parte. Aunque alcanzaran el templo que coronaba la cresta montañosa, nada impediría que los hombres de Cartago les dieran muerte.

Vio los cegadores destellos del sol en un portón de bronce. ¡El templo! Los jóvenes alcanzaron una plaza enlosada, presidida por el imponente edificio. Ante las escalinatas ardía una hoguera gigantesca, prendida sobre un horno de piedra ricamente labrada. Allí donde en otro tiempo se ofrecían sacrificios de animales, ahora ardían los restos de innumerables objetos de metal precioso. Los habitantes habían arrojado sus pertenencias de oro y plata al fuego, decididos a no dejar ningún botín a los sitiadores.

La carrera de Ana y Mario terminaba en aquel lugar. La muchacha miró alderredor en busca de refugio y sus ojos se fijaron en un monolito levantado a pocos metros del horno. La piedra, ennegrecida y mellada, mostraba una inscripción grabada con caracteres latinos. Ana se aproximó al monolito. La leyenda S.P.Q.R. encabezaba el texto: *Senatus Populusque Romanus.*

¡El senado y el pueblo romano!

Entendió entonces las palabras de Dibus, el soldado que les había puesto a salvo de las catapultas. Se encontraban en una ciudad amiga de Roma, pero sus aliados los habían abandonado a su suerte. La muchacha leyó algunas palabras esculpidas a cincel en el granito:

–*Roma... Foederata... Armis... Sagunto.*

Mario apareció a su lado.

–¿Se puede saber qué estás haciendo ahora? –preguntó impaciente.

Ana se volvió hacia la multitud doliente que se agolpaba en la plaza.

–Contemplo la destrucción de Sagunto, en el siglo III antes de Cristo. Hemos regresado a casa.

V

Mario decidió que aquél no era el mejor momento para recibir una lección de historia antigua.

En la última hora, el muchacho se había visto envuelto en los sucesos más peligrosos y extraños de su vida. Y mientras contemplaba el horror desatado en la ciudad, se repetía que él no había hecho nada para merecer todo aquello. Sólo se había escapado del hotel para seguir a la chica más insensata del instituto, movido por la curiosidad... y por los celos. En el fondo, reconocía que le gustaba aquella chica pedante y no estaba dispuesto a que ningún *ragazzo* italiano flirteara con Ana. ¡Qué ridículo se sintió al descubrir que su rival no era más que un anciano guía de los Museos Vaticanos!

Estúpido y más que estúpido.

Ahora sólo importaba escapar de allí con vida. Los lamentos de aquella gente asustada resultaban insoportables.

¡Y allí estaba ella, en medio del infierno, jugando a los arqueólogos!

–¡Qué guay! ¡Sagunto, siglo III antes de Cristo! Supongo que este dato nos evitará un montón de problemas.

–¿No lo comprendes? ¡Casi nadie salió vivo de aquí! Sagunto estaba aliada con Roma, por eso Aníbal ordenó pasar a cuchillo a todos los supervivientes.

–¿Quién?

Ana cerró los puños con un ademán de desesperación.

–¡Aníbal! El general cartaginés. Su padre le obligó a jurar odio eterno a Roma cuando sólo tenía nueve años. ¿Has olvidado la historia de nuestra ciudad? ¡Cualquier niño de Cartagena lo sabe!

Los últimos soldados saguntinos penetraron en la plaza, dispuestos a librar con honor la última batalla frente al templo de sus dioses. Aquéllos que les habían abandonado para siempre. Ana reconoció la corpulenta figura de Dibus entre el gentío. El infante cargaba el cuerpo sin vida de un compañero, un oficial que lucía una capa desgarrada sobre la coraza. Lo abandonó al pie de un ciprés, reducido por el fuego a un triste tocón de ramas carbonizadas. Después se unió a los demás soldados, que ya tomaban posiciones junto a la escalinata del santuario.

La chica escuchó una exclamación de horror por encima del coro quejumbroso y vio a una joven de su edad que cruzaba la plaza a toda prisa. Cayó ante el soldado muerto y se aferró a sus pies, deshecha en llanto. A continuación, desenvainó la falcata del guerrero y, asiendo la empuñadura con las dos manos, se aplicó la punta a su propio pecho.

Ante la sorpresa de Mario, Ana profirió un grito y corrió hasta la joven saguntina. La tomó por los brazos y se enzarzó con ella en un forcejeo desesperado.

—¡Déjame morir! ¡Quiero seguir el destino de mi padre!

Ana recibió algunos arañazos en el rostro, pero al fin pudo arrebatar la hoja de afilado hierro, que entregó a un Mario anonadado. Desarmada, la joven hundió su cabeza de cabellos morenos en el regazo de Ana y lloró con desconsuelo. Ana la acarició con ternura.

Al cabo de unos segundos, el chico se impacientó:

—Ana, creo que hemos perdido demasiado tiempo aquí. Yo me marcho a buscar un refugio...

La muchacha se revolvió con mirada fiera:

—¿No te importa nada el dolor de esta gente?

Mario hincó una rodilla en tierra. Clavó sus ojos en Ana:

—¿No lo entiendes? ¡Todos están muertos! ¡Ella está muerta! Si tengo que creer tu teoría, esto ha sucedido hace más de dos mil años. No vas a cambiar la historia.

Ana susurró unas palabras suaves en el oído de la chica. Después levantó el rostro hacia su compañero de clase:

—Yo creo que todo sucede en este preciso momento.

Mario ensartó la falcata en el suelo, con expresión de fastidio. Al instante sintió que un brazo lo asía por el cuello con un movimiento enérgico. Dibus había reaparecido junto al oficial caído.

—¡Apártate de la hija de Belisto, extranjero!

El infante desclavó el arma y, con reverencia, la introdujo de nuevo en la vaina que colgaba en el cinturón de su superior.

–Una falcata ofrecida a los dioses acompaña a su dueño hasta la sepultura. ¡Se forjan a medida, y ningún otro guerrero puede empuñarla! Deberías saberlo.

Dibus apartó a Mario con brusquedad y se arrodilló junto a la joven saguntina.

–Lida, escúchame –dijo con delicadeza–. Tu padre descansa junto a tu madre en el seno de Tulonio. Antes de morir me rogó que cuidara de ti y me eximió de la lucha. Ahora tú eres mi señora. Si me lo permites, intentaré sacarte de aquí con vida. Tenemos tiempo de alcanzar el aljibe...

La hija de Belisto asintió. Las lágrimas habían limpiado los restos de sangre y hollín que cubrían sus mejillas, dejando al descubierto una piel sonrosada donde destacaban unos ojos vivos, tan oscuros como sus largos cabellos. Con expresión de resignada amargura, Lida se puso en pie, tomó la mano que Dibus le tendía y pasaron junto a los dos extraños. Ya se habían alejado un par de metros cuando la muchacha saguntina se volvió hacia el tocón del ciprés y señaló a Ana.

–Me han salvado la vida, Dibus.

El soldado arrugó el ceño.

–Ella evitó que hundiera en mi pecho la falcata de mi padre. Vendrán con nosotros.

El infante llamó a los extranjeros con un firme movimiento de cabeza. Mario suspiró aliviado. La horda de cartagineses pisaba ya el enlosado de la plaza cuando el soldado ibero y los tres adolescentes se escurrían por una calle angosta, huyendo a toda prisa de la matanza que estaba a punto de desatarse junto al templo.

El callejón descendía del altozano en una pronunciada pendiente, serpenteando entre las hileras de casas arrasadas. Junto a los portales se amontonaban los cuerpos inmolados de los saguntinos. Hombres y mujeres que habían preferido morir antes que caer en manos de un enemigo cruel. La calle terminó de pronto en una baranda de piedra que impedía el paso. Dibus saltó sobre la repisa. Al otro lado se abría un precipicio que caía sobre una rambla seca y profunda. Más allá, una extensión interminable de campiña incendiada se perdía a lo lejos hasta fundirse con la línea del horizonte.

El infante señaló una sólida construcción de piedra colgada en el barranco, junto a una pista de tierra cobriza que escalaba la fortaleza en zigzag.

–El aljibe. Allí aguardaremos escondidos –Dibus siguió el recorrido de la rambla con su mano, hasta señalar la gran mancha azulada que reflejaba en la distancia la luz de la tarde–. Si tenemos suerte, alcanzaremos el curso de la rambla y llegaremos al mar.

El soldado y los tres muchachos empezaron a descolgarse por la pared del precipicio. Ana y Mario sorteaban los obstáculos del terreno con dificultad y perdieron el equilibrio más de una vez. Sus zapatillas deportivas resbalaban en aquel terreno pedregoso, donde los zarzales y matojos espinosos constituían el único asidero posible. Con todo, los rasguños en las manos eran preferibles a terminar en el fondo de la rambla con la cabeza abierta. Dibus y Lida llegaron hasta el aljibe con sorprendente facilidad. El infante penetró en el depósito y reapareció después en el vano de la puerta. Desde la entrada del aljibe, el soldado oteó el camino y se volvió hacia la pareja de extranjeros con gesto impaciente. Allá abajo, donde terminaba el camino, una columna de soldados cartagineses iniciaba el ascenso. En el momento en que penetraban en el refugio, Ana y Mario escucharon con nitidez los cascos de caballos al paso.

El aljibe era una nave de techo bajo que abastecía de agua a la fortaleza de Sagunto. Una sólida bóveda protegía un amplio estanque que recibía las aguas de lluvia a través de una conducción de piedra. Cuando los ojos de Ana se acostumbraron a la oscuridad, la chica descubrió un pozo excavado en un ángulo del recinto. Mario se aproximó al estanque y sumergió sus manos en las aguas frescas, dispuesto a saciar una sed que le abrasaba la garganta.

–¡No bebáis! – les ordenó Dibus–. El agua está envenenada.

El joven chapoteó con rabia y se sentó en un rincón para pellizcarse las manos, repletas de minúsculas espinas. Ana rodeó a Lida con su brazo.

–No temas. Tu amigo Dibus nos pondrá a salvo.

La chica saguntina bajó los ojos con tristeza.

–Ya no temo nada. He visto morir a los míos. He visto morir a mi pueblo.

El guerrero terminó de inspeccionar el interior del aljibe y después salió al exterior. Tras unos segundos de ausencia, Dibus regresó excitado.

–La columna se aproxima. ¡Daos prisa, meteos en el estanque!

Los muchachos obedecieron y saltaron dentro del aljibe. Mario comprobó que, afortunadamente, el nivel del agua sólo les llegaba a la altura del pecho. Dibus avanzó en el estanque hasta un ventanuco de un palmo de abertura, anchura suficiente para vigilar la llegada de los soldados cartagineses. Abría la marcha una vanguardia de infantes que portaban las espadas desenvainadas. En la otra mano sostenían sus *sarissas*, lanzas de seis metros que manejaban en combate con las dos manos. Un escudo ovalado colgaba de sus cuellos, amarrado con una correa. Dibus se fijó en los yelmos de bronce esmaltado y en las corazas que protegían su pecho, confeccionadas con capas de lino superpuestas. Sin duda, aquellos petos eran mucho más ligeros y, al mismo tiempo, tan efectivos como los sencillos pectorales de bronce que los iberos lucían sobre sus túnicas de lana.

A Dibus le sorprendió la presencia lustrosa de aquellos soldados, después de semanas de combate. ¡Nueve meses de asedio contra una de las ciudades menores del Mediterráneo! En todo ese tiempo, los cartagineses habían llegado a dudar de la victoria.

La vanguardia ya alcanzaba el aljibe.

–¿Han pasado de largo? –preguntó Mario.

Dibus ordenó silencio con un gesto severo.

Seguían a los infantes varios jinetes que montaban a pelo sobre corceles blancos, armados con jabalinas y ligeros escudos de mimbre. Rodeaban a un joven oficial revestido con una espléndida coraza musculosa, forjada en bronce. Se quitó un yelmo adornado con plumas de águila y Dibus pudo entonces contemplar un rostro de rasgos adustos. Un rostro que delataba el espíritu, sobrio y frío, de quien acostumbra a tomar decisiones. El infante se fijó en la cicatriz que recorría una de sus piernas y se crispó con un recuerdo.

¡Aquella herida se la había causado él mismo! Cuatro o cinco meses atrás, el oficial cartaginés había cometido la temeridad de aproximarse demasiado a las líneas de defensa. Desafiando a las faláricas, increpó a los iberos sitiados y Dibus le arrojó su lanza como respuesta. El oficial cayó al suelo, herido en un muslo. Desde entonces, el infante ibero había maldecido su mala puntería en numerosas ocasiones.

Aquel joven oficial era Aníbal Barca, general en jefe del ejército cartaginés en Iberia. El hombre que había ordenado el exterminio de su pueblo.

Un jinete apareció al galope y, tensando con fuerza las bridas, detuvo su caballo ante el general.

–¡*Baal Shanim* salve a mi señor! –saludó con una inclinación–. Los últimos defensores que luchaban junto al templo han sido reducidos. Tal como ordenasteis, la población recibe su castigo de sangre.

Las manos de Dibus se cerraron en puños temblorosos.

–Pero apenas hemos encontrado algún botín –prosiguió el jinete–. Esos perros edetanos han fundido los metales preciosos. No hemos hallado nada de valor. Sólo cadáveres y ceniza. La tropa tendrá que conformarse con las vituallas de los retenes.

A través del ventanuco, Dibus vio cómo Aníbal dirigía su rostro hacia lo alto de la fortaleza, donde se alzaba la ruinosa muralla.

–Difundid la noticia a los cuatro vientos. ¡Que Roma conozca nuestro aviso cuanto antes! No habrá piedad para la aldea campesina del Tíber. Ni mucho menos para sus aliados.

–¿Disponéis algo más, mi señor?

–Ordenad al campamento de retaguardia que mi tienda se mantenga durante una semana más. Al cabo de ese tiempo, regresaremos a Nueva Cartago. Y encargaos de que la caída de Sagunto sea conocida en Cartago antes de cinco días. Veremos ahora si esos carcamales obesos de la Gerusía se oponen a mis planes.

En el semblante de Dibus ardió un odio profundo y repentino, que no pasó inadvertido a los ojos de Lida.

–¿Aníbal? –susurró la joven saguntina.

Dibus asintió. Con una agilidad inusitada, mientras profería una maldición, Lida extrajo la falcata que el infante llevaba sujeta junto al pectoral y se encaramó al borde del estanque. Ana y el guerrero consiguieron inmovilizarla, mientras Mario le tapaba la boca con su mano.

Del exterior llegó una orden áspera. Ana cerró los ojos temiendo lo peor. Se oyó un rumor de pasos rápidos y, a continuación, el sonido inconfundible del metal desenvainado. Por señas, el infante ibero rogó calma a Lida y ordenó a los muchachos que se sumergieran en el agua. Al unísono, tomaron todo el aire que pudieron y las cuatro cabezas se hundieron en el estanque.

Ana escuchó las pisadas de los soldados dentro del aljibe, deformadas por un eco extraño y acuoso. Por fortuna, la oscuridad del recinto actuaba en su favor. Pero el tiempo transcurría y los pasos no cesaban. La muchacha recordó que se hallaban sumergidos en aguas envenenadas. El pensamiento la inquietó más todavía, forzándola a apretar los dientes. Se preguntó cuánto tiempo más podría aguantar sin respirar. Seguro que Mario, acostumbrado a los deportes marinos, estaba en mejores condiciones que ella.

Ana comenzó a marearse. Sus pulmones iban a estallar de un momento a otro y ya pensaba rendirse a la angustia cuando notó que una mano la impulsaba hacia la superficie. Dibus soltó su brazo y, casi al mismo tiempo, Lida y Mario asomaron sus cabezas. Ana respiró con ansia y comprobó aliviada que no había rastro de soldados en el aljibe. Con el agua al cuello, contuvieron el aliento durante una eternidad, mientras escuchaban el paso de la columna avanzando por el camino. Poco a poco, el rumor se alejó hasta extinguirse por completo. Entonces, el infante ibero les permitió salir del agua.

–Hemos de ganar la orilla del mar antes del anochecer –les dijo.

El sol agonizaba en el horizonte, tendiendo sombras afiladas en la rambla. Los cuatro fugitivos se abrieron paso entre la maleza que crecía en el fondo del barranco, salpicado de sabinas y adelfas de blanco y rosáceo colorido. Un viento de poniente se levantó a sus espaldas, arrojando calurosas ráfagas que dificultaban la marcha. El aire se recalentó y un profundo olor a resina descendió desde los altos pinares. El calor reventaba las resecas piñas y el silencio de la rambla se quebró con el áspero crepitar de los frutos.

El mayor peligro quedaba atrás. Tal como previera Dibus, los últimos guerreros de Cartago habían abandonado el cerco de vigilancia para sumarse, ebrios de victoria, a los últimos actos de crueldad contra la fortaleza vencida.

El crepúsculo abría en el cielo heridas de luz cárdena cuando alcanzaron las tierras pantanosas de una marisma. Los pies de Ana hollaron el inmenso barrizal. La chica y el soldado sostenían a Lida, desfallecida por el hambre y la desgracia. Mario maldecía su mala suerte, algo retrasado, mientras sus zapatillas de cuero blanco se echaban a perder en un lodo nauseabundo.

A sus espaldas, Sagunto ardía como una pira encendida por los dioses, convertida en el altar de su propio sacrificio.

VI

Un golpe de brisa fresca revolvió los cabellos de Ana y acabó despertándola. Abrió los ojos y la inmensa bóveda estrellada apareció como un milagro sobre su cabeza. En un primer momento fue incapaz de reconocer el lugar donde se encontraba.

Después sintió que su lecho se mecía con un vaivén acompasado y escuchó el rumor lejano del oleaje. Allá, en lo alto, vio las hilachas de un lienzo que se hinchaba con torpeza, azotado por el viento, y recordó todo de pronto. Viajaba a bordo de una balandra.

Hallaron la pequeña embarcación varada entre la maleza de la playa, con la quilla hincada en el lodo y la madera atacada por la podredumbre del mar. Durante los casi nueve meses de asedio cartaginés, las rudimentarias embarcaciones de Arse –así llamaban los saguntinos a su ciudad– dormían abandonadas en los alrededores del puerto, **79** a unos tres mil pies de la fortaleza. Guiados por Dibus, los fugitivos habían alcanzado la playa cuando la noche terminó de cerrarse. Consumieron sus últimos esfuerzos en arrastrar la balandra hasta el mar y, una vez a bordo, el viento de poniente se encargó del resto. Ana había caído derrumbada sobre el fondo de la maltrecha nave, invadida por un profundo sueño.

Alzó la cabeza levemente. La ausencia de luna impedía ver la costa. Dibus permanecía sentado en la popa, quizás dormitando, con el brazo derecho aferrado a un timón destartalado que marcaba un rumbo incierto. Navegaban hacia ninguna parte, lejos de la amenaza enemiga.

La chica percibió un murmullo siseante y frenético, y giró la cabeza para descubrir a Mario, que dormía acurrucado en la proa sobre las mochilas, ¡con los auriculares puestos y el reproductor de MP3 en sus manos! Ana hizo un gesto de fastidio, exasperada por el despego con que el muchacho se estaba tomando todo aquello. Pulsó un botón de su reloj y la pantalla se iluminó, mostrando unos dígitos desordenados. El agua había arruinado los circuitos. «Pensándolo bien –razonó con ironía–, ¿de qué te sirve un reloj cuando viajas en el tiempo y toda tu vida cambia?» Dejó caer su brazo y el cristal de cuarzo golpeó una tabla del casco.

–Ana... –Lida susurró a su lado con voz tímida–. ¿Duermes?

–No. ¿Te he despertado?

La joven saguntina suspiró brevemente y buscó el rostro de Ana en la oscuridad.

–Apenas puedo dormir. Quiero darte las gracias por lo que hiciste ayer, cuando me encontraste junto al templo. Ninguna otra muchacha de Arse hubiera hecho lo que tú hiciste para evitar mi muerte.

La voz de Lida se quebró al pronunciar las últimas palabras, pero continuó hablando con tono apagado:

–Tú no eres de Arse. Tus vestiduras son extranjeras y no conoces nuestras costumbres. Dime, ¿por qué llegasteis a nuestra ciudad en el momento de su mayor desgracia?

Ana no supo responder a aquella pregunta. ¿Cómo podía explicar a una chica ibera del siglo III antes de Cristo que acababa de llegar desde un futuro lejano para liberar a una adivina legendaria? La destrucción de Sagunto había sucedido exactamente en el 219 antes de Cristo, ¡dos mil doscientos años atrás! Ana conocía de sobra aquellos acontecimientos, pues estaban ligados a la historia de Cartagena. Y allí se encontraba ella, en medio de aquel desastre histórico, acompañada por dos supervivientes abatidos y un muchacho apático. Decidió responder a Lida del modo más sencillo, que consistía en decir la verdad. Aunque no abrigaba muchas esperanzas de ser creída.

–Un anciano de Roma llamado Virgilio me llevó hasta un umbral de piedra, el arco de Jano. Me animó a traspasarlo para realizar un viaje a través de los tiempos. Bueno, todo esto aún no ha ocurrido realmente. Sucederá dentro de dos mil años...

Ana relató a Lida, entre susurros, la historia más extraña que había escuchado nunca. El periplo comenzaba en el templo de una religión aún desconocida, mientras la chica del futuro contemplaba el retrato de una misteriosa vidente llamada Amaltes, también conocida como la sibila de Cumas... Ana también le habló de su vida de estudiante, de sus hermanos y de sus padres, un oficial de la marina y una profesora de arte. Cuando mencionó el nombre de Cartagena, la Nueva Cartago, la muchacha ibera sintió un estremecimiento, pero no interrumpió el relato de Ana.

La historia concluyó y se hizo una pausa. Dibus dormía con la cabeza caída sobre el pecho, y hacía tiempo que los auriculares de Mario habían enmudecido.

—¿Me crees?

Lida respondió al cabo de un corto silencio; su voz parecía mucho más cálida y segura:

—No he entendido muchas de las cosas que acabas de decir. Pero has pasado muchos peligros para llegar a mi lado cuando necesitaba ayuda. Tu historia sólo puede ser tan verdadera como tu valor y tu cariño. Te creo.

La chica del siglo XXI cerró los ojos, conmovida.

—Ana, no puedo olvidar el sufrimiento de mi pueblo, vencido por el hambre y el fuego. No puedo olvidar a mi padre tendido junto al ciprés. Él era toda mi familia. Mi vida ha cambiado para siempre, y sin él tengo miedo al futuro.

Ana pensó en sus padres y en la ilusión con que la habían animado a realizar su viaje a Roma, pese a los pocos amigos que tenía en su clase. A decir verdad, no contaba con ninguno auténtico. De repente intuyó que Lida se había cruzado en su destino y que juntas se disponían a compartir un futuro incierto.

Tras cruzar el umbral abierto en la noche romana, innumerables imágenes de su vida habían desfilado a velocidad de vértigo. Entonces descubrió que entre ellas faltaba la alegría de una amistad verdadera. Al otro lado del umbral, Ana había descubierto el dolor y la muerte que siempre acompañan a los hombres a través de las edades. Pero también había encontrado algo comparable con la joya más preciada de la Antigüedad.

–No temas. Yo no voy a dejarte –prometió a su amiga.

Amaneció un claro día de primavera. Cuando despertaron, el sol había avanzado un largo trecho hacia su cenit y la balandra, abandonada a la deriva, oscilaba suavemente sobre un mar en calma. Hacia el oeste se divisaba la costa, donde descollaban las estribaciones de pequeñas sierras. A la luz del día, la embarcación se les antojó un cascarón que flotaba milagrosamente sobre las aguas, impulsado por una vela cuadrangular que el viento de la noche había raído con saña. Dibus sabía que el viento los arrastraba rumbo al sur, hacia los dominios de Cartago.

El infante de Arse había escuchado el relato de Ana entre cabezadas. Sospechaba que aquella pareja de extranjeros había arribado a la moribunda Sagunto por algún mágico motivo. Quizás enviados por Tulonio, el dios protector de las familias... ¡o por Tagotis, rey de los infiernos y señor de los espantos! De cualquier modo, el joven que aún dormía arrebujado en la popa no se comportaba como un emisario de los dioses, precisamente. En cambio, la muchacha de ojos azules no se había separado de Lida en ningún momento, desde que se encontraran junto al templo.

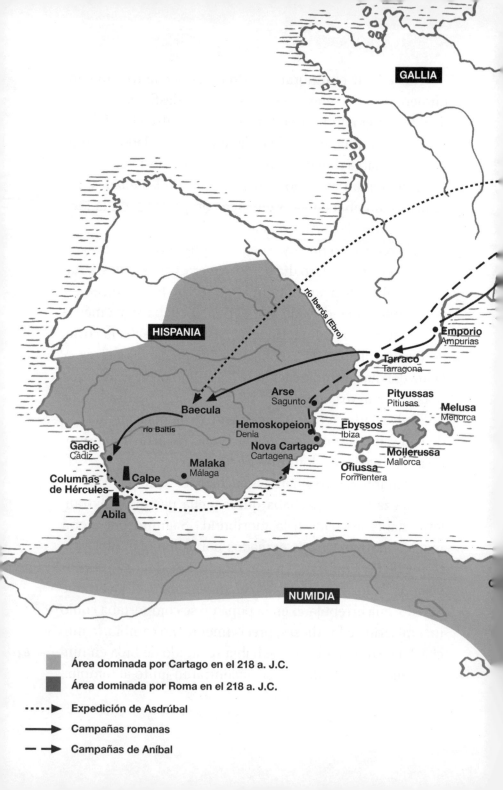

GALLIA

HISPANIA

río Iberós (Ebro)

Emporio
Ampurias

Tarraco
Tarragona

Arse
Sagunto

Pityussas
Pitiusas

Melusa
Menorca

Baecula

río Baltís

Hemoskopeion
Denia

Nova Cartago
Cartagena

Ebyssos
Ibiza

Mollerussa
Mallorca

Gadic
Cádiz

Malaka
Málaga

Ofiussa
Formentera

Columnas
de Hércules

Calpe

Abila

NUMIDIA

Área dominada por Cartago en el 218 a. J.C.

Área dominada por Roma en el 218 a. J.C.

┄┄┄▶ Expedición de Asdrúbal

───▶ Campañas romanas

╌╌▶ Campañas de Aníbal

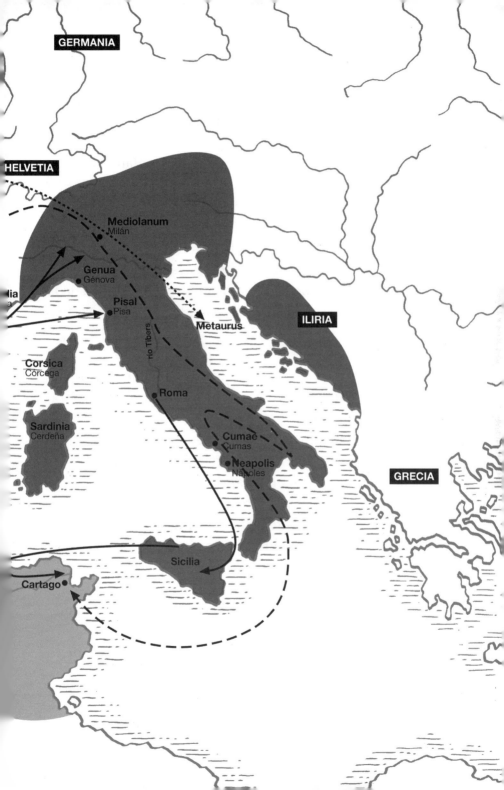

GERMANIA

HELVETIA

Mediolanum
Milán

Genua
Génova

Pisa
Pisa

Corsica
Córcega

rio Tibers

Roma

Sardinia
Cerdeña

Metaurus

ILIRIA

Cumae
Cumas

Neapolis
Nápoles

GRECIA

Sicilia

Cartago

Fuera como fuese, a Dibus sólo le preocupaba huir de Cartago. Desembarcarían en una playa y, con un poco de suerte, serían acogidos en alguna aldea de iberos hostiles a Aníbal. Se uniría a ellos y vengaría a sus familiares, a sus compañeros, a todas las tribus de Arse... matando cartagineses.

Ana rebuscó en su mochila y descubrió una bolsa con barritas de miel y chocolate. También encontró un par de latas de refrescos. Dibus y Lida miraron atónitos el dulce, que sólo engulleron con ansia después de olerlo. Al escuchar el chasquido de la anilla metálica y el burbujeo de la bebida, Mario se desperezó al instante y extendió su mano hacia Ana.

–¿Dónde nos encontramos? –preguntó Lida.

El guerrero de Arse apuró su lata y eructó sorprendido. Ana contuvo una carcajada, mientras Dibus volvía la mirada hacía la línea de tierra.

–Si no me equivoco, hemos seguido la costa viajando rumbo al mediodía. Hacia el oeste veis las tierras de los edetanos, y si continuamos camino al sur llegaremos hasta Hemeroskopeion, donde se alza un templo dedicado a Diana. Hemos tenido suerte de no ser arrastrados por el viento hacia el Ebysos y Ofiussa, las pequeñas islas Pityussas. Forman parte de un archipiélago habitado por hombres de Cartago desde hace más de cuatro siglos.

–Ebysos y Ofiussa... –repitió Ana–. ¡Ibiza y Formentera! ¡Mario, se refiere a las dos islas Baleares!

–Los piratas de Ebysos han hostigado Arse desde tiempo inmemorial –gruñó Dibus–. Ofiussa, en cambio, apenas está habitada, pues en ella abundan las serpientes venenosas. ¡Piratas y serpientes! No sé qué resulta peor. Cartago también se estableció en las otras dos islas mayores, Melussa y Mollerussa. Pero la fortaleza cartaginesa más importante se encuentra en la isla de Gadir, más allá de las Columnas de Hércules, cuyo paso está prohibido a cualquier nave que no pertenezca a Cartago. Gadir es una ciudad muy antigua, ¡fue fundada por el propio Hércules! Pero hace diez años, un general llamado Asdrúbal fundó Nueva Cartago, la segunda patria cartaginesa. ¡Una fortaleza casi inexpugnable por tierra y por mar! De allí procedía el ejército que ha aniquilado nuestra ciudad.

Ana se vio de pronto asaltada por un extraño sentimiento de culpabilidad. Nueva Cartago era su ciudad: la Cartagena del siglo XXI.

Aburrido por la conversación, Mario interrumpió a Dibus y se encaró con Ana:

—Todo esto me parece muy interesante, ¿vale? Pero, ¿has pensado qué demonios vamos a hacer? Esta gente tiene sus propias movidas y yo deseo regresar a casa cuanto antes. Tú me metiste en todo esto, así que piensa algo enseguida de una maldita vez. ¡Un viaje en el tiempo! ¡Es para volverse loco!

Dibus golpeó el pecho del muchacho con el índice y tensó su rostro:

—¡Si no fuera por la devoción que he jurado a Lida, te arrojaría por la borda! No eres tú quien da las órdenes aquí, muchachito de cabello claro. ¡Y recuerda que fui yo quien te libró de la muerte en pleno asedio!

Mario apretó los dientes y volvió su mirada hacia el mar abierto con el rostro encendido por la humillación.

Ana abrió su mochila y sacó el diccionario de latín. Durante el día anterior, en medio de la frenética huida, apenas había tenido tiempo para pensar en el segundo enigma de Amaltes. Según Virgilio, en el oráculo se encontraba la ruta de su viaje.

¡Desdichado Virgilio! ¿Qué habría sido de él?

Ana extendió la hoja amarillenta y leyó de nuevo las palabras latinas:

I

IANUA IANI

II

HANNA HANNIBALIS

CAVE CAVEAM

SED VADE IN EAM

Ana leyó de corrido toda la frase:

—«Cuídate de la guarida de Aníbal.» —murmuró—. No entiendo la palabra *Hanna*. Creo que no es una palabra latina.

Mario arrugó el entrecejo mientras consultaba su reloj, un flamante modelo de submarinista cuya maquinaria permanecía intacta.

—¿*Hanna*? —repitió—. Ése es tu propio nombre en inglés, superdotada. A lo mejor esa sibila también habla lenguas modernas.

El cielo se nubló y la frágil nave se introdujo en una atmósfera espesa. A lo lejos, la costa comenzaba a percibirse como la visión de un espejismo.

–No es inglés, sino latín –replicó la chica con la mirada perdida–. Muchos nombres ingleses se conservan tal y como se escribían en la Antigüedad. «Ana, cuídate de la guarida de Aníbal, pero acude a ella.»

Dibus se puso en pie sobre las tablas de la balandra y rugió con ira:

–¿Has dicho «guarida de Aníbal»? ¡Ese lugar sólo puede ser Nueva Cartago! ¡Has perdido el juicio si de veras piensas viajar hasta allí!

El soldado se encontró con el duro semblante de Lida, que lo miraba con reproche:

–¡Pues somos dos las dementes que te acompañan!

El desafío encendió el ánimo de Dibus. El infante estaba obligado a proteger a la hija de Belisto, pero aquella muchacha no le estaba poniendo las cosas fáciles. Acababan de escapar al azote de Aníbal con una suerte incomprensible, y ahora aquel par de muchachitas tercas se empeñaban en tentar la muerte. ¡Jugar con Tagotis! Eso estaban haciendo. El soldado profirió una maldición y se golpeó las rodillas con los puños. Entre tanto, la balandra atravesaba un denso muro de calor que hacía vibrar la línea del horizonte. La discusión se hizo insoportable. Arrojando centellas por sus ojos negros, Lida apeló al vínculo más sagrado entre iberos:

–¡Dibus, infante de Arse! Me debes devoción bajo juramento. Seguiremos los pasos de Ana tras su oráculo y nos guiarás hasta Nueva Cartago, su patria.

–¡Su patria...!

El guerrero cerró los labios con fuerza y se sentó junto al timón.

–¡Adolescentes! –masculló–. Siempre saben más. Moriremos todos, pero no por mi culpa.

Mario extendió su brazo hacia tierra.

–¡Mirad la costa!

La espesa atmósfera se había disipado y, si hubieran estado atentos al Sol, habrían comprobado que el astro lucía desde una posición mucho más distante y baja que diez minutos atrás.

La línea litoral se apreciaba más cercana y nítida. Aguzaron la vista y distinguieron en tierra un hervidero humano que avanzaba camino al norte. La hilera se extendía a lo largo de la costa, abarcándola de uno a otro confín. El viento de poniente les trajo un clamor de profundos bramidos.

–Elefantes... –susurró Dibus.

Ana recordó que aún conservaba sus prismáticos y los sacó de su mochila para contemplar de cerca aquel ejército movilizado. Los cuerpos de los soldados se mezclaban en un enjambre de lanzas, escudos y corazas. Marchaban a pie o a lomos de caballeriza entre pesados carros de todos los tamaños, repletos de víveres y provisiones. Jalonando la marcha, los elefantes agitaban mansamente sus pesadas moles.

–¿Puedes ver a los guerreros a través de esos cristales? –preguntó Dibus con curiosidad.

–Prueba tú mismo.

Ana le tendió sus binoculares y explicó a Dibus el manejo de los discos de enfoque. Maravillado, el soldado se los colocó ante sus ojos y, no sin dificultad, consiguió encontrar al ejército de Cartago más allá de las aguas. Como un niño que descubre la magia de la óptica, Dibus intentó atrapar a los soldados con sus manos. Segundos después, convencido de que aquel ingenio simplemente aumentaba las imágenes lejanas, se concentró en la visión que desfilaba por la costa.

–No sólo caminan soldados y jinetes de Cartago. Puedo ver infantes de otras tribus... Algunos parecen de piel morena y no llevan demasiados pertrechos. ¡Honderos baleares! ¡Llevan pastores de las islas! Son magníficos en luchas a campo abierto. Puedo ver sus hondas atadas en torno a sus pechos y cinturas... En total, calculo más de cuarenta mil hombres y diez mil jinetes. ¡Y unos treinta elefantes! Esas bestias se manejan con dificultad en los campos de batalla, pero causan un profundo terror en el ataque... ¡Por Net! Veo las enseñas de Aníbal... Esto no son tropas de refuerzo. ¡Esto es un ejército de invasión! ¿Acaso piensa traspasar la línea del Gran Río?

Dibus devolvió a la joven los prismáticos y explicó que siete años atrás, Cartago se había comprometido con Roma a no cruzar la frontera del río Iberós, que Ana entendió como Ebro. Así se acordó tras la primera gran derrota de los cartagineses, una humillación que les había costado el dominio del Mediterráneo. Cartago decidió entonces completar la invasión de las tierras ibéricas del interior y fundó Nueva Cartago para reforzar su presencia en la península. Pero Arse era una ciudad aliada de Roma y estaba emplazada al sur del Ebro. Cartago no podía consentir aquella intrusión romana en sus dominios y la atacó por sorpresa.

–Durante largos meses aguardamos la ayuda de Roma –dijo Dibus con amargura–, pero nunca llegó el auxilio.

Dirigió otra vez su mirada hacia la costa. El hombre que desafiaba a Roma era Aníbal Barca. El hijo del mítico Amílcar Barca, general en jefe de Cartago hasta su muerte. Según había oído Dibus, Amílcar despertó una noche a sus pequeños hijos, Aníbal, Asdrúbal y Magón, a los que llamaba «sus tres leoncillos», y los condujo hasta el templo de Baal en Cartago. Allí, ante el altar del dios devorador, les hizo jurar odio eterno a Roma. Aníbal tenía sólo nueve años.

Mientras Dibus relataba a los tres muchachos las andanzas de los Barca en la península ibérica, la columna de soldados continuaba su marcha hacia el norte, en sentido contrario al rumbo de la maltrecha balandra.

–Ciego de venganza, Amílcar desembarcó en Gadir para rehacer su ejército, pero murió antes de alzarse contra Roma. Le sucedió su yerno Asdrúbal, el fundador de Nueva Cartago. A los pocos años, Asdrúbal fue asesinado por un esclavo para vengar la muerte de su amo, un jefe ibero.

Dibus sonrió hacia Ana y Mario:

–En nuestra patria tomamos muy en serio los compromisos de fidelidad. Muerto Asdrúbal, los soldados subieron al joven Aníbal en lo alto de un escudo y lo condujeron hasta la tienda del general. Apenas tenía veinticinco años.

El infante hizo una pausa y contempló la línea de soldados que se alejaba en el horizonte. Mario se afanaba de nuevo con los resortes de su reloj de submarinismo.

–Dos primaveras después de llegar al poder, comenzó el asedio de Arse.

Dibus y Lida bajaron los ojos. Ana rompió el silencio:

–Aníbal se dirige más allá del Gran Río –de pronto su voz cobró un tono emocionado–. Es mucho más ambicioso que su padre y no olvida su juramento. Cruzará los Pirineos y ascenderá con infantes, jinetes, carros y elefantes hasta las cumbres nevadas de los Alpes, si habéis oído hablar de esas altas montañas. Después caerá sobre los valles de Italia, arrasando legiones enteras con su ejército. Aníbal se dirige a la conquista de Roma.

Dibus alzó una mirada confundida hacia aquella muchacha, que decía provenir del más allá de los tiempos.

–Sólo me extraña una cosa –continuó Ana–. Tras destruir Arse, Aníbal regresó a Nueva Cartago y allí permaneció varios meses, para preparar la expedición contra Roma. Pero si Aníbal se encontraba ayer en Arse... ¿De dónde ha salido este ejército?

VII

Al atardecer, la columna de soldados se perdió en el horizonte y los fugitivos pudieron aproximarse a la orilla. Dibus y Mario se apresuraron a arriar la vela para anudar las hilachas, pues el lienzo amenazaba con rasgarse de un momento a otro. Entre tanto, las muchachas caminaron hasta un pozo cercano a la costa para aprovisionarse de agua dulce.

Lida no había pronunciado palabra alguna desde que pisaron la arena de la playa, pero al fin se dirigió a Ana con voz insegura:

—¿Todavía existe mi ciudad en tu época?

—Sí, aunque se la conoce como Sagunto.

—¿Sagunto? Se parece mucho a Zakyntos, el nombre antiguo de Arse. Así la llamaron los griegos que la fundaron, ¿sabes? Llegaron desde el otro confín del Mediterráneo, desde la isla de Zakyntos.

–Lida, los romanos reconstruirán Arse y la embellecerán con templos y edificios. Y con un famoso teatro. Vuestra resistencia frente a Aníbal se recordará durante más de dos mil años como una hazaña admirable. Cartago sucumbirá, pero Sagunto permanecerá en pie.

El rostro de Lida se ensombreció.

–Supongo que eso es un consuelo. Pero no me devolverá a mi padre.

Ana posó su mano con delicadeza sobre el hombro de la joven.

–Lida, tu padre murió defendiendo tu hogar. Y, al hacerlo, también protegía tu futuro. Por eso estás ahora aquí, conmigo.

Mientras intentaba consolar a la muchacha saguntina, Ana pensó en sus padres y una vez más se sintió arrepentida. Los recordaba sonrientes, amables con ella, a pesar del mal humor con que les había tratado durante los instantes previos a su viaje... por una simple cámara de fotos.

Lida se arrodilló para izar los odres de cuero. El agua salía a chorros a través de las suturas podridas de la piel, pero al menos podrían acarrear suficiente cantidad para abastecerse durante el siguiente tramo de la travesía. La chica se puso en pie.

–Nuestra maestra solía contarnos antiguas leyendas sobre los héroes de nuestros antepasados griegos. Campeones fabulosos, admirables por su fuerza y su valor en la guerra o en el mar. Pero ninguna de sus proezas puede compararse al cariño de mi madre, que murió mientras me paría. Ninguna de sus gestas igualará el amor de mi padre, caído junto a la muralla de Arse. Dime, Ana, ¿quién cantará sus hazañas?

Escondidos entre la vegetación cercana a la playa, los cuatro fugitivos probaron el primer bocado caliente desde que escaparan de Arse. La dura carne del conejo capturado por Dibus, asada con premura, no era el plato más exquisito para dos paladares del siglo XXI, pero calmó un hambre que los torturaba desde hacía bastantes horas. En cambio, Dibus y Lida recibieron aquellas tajadas mal cocinadas como un suculento manjar, pues los meses de asedio les habían enseñado a apreciar como un regalo inmerecido hasta el más pequeño mendrugo de pan.

Tras la cena, empujaron de nuevo la balandra hacia las aguas. Saltaron sobre la cubierta y se internaron en el mar, ayudados con los dos únicos remos de pala ajada y casi inservible. Cuando se habían distanciado unos trescientos metros de la costa –dos estadios, según la medida empleada por Dibus–, el soldado arrojó al agua un ancla improvisada con una red repleta de pedruscos.

–La playa no es segura –determinó–. Pasaremos la noche en el mar, alejados del camino de las tropas.

Nuevamente, los sobresaltos de la aventura impedían el sueño de Ana. En la noche cerrada brillaban los astros con especial hermosura, reflejados sobre el pulido espejo marino. La muchacha recorrió la cubierta con su mirada y vio los bultos inmóviles de Dibus y Lida. Envidiando su descanso, se incorporó sobre las incómodas tablas y miró atrás. La silueta erguida de Mario se recortaba en la oscuridad. Un ligero resplandor brilló débilmente en su muñeca. Por segunda vez, Ana le sorprendía consultando su reloj.

Una estrella fugaz extendió su breve rastro con un centelleo y el muchacho alzó su cabeza hacia el firmamento. Mario mantuvo sus ojos fijos hacia arriba durante unos segundos, aunque la estela se había extinguido. Con la misma ilusión que un chiquillo, pidió un deseo mientras veía el rostro de Ana en un cielo tachonado de brillantes.

–¿Se puede saber qué haces?

El chico se sobresaltó al oír el susurro de Ana.

–Contemplo estrellas.

Ana no podía creer lo que oía. Aquel muchacho atlético, el más orgulloso del instituto... ¡contemplaba las estrellas en la quietud de la noche!

–No sabía que en el fondo de tu corazón habitara un poeta –replicó la joven con un punto de sorna en la voz.

Mario pasó por alto la puya.

–¿Eres aficionado a las estrellas?

–Hace algunos años, cuando era un niño, asistía al taller de astronomía del colegio. El monitor nos enseñó a manejar un pequeño telescopio. Veíamos la superficie de la Luna, e incluso llegamos a distinguir algunos planetas. Pero a mí me apasionaban las estrellas. A los diez años podía distinguir casi todas las constelaciones.

–Ya. Y, con el tiempo, pensaste que eso de ver estrellitas los fines de semana era mucho más aburrido que salir de bronca por la noche.

–Sí.

Ana se extrañó al escuchar aquella confesión y creyó que tal vez había puesto el dedo en alguna llaga. Al mismo tiempo, sintió admiración por su afición secreta. Quizás debajo de su engreída apariencia se ocultara el auténtico Mario.

–Hace unos segundos, una estrella fugaz ha cruzado el cielo de Escorpio –dijo el muchacho–. Allá en el horizonte. ¿Ves? Hacia el sur.

–No sé distinguir estrellas.

Mario señaló las luminarias que componían la larga constelación de Escorpio y destacó Antares, próxima a las pinzas del monstruo.

–Es una estrella inmensa, una gigante roja. Mil veces más grande que el Sol. A veces se puede ver Marte en sus inmediaciones.

Ana comenzaba a interesarse por la explicación de Mario.

–Escorpio es un signo del Zodíaco –comentó la chica–. La diosa Artemisa, Diana cazadora para los romanos, lo envió para que matara al gigante Orión con su picadura.

–¿Ah, sí? Eso tiene sentido, porque las constelaciones de Orión y Escorpio se persiguen por el cielo. Son incompatibles, ¿sabes? Orión sólo es visible en invierno, y Escorpio en verano. Mira, encima de Escorpio puedes ver el Ofiuco.

Entusiasmado, el muchacho describió una constelación algo más complicada. Representaba a un hombre que sostenía en sus manos una serpiente gigante, por detrás de su torso. Al instante, Ana recordó al juez Minos en los infiernos, cuya imagen había admirado tres días atrás en el Juicio Final de la capilla Sixtina. Y, al momento, en su imaginación también se dibujó la figura de aquel hombre sentado en su trono, espantado ante la presencia del pez monstruoso, que ocupaba un lugar de honor en el fresco de Miguel Ángel.

–¿Conoces alguna constelación que represente a un héroe huyendo de un pez gigante?

Mario hizo un esfuerzo por recordar.

–No. Pero encima del Ofiuco puedes ver al héroe por excelencia: Hércules.

Arrodillado, el semidiós terrible blandía sobre un hombro su maza estrellada.

–Dentro de poco, las Pléyades se asomarán por el norte –Mario señalaba ahora el extremo opuesto del firmamento, más allá de la Estrella Polar–. Forman un cúmulo de estrellas alucinante. Es mi constelación favorita.

–¡Las Pléyades! ¿También ocupan un lugar en el cielo? Eran siete hermanas, perseguidas por el gigante Orión. Zeus las convirtió en palomas y así consiguieron escapar de sus flechas.

Los dos jóvenes contemplaron en silencio la impresionante escena que el universo abría ante sus ojos. Ana comprendió que los mitos, esas leyendas antiquísimas que admiraba en pinturas, libros y esculturas, también estaban representadas en el firmamento. Las constelaciones eran como los capítulos de un libro formidable y enigmático. Y cada noche, la danza de los astros relataba las mismas historias, una y otra vez, desde hacía milenios. Entonces comprendió, sentada sobre la balandra, que aquellas estrellas reflejadas en el Mediterráneo eran lo único que no había cambiado tras su viaje en el tiempo.

–¿Crees que nuestro destino está escrito en las estrellas, Mario? Los antiguos les daban mucha importancia.

–No lo creo. Pero Dibus y Lida sospechan que tú sí eres capaz de adivinar el futuro. ¡Igual que la sibila! Tu historia de Aníbal en los Alpes les ha impresionado de veras.

–Sabes que no hay nada de extraordinario en eso. Basta con conocer la historia y el pasado para predecir el futuro. Cambiando de tema, ¿tienes algún problema con tu reloj? Lo consultas continuamente. El mío murió cuando nos sumergimos en el aljibe.

Mario dio un respingo.

–Verás, desde que subimos a la balandra he comprobado que el calendario digital ha cambiado dos veces de fecha. Cuando aparecimos en Sagunto a través del Arco de Jano, la fecha saltó de junio a marzo. Y esta mañana, mientras el ejército avanzaba por la costa, descubrí que el reloj señalaba el mes de julio. Me di cuenta cuando dejamos atrás aquel extraño espejismo. ¿No te parece curioso?

El chico encendió la pantalla de su reloj y lo aproximó a los ojos de la chica. Ana meditó unos instantes.

–¡De marzo a julio! Creo que ya sé por qué Aníbal tuvo tiempo de regresar a Nueva Cartago y de organizar la partida de su ejército. Para nosotros apenas ha transcurrido un día desde que abandonamos Sagunto. ¡Pero en realidad han pasado cuatro meses! Seguimos viajando en el tiempo, Mario, aunque los saltos son menores. Y esta vez, Lida y Dibus nos acompañan.

Si los dos estudiantes de Secundaria hubieran permanecido despiertos sobre la pequeña nave anclada, habrían contemplado un nuevo prodigio en el firmamento.

La brisa se levantó en el curso de la vigilia, acariciando a los cuatro cuerpos dormidos, hasta transformase en un temible aullido. Al instante, la maquinaria del universo se detuvo en suspenso y hasta las aguas del mar paralizaron su oleaje por un instante. Entonces, los astros aceleraron su carrera describiendo círculos centelleantes sobre la bóveda celeste. Orión y Escorpio se persiguieron en una cacería interminable y, con ellos, el carrusel del Zodíaco giró raudo y frenético.

Cuando la danza de las esferas recuperó su lentísimo compás, la aurora ya se mezclaba entre los astros y los borraba con su luminoso manto.

Un trino agudo y metálico despertó a Mario.

El interior de su mochila se iluminaba con cada estridencia, provocando un resplandor misterioso en la penumbra del alba. Al principio, la soñolencia le impidió entender qué diablos ocurría. Su teléfono móvil estaba sonando.

Tomó el pequeño aparato con manos temblorosas ante la mirada perpleja de Lida y Dibus, ya despiertos y alarmados por el canto de aquel extraño pájaro. Boquiabierta,

Ana aguardaba a que el muchacho contestase la llamada.

–¿Existe cobertura en el siglo III antes de Cristo? –preguntó Mario.

–No seas imbécil y responde antes de que sea demasiado tarde.

–¿Dígame...?

Al otro lado de la línea, Mario escuchó un estallido ensordecedor de interferencias, entre las cuales creyó reconocer una voz humana. Al cabo de unos segundos, la comunicación se cortó con brusquedad.

El chico se encogió de hombros.

Lida dio un grito y señaló hacia el sur. La nave se dirigía hacia un inmenso cúmulo de nubes tormentosas, que les aguardaba como una oscura amenaza en un horizonte de aguas revueltas. Mientras Mario manejaba su móvil con torpeza, Dibus ya se había percatado del peligro.

La cuerda que amarraba el ancla se había soltado, dejando la balandra a la deriva durante toda la noche. La corriente aumentaba su velocidad por momentos. Con un grito enérgico, el soldado puso en guardia a sus compañeros y arrojó a Mario uno de los remos. Bogaron desesperadamente hacia una orilla que parecía cada vez más lejana. Pero el viento de galerna los empujaba sin remedio hacia la gigantesca nube, cuyo interior se henchía terriblemente con cada salva de relámpagos. Unas fauces se abrieron en la ominosa espesura, dispuestas a tragarse la balandra. Y ante la desesperación de los infelices tripulantes, la nave penetró zozobrando en un ciclón de aire, fuego y agua.

Aferrados al maltrecho mástil, los fugitivos soportaban los embates del temporal. El lienzo terminó de rasgarse con un tremendo chasquido y salió despedido hacia las alturas. Segundos después, el mástil se tronchó por la mitad. Los restos del palo cayeron al mar encrespado, y poco faltó para que Ana se precipitara también en las aguas. Entre la espesa cortina de lluvia, la chica advirtió una luz violácea que refulgía más allá de la densa nube. Como si obedeciera a alguna secreta señal, la balandra viró y puso rumbo hacia ella. El torbellino amainó su furia y pudieron reconocer la costa con dificultad. Entonces vio un extenso lago interior, separado del mar por un largo brazo de tierra que culminaba en un alto y abrupto promontorio, allí donde la extraña luz brillaba como el haz de un potente faro.

Centelleaba sin cesar.

Un viento veloz los empujó hacia ella, pese a los esfuerzos de Dibus por enderezar lo que quedaba del timón. La pequeña embarcación enfiló unas rocas amenazantes que descollaban sobre las aguas.

Ana alzó los ojos en dirección al promontorio y, aterrada, reconoció el lugar donde sufrían aquel embate mortal.

–¡El acantilado! –gritó a Mario mientras luchaba por guardar el equilibrio–. La tormenta nos ha arrastrado frente al cabo de Palos, cerca de Cartagena. ¡He practicado submarinismo aquí cientos de veces! ¡Y el lago que vimos hace un rato es el Mar Menor!

Pero Mario apenas la escuchaba. Sobre el acantilado, la misteriosa luz se había transformado en una figura refulgente, de aspecto casi humano. Cada vez que sus brazos se extendían hacia la tormenta, un rayo surgía entre las nubes. La chica quedó sobrecogida por el terror, incapaz de apartar la mirada de la siniestra figura.

Ana y Mario habían huido de ella tres noches atrás, cuando escaparon de la muerte a través del arco de Jano.

VIII

El joven general despidió al guardia pretoriano y, con secreta inquietud, guardó silencio ante las miradas inquisitivas de sus oficiales y consejeros.

Publio Cornelio Escipión era el militar de menor edad en aquella temprana reunión, convocada en su tienda bajo la enseña del senado y el pueblo romano. Sus legiones, acampadas a pocos kilómetros del mar, aguardaban en alerta y se preparaban para el próximo enfrentamiento contra las huestes de Cartago. El objetivo de Roma consistía en arrebatar a Aníbal su propia capital en Europa: Nueva Cartago. Pero aquella mañana, Escipión acababa de recibir un extraño mensaje y, rompiendo el protocolo, decidió interrumpir la reunión más importante del ejército de Roma destacado en Hispania.

El silencio se prolongó, aumentando la violencia de la situación. El general no pensaba reanudar la reunión hasta que el pretoriano cumpliera sus órdenes y regresara de nuevo a la tienda consular. Dos veteranos oficiales intercambiaron un gesto discreto de desaprobación por aquella espera injustificada. Quizás recordaran con envidia el increíble ascenso de Escipión en la carrera militar. Meses atrás, los ancianos del senado habían aprobado un decreto especial que confería los máximos poderes a aquel militar de veinticuatro años, edad inusitada para ceñir la capa escarlata sobre coraza musculada. ¡El *paludamentum*, el mayor signo de distinción en el ejército de Roma!

La decisión de la curia no obedecía a la insensatez o a la corrupción. Mientras las tropas de Aníbal rondaban las cercanías de Roma (*Hannibal ad portas*!, gritaban sus aterrorizados ciudadanos), Publio Cornelio Escipión se había destacado por sus encendidos discursos, que enardecían la moral del pueblo. Desde que surgiera a través de los Alpes como un demonio de las montañas, Aníbal ya había infligido cuatro derrotas seguidas a las legiones de la república. La última bien pudo haber causado la ruina definitiva de Roma.

Escipión había contemplado con sus propios ojos el campo de Cannas, donde yacían sin vida los cuerpos de cincuenta mil soldados romanos. Roma nunca conocería un desastre semejante en toda su historia.

Aquella visión espoleó al joven militar en su deseo de vencer a Cartago. Entusiasmados por Escipión, los romanos habían reorganizado su ejército con doscientos mil ciudadanos y campesinos. Y así, el nuevo general acababa de llegar a Hispania con un tercio de aquella tropa, que contaba en sus legiones con numerosos voluntarios de quince años. Su campamento se alzaba ahora en algún lugar entre Nueva Cartago y el camino de Akra Leuke.

La espera se hacía eterna.

Pocos minutos atrás, un guardia pretoriano había penetrado en la suntuosa tienda consular para transmitir a Escipión un insólito comunicado. El día anterior, una balandra ibera había embestido al alba a una de las naves romanas que se apresuraban a cercar la estrecha bahía de Nueva Cartago. El suceso había ocurrido en las cercanías del Promontorio de Saturno. Tras colisionar contra el casco de una quinquerreme, forrado con planchas de plomo, la balandra se despedazó. El incidente no hubiera trascendido hasta el punto de llegar a Escipión, de no ser por las inquietantes circunstancias que lo rodeaban. Según el capitán al mando de la quinquerreme, la pequeña nave ibera había surgido de la nada sobre un mar en calma, a través de una extraña y tenebrosa corona de nubes. Sanos y salvos, sus cuatro tripulantes habían sido izados a bordo entre la admiración y el temor de los marineros, que creían ver en ellos una embajada de los dioses. En el informe entregado a Escipión por Cayo Lelio, almirante de la flota, también constaba que los náufragos juraban ser supervivientes del asedio de Sagunto, de donde habían escapado milagrosamente dos días atrás.

Aquellos datos fueron suficientes. El joven general exigió que los iberos fueran conducidos ante su presencia de inmediato... pese a las protestas de su estado mayor, exclusivamente concentrado en el inminente ataque.

El pretoriano regresó a la tienda, seguido de los cuatro iberos y de la guardia que los custodiaba. Parecían fatigados hasta el extremo.

Dibus aún vestía su atuendo militar, casi reducido a harapos. Su espada corta había sido confiscada pese a las agrias protestas del ibero. Mario caminaba a su lado, disimulando su miedo como podía. Ana y el muchacho todavía conservaban sus pantalones vaqueros, sucios y agujereados. Sus mochilas, repletas de curiosos artilugios, también se encontraban en poder de los soldados romanos. Lida adoptaba una actitud altiva, como correspondía a la hija de un capitán de Arse.

Escipión se aproximó a los cuatro extraños y los examinó. Ana contempló impresionada al joven Publio Cornelio. Conocía de sobra sus victorias en Hispania, en especial la brillante conquista de Cartagena. A su memoria acudieron de inmediato las fiestas de romanos y cartagineses que todos los años se celebraban en su ciudad. Pero tanto la nave que los había rescatado el día anterior como el campamento, los legionarios y el general que les recibía en su tienda... eran sencillamente auténticos.

Escipión se dirigió a Dibus con tono respetuoso, pero firme:

—¿Eres tú el ibero que hirió a Aníbal en Sagunto?

Con ademán desafiante, Dibus se cruzó de brazos y permaneció en silencio durante unos segundos. La respuesta se abrió paso, al fin:

—Por desgracia, mi dardo no iba bien dirigido, romano. Si, tal como jurasteis, habéis venido en nuestra ayuda, sabed entonces que Arse ya no existe. Fue tomada por la hiena de Cartago hace dos jornadas. Vuestro auxilio llega demasiado tarde.

El general pareció maravillarse cuando oyó aquellas palabras:

–No voy a excusarme por un retraso del que no soy culpable. Pero has de saber que Sagunto cayó hace ocho años, cuando yo aún me entrenaba con espadas de madera.

Ana y Mario se miraron boquiabiertos. Su travesía de dos noches entre Sagunto y el cabo de Palos... ¡había durado ocho años!

–Tras conocer la ruina de tu pueblo, Roma declaró la guerra a Cartago –continuó el joven Escipión–. Aníbal ya caía sobre Italia cuando mi padre Publio y mi tío Cneo desembarcaron en Hispania, al frente de un ejército. Derrotaron al hermano de Aníbal, Asdrúbal, deteniendo así el envío de refuerzos a Italia. Pero hace tres años, mi padre y mi tío fueron derrotados y murieron no muy lejos de aquí, en Cástulo. Hoy Aníbal recorre Italia y mi patria agoniza, pero aún no ha sido vencida.

–¡No lo será, noble Escipión!

El general y los oficiales romanos clavaron sus ojos en Ana. Al instante se produjo en la tienda del pretorio una pausa cargada de tensión. Escipión sonrió a la chica.

–En pocas horas, mis hombres atacarán Nueva Cartago. Agradezco tus ánimos, muchacha. ¿Acaso algún oráculo inspira tus palabras? Mis hombres aseguran que los dioses os envían en nuestra ayuda... Si es que vosotros mismos no sois dioses con aspecto humano.

Ana dudó, mientras Escipión aguardaba una respuesta. La joven empezó a lamentarse por hablar más de la cuenta, pero por fin se decidió a desvelar el misterioso motivo de su presencia en aquel campamento romano:

–No somos dioses... Tan sólo viajamos en el tiempo.

Mario cerró los ojos, previendo el desastre. En pocas palabras, Ana relató su periplo desde Roma a través del arco de Jano, y el encuentro posterior con Dibus y Lida. Pero omitió los detalles referentes a la terrible sombra que les había amenazado en dos peligrosas ocasiones. Cuando cesó su explicación, el silencio retornó a la estancia. Escipión sonrió de nuevo y miró a uno de los pretorianos:

–Mis soldados creen que mi padre era una serpiente monstruosa. ¡Júpiter en persona! ¿Por qué no podemos admitir que se encuentra entre nosotros una adivina? ¡Una enviada de Apolo! Tal vez así infundamos a las legiones el valor que empiezan a perder.

Ana insistió:

–No soy ninguna adivina. Sólo conozco el pasado. Sé que Nueva Cartago caerá mañana en tus manos y que expulsarás a los cartagineses de esta tierra, desde Ampurias hasta Gadir. Aníbal no entrará en Roma y tú, noble Escipión, nunca conocerás la derrota.

Las palabras de la muchacha sonaron en la tienda del pretorio como pronunciadas por el mismo Apolo. Los oficiales se dirigían miradas de estupor, y algunos de ellos reprimían su incredulidad y su irritación. Impresionado por aquel augurio, el joven general se llevó una mano al lazo rojo que ornaba su coraza y lo apretó con fuerza.

–Mario... –Ana llamó la atención del joven, que en esos momentos se preguntaba angustiado cómo terminaría todo aquello–. Tú representaste el papel de centurión. El año pasado, durante las fiestas de Cartagena. ¿Recuerdas tu texto?

El chico se pasó los dedos por el cuello de su camiseta surfera y asintió, bastante nervioso. Ana se las ingeniaba de nuevo para meterle en un buen lío.

Lo último que esperaba Magón, el segundo hermano de Aníbal, era un ataque frontal de los romanos a la ciudad que gobernaba. Qart-Hadashat, la Nueva Cartago en su lengua púnica, era la capital y el puerto de Iberia. Apenas se contaban veinticinco años desde su fundación y ya rivalizaba con la casi milenaria Gadir. Sus murallas se alzaban en una pequeña península unida a tierra firme por un estrecho istmo. Al sur se abría la bahía. Al norte, las aguas de un marjal pantanoso y profundo impedían cualquier invasión.

Nueva Cartago era una ciudad inexpugnable.

Sin embargo, Magón no acababa de sentirse a salvo. El ejército cartaginés se hallaba dispersado entre Gibraltar, la sierra de Guadarrama y la lejana desembocadura del Tajo. Tan sólo defendía la fortaleza un millar de soldados. Los demás habitantes eran simples artesanos, menestrales y marineros. Gente inexperta para la guerra, en resumidas cuentas. Cuando, días atrás, las tropas de Magón avistaron el ejército de Roma, el hermano de Aníbal se encerró con sus hombres al abrigo de las murallas, dispuesto a soportar un asedio que no debería ofrecer demasiadas dificultades para unos cartagineses bien abastecidos de víveres, armas y pertrechos.

–Ahora ha llegado vuestro turno –murmuró el guerrero saguntino al divisar los muros de Nueva Cartago.

Tras su decisivo encuentro con Escipión, Dibus y Mario fueron destinados a un puesto de honor entre los hombres del general: el infante, como recompensa a sus méritos en la defensa de Sagunto; el muchacho, por la valiosa información prestada a los estrategas. Y así, de la noche a la mañana, Mario se vio revestido con yelmo y coraza de cuero.

–Encantado de servir a Roma –se decía a sí mismo con pésimo humor–, pero ¿se puede saber por qué me juego el cuello atacando mi propia ciudad? ¡Y mientras tanto, Ana y Lida aguardan a salvo en el campamento, con guardia personal incluida!

De nada habían servido las protestas de Mario. Dibus le recordó que, si de veras compartía el destino de Ana, era preciso que interviniera en el ataque a la «guarida de Aníbal», tal como se disponía en el oráculo de la sibila de Cumas. Además, decenas de muchachos de su edad habían llegado desde Roma, la ciudad de las siete colinas, para liberar Nueva Cartago, y no parecía muy correcto que uno de sus habitantes escurriera el bulto.

Pese a todo, Mario no pensaba intervenir en la lucha. En cuanto Escipión diera la orden de ataque, se escurriría entre la confusión para perderse en la retaguardia y ponerse a cubierto.

El ejército llegó hasta una colina que dominaba la laguna. El general ordenó un alto y mandó llamar a Mario. Escipión señaló el marjal ante el muchacho:

–Entonces, las aguas de esta laguna descienden con la marea y permiten el paso a pie, ¿no es cierto? –susurró.

El chico dio dos pasos hacia el general. La coraza y el casco le producían un calor insoportable. De pronto se encontró en una situación que se le antojaba bastante estúpida.

–En Primaria nos explican la historia de nuestra ciudad y todo eso. No recuerdo los detalles, pero creo que la invasión romana se produjo a través de esta laguna, que ya no existe... Bueno, que no existirá dentro de dos mil años, para ser exactos.

Escipión dejó al muchacho con la palabra en la boca y se volvió hacia sus hombres. Mario inspiró hondo para calmarse. Se hizo el silencio y la atención de los soldados se concentró en su líder. Dibus admiró el respeto y la devoción que el joven general despertaba entre sus hombres. Tanto los romanos como los edetanos alistados entre la tropa estaban convencidos de que Publio Cornelio Escipión era una auténtico héroe bendecido por su padre, Júpiter.

–¡Neptuno, el hijo de Saturno, y nuestra amada Juno, madre de Roma, han dispuesto la victoria contra la ciudad de Aníbal! –clamó con todas sus fuerzas–. El dios de los mares y los océanos nos prestará su auxilio para caminar sobre las aguas hasta la fortaleza. ¡Ésta será una jornada gloriosa para los hijos de Rómulo!

Mario arrugó el ceño. ¿No hubiera sido más sencillo explicar que, con la marea baja, los soldados podían atravesar el marjal sin demasiados problemas? Todavía se hallaba sumido en la perplejidad cuando observó que Escipión en persona se arrojaba colina abajo y, al llegar a la orilla, continuaba su carrera sobre el lecho de la laguna, aguas adentro, sin hundirse más allá de las rodillas. Enardecidos por aquel prodigio, los soldados siguieron su ejemplo y se lanzaron a la carga, presas de fervor guerrero y con las armas en alto.

El infante de Arse tomó al muchacho por los hombros y lo miró en silencio durante unos segundos. En mitad del torrente humano, Mario se fijó en aquel semblante recio, oscurecido por la sombra del combate sin tregua, y entonces descubrió en el soldado un inesperado gesto de cariño.

El muchacho sintió una mezcla de rubor y desconcierto. Hasta ese momento, Dibus siempre le había dispensado un trato áspero. Pero ahora, en el momento de la batalla, le dirigía una mirada amable, repleta de emoción contenida.

–Valor –deseó sonriente. Y se unió al ataque.

Mario apretó los dientes, al tiempo que empuñaba con fuerza una espada mellada que no sabía manejar. El marjal se llenó de gritos que imploraban la ayuda de Marte y el favor de Net, el dios ibero de los caídos en combate. Entre tanto, el sol se asomaba en el levante sobre las aguas del mar, hiriendo con su resplandor los muros que el furor ibero y la gloria romana se disponían a abatir... con la ayuda de un adolescente que, de pronto, había decidido cambiar sus planes.

Tal como acordaran Escipión y su estado mayor, un ala del ejército se había adelantado con un ataque frontal contra la península donde se alzaba la ciudad. Se trataba de una maniobra de distracción que permitió la travesía a pie sobre las aguas, pues Magón jamás hubiera sospechado que el asalto más peligroso llegaría a través del marjal. Al otro lado del istmo, la escuadra de Cayo Lelio cerraba el paso de la bahía.

Apostados en las murallas, los hombres de Cartago recibieron al enemigo con una lluvia de proyectiles. Pero las ballestas no eran suficientes para contener una acometida tan numerosa. Los escasos honderos baleares que no habían acompañado a Asdrúbal ni a Aníbal en su aventura alpina provocaron las primeras bajas en la vanguardia de Escipión. Mario escuchaba por encima de su cabeza el silbido de los cantos de pirita, mientras corría hacia las murallas. Horrorizado, veía cómo los yelmos estallaban a su alrededor. A cada impacto, los soldados quedaban tendidos sobre las aguas pantanosas, que se teñían de rojo inmediatamente. Dibus sacó al joven de su aturdimiento y lo zarandeó con energía:

–¡No te detengas! Unos pasos más y estaremos fuera del alcance de las hondas.

Al pie de los muros se amontonaban los cuerpos de los legionarios. Mario vio sus rostros desfigurados y, atemorizado, se recostó contra los sillares de la muralla. A su lado, los guerreros se encaramaban a la muralla sirviéndose de las cuerdas y escalas tendidas por la vanguardia. Al otro lado del cerco, el fragor de la lucha le resultaba insoportable.

Tres días antes, había presenciado el horror de Sagunto como un testigo accidental que intenta escapar de una celada imprevista.

–¡Corre! ¿A qué esperas?

En cambio, ahora, su presencia junto a Dibus al pie de su propia ciudad, en lucha contra un enemigo común, le exigía un compromiso mucho mayor. Por primera vez, sintió que aquellos soldados que lo rodeaban en la batalla no eran simples sombras del pasado, personajes anónimos que llevaban dos milenios muertos. Ni Dibus. Ni Lida. Cada uno de ellos vivía una vida irrepetible, como las personas que había conocido en su siglo de procedencia.

Pensó también que su destino transcurría a través de aquella muralla.

Pero el pánico era mucho más poderoso.

Dibus se encontraba colgado a media altura, entre los cimientos y las almenas, cuando vio al muchacho sentado en el suelo. Mario se cubría la cabeza con las manos y temblaba de miedo. El infante miró hacia lo alto del muro y advirtió que un guerrero defensor tomaba una lanza en sus manos para arrojarla contra el muchacho.

Todo sucedió en un instante. Mario escuchó su nombre en un grito formidable. Al mismo tiempo, Dibus se precipitaba muralla abajo desde su escala para rodar después hasta el muchacho y cubrirle con su cuerpo. Un segundo más tarde, un dardo atravesaba el costado del guerrero saguntino.

Dibus se abrazó a Mario y pronunció una sola palabra con expresión dolorida:

—Lida.

En el momento de la muerte, la devoción ibera que tanto admiraban los romanos se sobreponía a cualquier deseo en el corazón del soldado.

Mario se limpió las lágrimas. Pensó en Ana y no pudo soportar el pensamiento de no volver a verla. Ajeno al infierno que lo rodeaba, desenvainó la falcata de Dibus. Le cruzó las manos encima del pecho, aún caliente, y dejó reposar la noble hoja sobre su cuerpo. Luego echó una última mirada al infante de Arse, muerto por salvar su vida, se asió a la escala que aún colgaba de la muralla y trepó con un vigor desconocido.

A la puesta del sol, Aníbal perdía Qart-Hadashat para siempre.

IX

Ana apresuró su paso por las calles empedradas de la fortaleza. Una semana después de su conquista, Nueva Cartago apenas mostraba signos del asedio romano. Escipión había sido generoso con los pobladores. Respetó sus tierras, sus negocios y sus fraguas. No hubo represalias ni confiscaciones, y los representantes de las tribus iberas aclamaron al joven Publio como rey. El general en persona había inaugurado unos fastuosos combates de gladiadores para honrar la memoria de su tío Cneo y de su padre Publio, los Escipiones caídos años atrás en la lucha contra Asdrúbal.

Ana, Mario y Lida prefirieron no asistir a los juegos. La muerte de Dibus les había sumido en una pesadumbre que afectaba en especial al muchacho, incorporado a las filas romanas en el último momento. Mario recordó su sonrisa de ánimo antes de la batalla, mientras cinco guerreros edetanos enterraban el cuerpo del infante al pie de la muralla. En el último viaje le acompañaba su falcata, forjada a la medida de su brazo.

Siempre guiada por un legionario, la muchacha de cabellos castaños atravesó un enjambre de calles irregulares y alcanzó la plaza principal de Qart-Hadashat. Vestía una túnica de lino, pero bajo aquella sencilla prenda conservaba su polo de manga larga y sus vaqueros.

En las primeras luces de la mañana, Ana creía vivir un sueño mientras recorría su ciudad, levantada catorce años atrás entre cinco colinas. En vano intentaba reconocer cada rincón, pero tan sólo le resultó familiar un tramo de la muralla. A diferencia de Sagunto, la capital cartaginesa se mantenía en pie desde el primer día de su conquista. Únicamente habían sido sustituidas por las águilas de Roma las enseñas de Cartago, el caballo y el rayo de los Barca.

En el centro de la plaza se alzaba el templo de Baal Shanim. Ana rodeó el altar exterior y, siguiendo los pasos del soldado, ascendió la escalinata del imponente edificio. El templo era una sobria construcción de planta cuadrangular, tejado plano y fachada exenta de adornos, a excepción de un relieve esculpido que mostraba un disco solar flanqueado por dos cuernos de carnero: el emblema de Baal, dios soberano de fenicios y cartagineses. La muchacha cruzó el umbral y, estremecida, se preguntó por qué el joven Escipión la había citado en la mansión de aquel dios, siempre ávido de ofrendas sangrientas. El interior se hallaba iluminado por la tímida luz de unas antorchas que pendían de los muros. Presidía el centro de la nave un horno de granito, ennegrecido por las brasas de los sacrificios. Se descolgó la mochila y la dejó en el suelo. Alzó después los ojos y, entre el flamear de las teas, contempló el rostro de un ídolo gigantesco y abominable cuyos brazos descendían hasta el ara. A un lado del altar, revestido con coraza y capa escarlata, Escipión también fijaba su mirada en la estatua del dios.

Al advertir su presencia, el general romano se volvió hacia la chica. En una de sus mejillas perduraban las secuelas de una herida.

–Desde la caída de Nueva Cartago no he dejado de pensar en ti, muchacha ibera –Ana advirtió una mezcla de temor y sinceridad en aquella frase–. ¿De veras nunca he de conocer la derrota?

Ana pensó detenidamente su respuesta. Por primera vez desde el inicio de su viaje, un sentimiento de cautela le aconsejaba cuidar sus conversaciones con los hombres del pasado. Con más motivo si se trataba de Publio Cornelio Escipión:

–Así es. El fin de Cartago está cercano, y la caída de esta ciudad sólo ha sido el comienzo de su ruina.

–Entonces Aníbal morirá pronto en Italia.

Ante el silencio de la chica, Escipión insistió con impaciencia:

–Responde, muchacha. El futuro no es ningún misterio para ti.

Ana se vio en un grave aprieto, pues el único futuro que conocía era el de sus libros de texto:

123

—Aníbal vivirá casi tantos años como tú, noble Escipión. Tú... librarás a Roma de la amenaza de Cartago para siempre.

En aquel momento, Ana comprendió que sus revelaciones podían cambiar el curso de los acontecimientos y poner en peligro la propia historia. Aníbal había masacrado ejércitos enteros en Italia y su tropa merodeaba por las cercanías de Roma. En la lucha entre el caballo y el águila, las espadas aún se mantenían en alto. Consideró una posible victoria de Cartago. ¿Hubieran sido preferibles seis siglos de dominio cartaginés en lugar de romano? No le correspondía a ella juzgar esa posibilidad.

Ana sabía que Escipión y Aníbal debían enfrentarse en África.

¡Africano!

Con ese apelativo recordarían los siglos venideros a aquel general, apenas un joven sin vello en el rostro que, en la penumbra del templo de Baal Shanim, le consultaba como si fuera una auténtica adivina. En verdad, Publio Cornelio Escipión derrotaría a Aníbal Barca en un lugar próximo a Cartago, llamado Zama. Pero el general no debía conocer los detalles. Podría resultar muy peligroso.

—Tu entrada en Nueva Cartago es el comienzo de la presencia de Roma en Hispania —continuó—. Los iberos te aclaman como a un rey y, tras la guerra con Cartago, toda la costa del Mediterráneo se acogerá al dominio romano. Pero las tribus celtas del interior resistirán todavía dos siglos más. Hispania será la primera provincia invadida, la última en ser conquistada. Con el tiempo, llamaréis «Mar

Nuestro» a todo el mar Mediterráneo. En sus riberas se aplicarán las mismas leyes y se hablará la misma lengua. El idioma de vuestros poetas se aprenderá en las escuelas a lo largo de veinte siglos, y en él se escribirá la ciencia... Se construirán teatros, termas, circos y acueductos, todos ellos con el mismo estilo artístico. Y, a la vez, os enriqueceréis con las costumbres de los pueblos conquistados por vuestras legiones. El triunfo de Roma comienza aquí, noble Escipión, en Hispania.

El general fijó de nuevo la vista en el ídolo de Baal.

–Cuando era un niño, Aníbal juró odio eterno a Roma ante una estatua como ésta –su voz tembló ligeramente–. ¡Por Júpiter Óptimo! Y he de ser yo quien libre a mi pueblo de su maldición.

Ana levantó nuevamente sus ojos hacia el dios de piedra. En todas las ciudades cartaginesas se ofrecían sacrificios humanos ante Baal, Melkart o Moloch, tres nombres que designaban el mismo horror. En situaciones desesperadas, los sacerdotes exigían a las madres que ofrecieran a sus hijos más pequeños como víctimas. Todas las jóvenes cartaginesas se educaban desde la infancia para momentos así. En las horrendas ceremonias religiosas, las criaturas eran colocadas entre los brazos del dios y desde allí caían al fuego del altar. Con toda certeza, Cartago y las demás ciudades aliadas ofrecerían innumerables sacrificios infantiles en cuanto la suerte de Aníbal se volviera contra su patria.

Aunque sólo fuera por poner fin a aquella crueldad, la victoria de Roma merecía la pena.

–Tienes razón, muchacha –dijo Escipión–. Aquí comienza Roma. Y aquí también termina Cartago. El fuego jamás volverá a encenderse en este horno.

Una corriente de aire penetró en el templo agitando sus ropajes y envolviendo sus cuerpos, como si un hálito sobrenatural rubricase la sentencia que acababa de pronunciar.

–Deseo que escuches algo más –rogó Escipión a la chica–. Antes de partir hacia Hispania, el senado ordenó la consulta de los libros sibilinos cuando la marcha de Aníbal sobre Roma parecía inevitable. ¿Conoces los oráculos de la sibila de Cumas? Roma los compró por una gran suma de oro.

Ana advirtió que su corazón empezaba a desbocarse. En silencio, realizó un tímido gesto afirmativo.

–Los oráculos fatales sólo se consultan en circunstancias desesperadas, y únicamente pueden ser leídos por los diez guardianes que los custodian en el templo de Júpiter.

La curiosidad de Ana se impuso a su temor:

–¿Qué se resolvió tras la consulta?

Escipión adoptó un semblante grave:

–Los *decemviri* decidieron la ofrenda de un voto a Marte y la celebración de juegos públicos a Júpiter, padre de los dioses. Ordenaron la dedicación de dos templos, uno a Venus y otro a la diosa Mente. También predijeron tormentas de piedras sobre Roma. Pero se negaron a revelar la última resolución de los oráculos, que tan sólo permaneció como un extraño rumor.

Se hizo una pausa interminable.

–Los libros anunciaron, por último, el regreso de Amaltes, la sibila de Cumas, como un augurio de paz. Hace diez años que la república lucha contra Aníbal y, desde entonces, las puertas del templo de Jano permanecen abiertas. Así sucede siempre que Roma entra en guerra.

Al escuchar el nombre de Jano, el corazón de Ana dio un nuevo vuelco. El joven general se aproximó a la chica:

–Dime, ¿es Amaltes tu verdadero nombre?

Ana se sintió acorralada. Tras un momento de indecisión, estimó que el joven Publio quizás podía ayudarla a resolver el siguiente paso del oráculo. Escipión conocía la existencia de los libros sibilinos y la mención de Jano debía de guardar alguna relación con ellos. Ana comprendió también que no podía permanecer para siempre en la «guarida de Aníbal», ahora que había dejado de serlo. Se irguió ante el general y dijo:

–No soy Amaltes. Pero he llegado hasta aquí por mandato suyo.

Sobrepuesta a su vacilación, se decidió a revelarle toda la verdad. A medida que escuchaba los pormenores de aquella insólita aventura, la fascinación se agigantaba en el ánimo del soldado vencedor. Dos jóvenes iberos, Ana y Mario, habían viajado en el tiempo para indicarle el modo de tomar Nueva Cartago... y en los libros del futuro ya se relataba aquella conquista. ¡El nombre de Publio Cornelio Escipión se pronunciaría dos mil años más tarde!

Muchas de sus dudas acerca del sobrenatural encuentro se despejaron al punto. Pero el general también entendió que, por mucho que se prolongara su conversación con

127

Ana, jamás llegaría a desentrañar por completo los misterios de aquel viaje. Ni siquiera la muchacha ibera daba muestras de conocerlos.

Cuando, en el transcurso de su relato, Ana describió la siniestra figura que se alzaba sobre el cabo de Palos, bajo los rayos de la sensacional tormenta, Escipión interrumpió a la joven por primera vez:

–Sin duda, Jano os acompaña en vuestro viaje. No es uno de nuestros dioses principales, pero sí el más enigmático.

–¿Quieres decir que la sombra que nos atacó junto al umbral del arco... era Jano en persona?

El general asintió:

–En él radican los peligros de tu viaje. Y tú lo has desafiado con la más audaz de las travesías: el viaje en el tiempo. Jano ve el pasado y el futuro a través de su doble rostro. Uno de ellos, el jovial, pondrá esperanza en tus pasos. Pero el rostro anciano es mucho más poderoso y vive continuamente en la amargura de una muerte eterna. Intentará acabar contigo por todos los medios. Según tu relato, primero lo intentó bajo su arco en Roma. Después os trasladó en el tiempo y aparecisteis en pleno asedio de Sagunto. Por último, llevó vuestra balandra hasta un ciclón y estuvisteis a punto de ser arrollados por las naves de Cayo Lelio.

Ana se llevó una mano a los labios. La imagen de la horrenda criatura, envuelta en llamas bajo la noche romana, acudió a su memoria. Recordó un rostro incandescente y deforme, surcado por arrugas.

¡Jano intentaba impedir que cruzara el umbral!

Por ese motivo arremetió contra ella y, tras verse burlado, atrapó al desdichado Virgilio entre sus garras. En un momento de la terrible embestida, la chica creyó ver un segundo rostro en el reverso del cráneo. Sin duda, se trataba del rostro jovial del dios, inhibido ante el furor del poderoso anciano. El guía de los Museos Vaticanos intentó prevenirla de los peligros que hallaría en el viaje, pero apenas tuvo tiempo de hacerlo.

Sintió de nuevo una profunda lástima por él.

–Siempre creí que todos los dioses romanos resultaban misteriosos... pero, ¿qué hace a Jano especialmente enigmático?

Escipión desvió los ojos, como si intentara recordar una historia aprendida mucho tiempo atrás:

–Cuando Saturno, amo del tiempo, fue destronado por su hijo Júpiter, el titán anduvo errante hasta llegar a Italia, donde fue acogido por el rey Jano. Éste lo asoció a su reinado, por eso siempre se le representa como una cabeza con dos rostros. Agradecido, el titán Saturno concedió a Jano el don de conocer el futuro. Jano era un rey pacífico, por eso las puertas de su templo permanecen abiertas cuando Roma está en guerra. Y abiertas están en este preciso instante.

El viento de la mañana silbó a través de los umbrales, subrayando las palabras de Escipión con un suspiro quejumbroso:

–Pero Saturno es cruel. Domina el tiempo y devora cuanto sale a su paso. Ni siquiera perdonó a sus propios hijos, Plutón, Neptuno y Júpiter, a los que engulló según nacían. Fíjate en el ídolo que se alza ante nosotros. ¿Crees que existe alguna diferencia entre Saturno y Baal? Ambos son dioses devoradores.

En una ocasión, mientras consultaba con su madre una enciclopedia de arte, Ana contempló una lámina de Saturno que la aterrorizó. Un anciano gigante, de largas greñas y ojos desorbitados, tomaba el cuerpo de uno de sus hijos para devorarlo.

Ahora comprendía el significado de aquella pintura. Goya, su autor, había identificado el tiempo con un anciano voraz y despiadado.

–Jano tiene la voluntad dividida. Sus dos rostros lo gobiernan todo. Guarda las puertas de los cielos, pero también las que conducen a los infiernos. Se encuentra al principio y al final de todas las cosas. Entre el día y la noche. Entre el Sol y la Luna. Incluso el primer mes del año, *ianuarius*, lleva su nombre. Jano estaba presente en el inicio de tu viaje. También lo estará cuando concluya.

–¡Pero los soldados de Aníbal destruyeron el arco de la muralla en Sagunto! Mario y yo nunca podremos regresar...

–Cuentas con el oráculo de la sibila. Sigue su llamada y llegarás hasta el umbral de la salida.

En cuanto oyó aquel consejo, Ana se agachó sobre su mochila y extrajo de ella el diccionario de latín. Ante la mirada perpleja de Escipión, la muchacha pasó las páginas y encontró la hoja amarillenta donde estaba escrito el oráculo de Amaltes. A continuación leyó en voz alta los cuatro primeros pasos:

I

IANUA IANI

II

HANNA HANNIBALIS

CAVE CAVEAM

SED VADE IN EAM

III

BUCCA TRITONIS

IV

LUPA CUM PUERIS

–*Bucca tritonis...* La Boca del tritón es el siguiente paso del enigma. Sé que un tritón es una divinidad de los ríos y de los mares, pero no consigo encajar en el oráculo el significado de estas dos palabras.

El joven general se mantuvo serio durante unos segundos y después esbozó una sonrisa ingenua:

–¡La Boca del tritón! –rió–. Así llaman los romanos a la tapa de una alcantarilla que cierra la Cloaca Máxima. Cuando era niño, solía escaparme con otros muchachos para llamar al dios que habitaba en las profundidades de la cloaca. Gritábamos el nombre del tritón a través de la abertura de su boca. Luego escuchábamos atentos, con los oídos pegados a los orificios de la piedra, y confundíamos el rumor de las aguas malolientes con la voz del dios... ¡Entonces echábamos a correr!

En la mente de Ana se dibujó el monumental disco de piedra que, noches atrás, había contemplado mientras esperaba a Virgilio junto al atrio de la iglesia. Aquel rostro, imponente y boquiabierto, la había impresionado en la oscuridad de la noche. Las fauces del tritón, mencionadas por la sibila de Cumas, no eran sino la Bocca della verità.

–Amaltes te señala el camino de Roma, Ana.

Dieron la espalda al ídolo de Baal y caminaron hacia el umbral del templo. Acompañados por la guardia pretoriana del general, descendieron los últimos peldaños de la escalinata. Ana sintió un deseo repentino de preguntarle también si sabía el nombre del personaje pintado por Miguel Ángel en lo alto del Juicio Final, aquél que se sobresaltaba ante el acecho del pez monstruoso. Quizás estaba relacionado con las cinco sibilas... Pero el nuevo rey de los iberos caminaba apresurado y Ana prefirió no importunarle con su curiosidad.

Se despidieron al pie del templo. En el último momento, cuando Escipión iba a desaparecer bajo un arco de la plaza, la muchacha se volvió hacia el vencedor de Cartago:

–¡Noble Escipión! ¡Serás llamado el Africano! –exclamó agradecida.

X

Apio Tulio nunca se hacía a la mar sin el consejo favorable de los augures. Sentía auténtica devoción por la quinquerreme que gobernaba, la nave de combate más poderosa que jamás surcara las aguas del Mediterráneo, y no soportaba la idea de irse a pique con ella en un tifón... o tras un encuentro imprevisto con la armada cartaginesa. Aquel marino cincuentón entrado en carnes, de facciones curtidas y maneras arrogantes, jamás causaría un desaire a los dioses con una travesía prohibida.

A bordo de su juguete, anclado en la bahía de Nueva Cartago, una tripulación de trescientos hombres se afanaba en mantenerla a punto cada hora del día, cada vigilia de la noche.

Su disciplina de oficial en la flota romana, bajo el mando de Cayo Lelio, era más bien conocida como un celo enfermizo. Por este motivo, en cuanto recibió del almirante la orden de zarpar con rumbo a Italia, Tulio se apresuró a pedir el informe urgente de un adivino.

Escipión había dispuesto que la nave retornase a Ostia, el puerto de Roma, apenas quince días después de la toma de Nueva Cartago. Tulio debía transmitir al cónsul Claudio Marcelo las nuevas de la última victoria sobre Cartago, que sin duda calmarían la ansiedad del pueblo y del senado. Pero la preocupación inicial del capitán se transformó en angustia en cuanto conoció un detalle de la misión. Escipión en persona le confiaba la custodia de tres jóvenes iberos. Un adolescente que había participado en el asedio, la hija de un bravo militar de Sagunto... y una muchacha envuelta en enigmáticos rumores. A todas luces, la joven era una reencarnación de la sibila de Cumas.

Escipión había sido tajante en su mandato. El supersticioso Apio Tulio respondía de las vidas de aquellos muchachos con la suya propia.

Con manos temblorosas, el capitán tomó el informe del augur, un misterioso adivino cuya presencia había pasado inadvertida durante las últimas maniobras militares en Hispania. El augur había sacrificado un gallo y tres pichones. Las vísceras del primer animal apenas mostraban manchas o hinchazones inquietantes. En las palomas tampoco se apreciaban hernias ni maculaciones. Acaso pequeños abultamientos sin importancia. Según la creencia babilónica transmitida a Roma, tales signos no provocarían ningún estremecimiento en las estrellas. El adivino también consignaba el examen de tres vuelos en el último atardecer. Un águila había sobrevolado en círculo los cinco montes que rodeaban Nueva Cartago, sin vacilación en su trayectoria. En la playa, dos albatros se habían internado mar adentro en busca de alimento. Por último, ningún trueno se había escuchado en la zona desde la terrible tormenta desatada sobre el promontorio de Saturno, dos jornadas antes del ataque a la fortaleza.

Ningún presagio oscuro se cernía sobre la travesía hasta Ostia. El augur concluyó su minucioso informe con el ruego de ser admitido a bordo.

Apio Tulio suspiró aliviado. Quienquiera que fuese aquel adivino, se había ganado un lugar en la quinquerreme.

Con las manos sujetas a la baranda de babor, Ana veía que las murallas de la fortaleza se perdían a lo lejos hasta convertirse en una pincelada gris que destacaba en el vientre de la bahía. Bañada por el sol naciente, la vieja Cartagena refulgía como una perla gigantesca sobre el lecho del Mediterráneo.

Los remos del gigantesco ciempiés empujaban la nave a todo trapo, siguiendo los golpes amortiguados de un timbal que marcaba el compás bajo la cubierta. Ana contemplaba su ciudad, veintidós siglos atrás en el tiempo, y le costaba creer que apenas tres semanas antes, sobre aquella lengua de tierra, jugaba al baloncesto, acudía al cine con sus hermanos, cogía el autobús para ir al instituto, tomaba libros prestados de la biblioteca... y contaba con sus padres.

A diario, la muchacha vivía acostumbrada a la rutina de lo cotidiano, sin sospechar que todo aquello que amaba podía desaparecer de improviso. Una fuerza extraña la había arrebatado hacia una dimensión desconocida y se veía al otro lado de una barrera infranqueable, más allá del tiempo, embarcada en un viaje peligroso que sólo ella había decidido emprender. En ocasiones, Ana se creía envuelta en una pesadilla. Y, sin embargo, nunca se había sentido más viva. Añoraba su hogar, pero un impulso interior la empujaba a recorrer el camino señalado por Amaltes en su oráculo. La senda había de conducirla hasta la puerta de su casa. Como a Ulises, perdido en el mar y sometido a las pruebas más terribles.

—El futuro es un abismo misterioso, aunque te permitan asomarte para echar un vistazo —se dijo a sí misma.

Casi todos los héroes que Ana conocía, tanto en el cine como en sus libros preferidos, consultaban un oráculo o recibían un mensaje del futuro. Atreyu, Frodo Bolsón, Dorita, Luke Skywalker, o incluso Lucy, la pequeña reina de las crónicas de Narnia... Pero nunca se trataba de visiones perfectas, y a veces las interpretaban mal.

¿Por qué?

Ana escuchó una respiración fatigosa y notó la presencia de Mario a su lado. Sus pensamientos se esfumaron y la chica volvió a encontrarse a bordo de la quinquerreme de Apio Tulio.

—¿Tú crees en el destino, Mario? —susurró con los ojos fijos en el mar.

Pero el chico no estaba para conversaciones filosóficas. Miró con tristeza a la muchacha, que no adivinaba la profunda amargura que anegaba el ánimo de Mario. Ana comenzó a hablar, presa del entusiasmo:

—Verás, nuestro viaje transcurre en el pasado... pero, al mismo tiempo, todo lo que nos sucede pertenece a nuestro futuro. ¡A nuestro destino!

En su interior confuso, Mario se debatía entre su amor hacia la muchacha y el dolor que sentía por la pérdida de Dibus. Y se torturaba pensando que Ana no se merecía a un muchacho como él, tan cobarde, tan estúpidamente arrogante.

—¡Lida! —exclamó la chica—. Estaría muerta si no la hubiésemos encontrado junto al templo de Arse.

Ana se llevó una mano a la boca:

—¡Dios mío! Y seguramente había sido así... antes de que cambiáramos la historia.

La chica fijó en Mario unos ojos agrandados por la emoción del descubrimiento.

—Creo que ahora entiendo a Virgilio, cuando me habló ante el arco de Jano. Me dijo que los héroes de todos los tiempos renunciaban al futuro de una vida cómoda para proteger y servir... ¡en beneficio de otros! ¡Lida es la demostración!

Mario golpeó con fuerza la baranda y unas lágrimas centellearon en sus pupilas.

—¿Y Dibus? —dijo con rabia—. ¿Acaso no has pensado en él? Aún viviría si no se hubiera detenido a ayudarme. ¿Piensas ahora que también yo soy un héroe? Puede que tu empeño salvara la vida de Lida, pero Dibus está muerto y enterrado al pie de la muralla de Nueva Cartago por culpa mía. ¿Era ése su destino antes de que yo cambiara su historia?

Ana intentó replicar, pero no encontró ninguna frase para consolar a Mario. Las lágrimas corrían ahora por las mejillas del chico sin ningún pudor.

–Te diré lo que pienso. ¡Para mí no hay nada de heroico en este maldito viaje! Nunca debí seguirte. Éste no es mi sitio, así que guárdate todo ese rollo del futuro y los oráculos. ¿Quién está jugando con nosotros? ¡El destino no tiene ningún sentido!

El muchacho se giró con violencia y desapareció tras unos marinos, atareados en tensar las amarras. Ana detectó entonces la presencia de Lida, que había escuchado las últimas palabras de Mario:

–Cree que nadie siente tanto como él la muerte de Dibus –dijo Lida con suavidad–. Pero no debe sentirse culpable. Ningún guerrero de Arse le ganaba en bondad y en valentía. Mario no comprende que, para un corazón noble como Dibus, morir salvando a un amigo da sentido a toda una vida.

–Entonces, tú no piensas que caminemos a ciegas, ¿verdad, Lida?

La chica sonrió a su amiga y se encogió de hombros:

–Si así fuera, no me hubiera unido a tu viaje. No tengo a nadie en Arse. Mi casa no existe y no puedo regresar a un lugar donde todos han envejecido ocho años. ¿Imaginas qué sucedería si retornara de repente, con el mismo aspecto y al cabo de tanto tiempo? Tú te has cruzado en mi camino. Debía estar muerta. No entiendo este misterio, sólo sé que tengo una deuda contigo y deseo ayudarte. Ahora que no está Dibus, Mario y tú sois todo cuanto poseo.

Ana apenas pudo balbucir un par de palabras de asentimiento. Lida comprobó su emoción y se apresuró a cambiar de tema:

–Te interesan las leyendas de los héroes, ¿verdad?

Su amiga asintió.

–En Arse, nuestra maestra griega solía decirnos que un destino trágico persigue a todos los héroes, casi siempre profetizado por los oráculos. Hércules asesinó a su esposa y a sus hijos. Edipo venció a la esfinge, pero terminó matando a su padre. Perseo degolló a la Medusa y rescató a la princesa Andrómeda... pero, sin embargo, causó la muerte de su abuelo durante los juegos olímpicos.

Ana arrugó el ceño, perpleja.

–Lanzó un disco y le golpeó en la cabeza –explicó Lida–. Cientos de espectadores... ¡y el disco escogió precisamente a su desdichado abuelo!

Las chicas sonrieron ante la mala suerte de Perseo.

–No creo que nuestras historias estén escritas de ese modo –dijo la muchacha saguntina–. Prefiero a los héroes como Dibus y mi padre. Me parecen mucho más auténticos.

Lida posó sus ojos en el mar, rizado por las olas.

–Mario se siente dolido por la muerte de Dibus –replicó Ana.

La chica de Arse suspiró:

–Es muy difícil asumir la muerte de un amigo, sobre todo cuando le debes tu vida. Además, debes comprender que Mario no atraviesa un buen momento –Lida bajó su voz hasta convertirla casi en un susurro–. Un chico enamorado es mucho más vulnerable, mucho más fácil de herir.

Ana enarcó las cejas con un rostro exagerado de sorpresa:

–¿Mario? ¿Mario está enamorado de ti?

–¿De mí? –Lida rompió a reír como no lo había hecho en mucho tiempo–. Ana, pensé que conocías mejor a las personas.

La quinquerreme navegó velozmente durante todo el día, empujada por un pertinaz viento de popa que facilitaba el trabajo de los remeros: doscientos setenta hombres contratados, dispuestos bajo el casco en tres niveles, que empujaban un total de noventa remos.

En cubierta, treinta marineros se ocupaban de gobernar la nave entre los ciento veinte soldados que, en caso de que se presentara batalla, recogerían sus escudos expuestos en las bordas y se pondrían de inmediato a las órdenes de Apio Tulio.

Al atardecer, la fortaleza flotante se aproximaba a las costas de las Pityussas. Según la ruta prevista, bordearía las islas Baleares y después pondría rumbo al este. A partir de ese momento, la quinquerreme afrontaría la etapa más peligrosa de su travesía pues, a medida que avanzase hacia Sicilia y Sardinia, la nave se internaría en aguas cercanas a Cartago.

Durante toda la jornada, una guardia de tres legionarios se encargaba de custodiar a los jóvenes huéspedes de Apio Tulio. El sol comenzaba a sumergirse en el mar, hacia babor, cuando el capitán en persona, ataviado con sus galas marciales, decidió hacerles una visita de cortesía. Los protegidos de Escipión debían recibir a bordo las mejores atenciones, y Tulio juzgó que nada les complacería tanto como conocer de cerca su barco.

—Mis queridos amigos —el obeso capitán se dirigió hacia los muchachos con los brazos extendidos—. Os suplico vuestras disculpas por no haberos dispensado la bienvenida a mi humilde nave hasta este momento.

Mario torció el gesto. Sabía de sobra cuándo tenía delante a un adulador.

Tulio hizo un sonoro chasquido con los dedos y, al punto, un soldado apareció a su lado con una bandeja de plata en las manos. Un paño de púrpura cubría su contenido.

—Antes de zarpar, el procónsul Escipión me rogó que os entregara estos presentes de despedida —explicó el capitán.

El soldado retiró el paño. Sobre la bandeja reposaba una espada corta de bronce, ricamente labrada, y dos diademas de oro que imitaban hojas de olivo engarzadas. Los chicos no cabían en sí de asombro. Apio Tulio ciñó sobre las sienes de Lida una de las coronas. Después entregó la espada a Mario con idéntica solemnidad y murmuró unas palabras de elogio, en recuerdo de su participación en la toma de Nueva Cartago. El muchacho bajó el rostro, avergonzado ante unos halagos que no creía merecer. Por último, el capitán sostuvo con delicadeza la segunda corona ante el rostro atónito de Ana. La chica se fijó en la pequeña y bella imagen que destacaba en la diadema: un joven dios que conducía el carro del Sol, tirado por cuatro caballos.

–Recibe la joya de Apolo. El dios de la luz y de las profecías.

Ana se inclinó y el capitán colocó la diadema entre sus cabellos castaños. La muchacha alzó la vista y se encontró con los ojos de Mario. Al instante miró hacia otro lado, mientras sentía que le ardían las mejillas.

Tras la multitud concentrada sobre la cubierta, un espectador que se ocultaba tras una larga toga negra apretó los puños con crispación contenida.

El augur parecía reprobar aquella ceremonia.

Minutos más tarde, Apio Tulio caminaba con aire satisfecho entre sus hombres, cantando las excelencias de su nave ante los tres jóvenes:

–Navegamos ahora a plena potencia, gracias al impulso de los remos y al viento de poniente. Si entráramos en combate, retiraríamos el mástil y sólo nos serviríamos de los remeros, gobernados por dos timoneles de popa.

Mario recorrió con la mirada el alto mástil de arce, que sostenía una gran vela henchida. Bajo sus pies podía sentir el estruendo de los timbales y la potencia de los noventa remos, que se hundían en las aguas una y otra vez con mecánica precisión. Delante del mástil se encontraba un pequeño castillete donde dos vigías hacían guardia continua. Y a popa, bajo una arcada imponente en forma de cola de escorpión, se alzaba una tienda de cuero que protegía del viento a los oficiales.

Tulio avanzó hacia la proa y señaló con ambos brazos los costados de la nave:

–Roble y pino. Todo el casco está reforzado con planchas de plomo para evitar que la madera se corrompa al contacto con el agua y la sal.

Los chicos se asomaron por la borda. Ana se fijó en los dos terribles ojos sin párpados pintados sobre el casco, que daban a la quinquerreme el aspecto de un monstruo marino. Recordó que los fenicios fueron los primeros en decorar así los costados de sus barcos, casi mil años antes de que Roma lanzara sus naves al Mediterráneo. ¡Si su padre, oficial de marina, se encontrara allí con ella! Imaginó cuánto disfrutaría con aquella visita privilegiada. La chica trepó hasta lo alto de la proa y la invadió un repentino sentimiento de felicidad. Ante sus ojos se extendía el crepúsculo sobre el mar abierto, herido por el afilado espolón de bronce que descollaba en punta.

El capitán y los dos muchachos se reunieron con ella.

–El espolón de proa y los ojos del casco no son tradiciones romanas –observó Ana.

Apio Tulio hizo un gesto de incomodidad:

–Así es. Roma no es un pueblo de navegantes. De hecho, nuestra flota apenas cuenta con cincuenta años de antigüedad.

Ante el asombro de los jóvenes, el capitán se vio forzado a proseguir su explicación:

–El poderío de Cartago, heredera de los fenicios, radicaba en su dominio de los mares. Su flota de cien quinquerremes la convertía en una potencia invencible, y Roma comprendió que no podría vencer a Amílcar a menos que llevara la guerra al mar.

El obeso capitán dirigió sus ojos hacia las esculturas de Cástor y Pólux. Los gemelos protectores de Roma se erguían en la columna que dominaba la proa.

–Los dioses luchaban de parte nuestra. Durante la primera guerra contra Cartago, una de sus naves encalló en las costas de Italia. ¡Una quinquerreme! Los marineros no tuvieron tiempo de quemarla y así nos hicimos con el secreto de sus astilleros. ¡En dos meses, Roma armó una escuadra de ciento veinte naves!

Mario interrumpió el relato emocionado de Apio Tulio:

–Pero los soldados no tenían experiencia marinera. ¿Cómo consiguieron la victoria?

El capitán sonrió con malicia y respondió:

–Roma convirtió la batalla naval en una lucha a campo abierto.

Tras pronunciar esta extraña frase, Apio Tulio señaló una aparatosa estructura sujeta sobre sus cabezas mediante un sistema de grúas y enormes poleas. Se trataba de un puente colgante, alzado como una inocente pasarela... que terminaba en un garfio formidable y letal. La hoja de la gigantesca guadaña amenazaba con caer de un momento a otro.

–¡El *corvus*! Nuestros astilleros perfeccionaron las naves con este eficaz ingenio. Las quinquerremes de Roma abordaban a los barcos de Cartago y clavaban el *corvus* sobre sus cubiertas. De este modo, los legionarios cruzaban el puente y se arrojaban a la lucha contra la desprevenida infantería cartaginesa. El mar dejó de ser un obstáculo para nosotros. Sencillamente, lo suprimimos.

Apio Tulio rió satisfecho:

–Mientras Aníbal merodea por los alrededores de Roma, como una hiena desorientada, yo navego seguro por sus viejos dominios.

XI

-Dime, ¿por qué complaces a esa joven engreída Apio Tulio?

En la calma nocturna de su aposento, el capitán de la quinquerreme escuchaba con temor la dura amonestación del augur.

-¿Acaso deseas poner en peligro tu travesía? Escipión ha cometido un grave error al transgredir la ley *Oppia*. ¡Ninguna mujer lucirá joya alguna mientras Cartago aceche Roma! ¿Qué pretendes con este desafío? ¿Enfurecer a los dioses?

El capitán levantó tímidamente sus manos, en un amago de protegerse el rostro:

-Sólo cumplía las órdenes del procónsul...

El rostro togado del adivino se aproximó hacia el cuerpo tembloroso de Tulio. Nadie a bordo había contemplado el semblante siempre cubierto del augur, pues el oscuro y encorvado personaje permanecía la mayor parte del tiempo encerrado en la pieza privada del capitán. Tulio se atrevió a alzar sus ojos. Bajo la toga del sacerdote sobresalía un mentón afilado y una boca de labios resecos. La piel tersa y blanquecina delataba a un anciano que, sin embargo, se desenvolvía con movimientos ágiles. Su voz era un susurro inquietante:

–Tulio, Tulio... No siempre es posible agradar a hombres y a dioses al mismo tiempo. Hasta las patricias del Palatino observan la ley mucho mejor que tú. Ya han entregado a Juno sus espléndidos ajuares y barren con sus propios cabellos las losas del templo de Júpiter. Antes de la partida de Escipión, yo mismo ofrecí en sacrificio los cuerpos de cuatro víctimas. Dos galos y dos griegos.

Horrorizado, el capitán contrajo su semblante. El adivino se apartó de él y comenzó a caminar por el aposento:

–Fueron enterrados vivos en las fosas del Capitolino – continuó–. El miedo hace renacer las viejas costumbres olvidadas por Roma, ¿verdad, Apio Tulio? Se ofrecen sacrificios humanos. Las puertas del templo de Jano se abren de nuevo. Incluso se habla del retorno de la sibila.

El capitán se atrevió a interrumpir a su siniestro huésped:

–¿Qué puedo hacer para evitar la ira de los dioses?

El augur se volvió lentamente:

–Agradecemos tu hospitalidad, Tulio, pero me temo que ya no es necesaria. Aun así, seremos clementes contigo. Te concederemos una oportunidad para enmendar el error que cometiste al cobijar a la muchacha ibera.

Una luz de esperanza brilló para el marino romano.

–Tu barco será el templo perfecto para un nuevo sacrificio.

Mario despertó en su jergón, agobiado por el aire viciado de la bodega. La luz tenue del amanecer penetraba por una lejana tronera. Se calzó las zapatillas deportivas y saltó sobre el entablamento con cuidado de no despertar a las chicas. Junto a su mochila descansaba su espada corta, el regalo de Escipión.

Tomó la hoja en sus manos y el recuerdo del muchacho voló por enésima vez hacia el infante de Arse. En vano había tratado de olvidarlo diciéndose a sí mismo que Dibus sólo era una sombra del pasado. Un personaje fantasmal que aparece en un mal sueño...

Pero sabía que no era así. Dibus era real y había evitado su muerte.

Mario intentó imaginarse a sí mismo, muerto al pie de la muralla de Nueva Cartago. ¿Hubiera sido eso posible? ¿Era realmente posible morir en un viaje fantástico?

Nada podía resolver aquel enigma. En cambio, estaba seguro de que todas las reprimendas y consejos que había recibido de Dibus eran auténticos. Y los apreciaba de veras. Apenas habían tenido tiempo de conocerse, pero posiblemente nadie le había tratado con tanta dureza a lo largo de sus quince años. Ni siquiera sus propios padres, siempre dispuestos a ceder ante cualquiera de sus antojos.

Echaba de menos a Dibus. Y cuanto más lo hacía, mayor odio sentía hacia sí mismo. Se culpaba de que un hombre

151

valeroso hubiera muerto por culpa de un chaval capricho-
so como él. Y de nuevo pensó que estaba de más en aquel
viaje, donde la chica que le gustaba era capaz de demostrar
mucha más valentía y fortaleza que él.

Una oleada de vergüenza atravesó su orgullo.

Dejó la espada corta en el suelo. De pronto advirtió que
algo no iba bien. Miró a su alrededor en la penumbra y
aguzó el oído... Los remos habían enmudecido y el silencio
delataba que la nave se había detenido por completo.

Mario abandonó la estancia con sigilo y se perdió por
un corredor solitario, dispuesto a averiguar el misterio de
aquella calma. Se aproximó hasta el aposento de Apio Tulio. Iba a llamar a la puerta cuando una voz agria y silbante, procedente del interior, le detuvo en seco.

—¡No te interpongas en mis designios! Tengo poder absoluto sobre la muchacha ibera. Su castigo está próximo.

El joven sintió que el cabello de su nuca se erizaba.

Una segunda voz replicó a la primera. Sonaba jovial,
aunque mucho más débil, y se percibía a duras penas:

—Pero él se enterará de todo. Ya intentó prevenirles de
la tormenta. ¿Acaso no lo temes? Sólo él se atreve a desa-
fiarte...

Un rugido furioso ahogó la respuesta del interlocutor y,
asustado, Mario retrocedió dos pasos. Ninguna de aquellas
voces pertenecía al capitán. Aquellos hombres se referían
a Ana cuando hablaban de la muchacha ibera. ¿O quizás a
Lida? Mario dudó entre echar a correr o permanecer junto
a la puerta. Por fin decidió seguir escuchando furtivamen-
te, con los cinco sentidos en guardia.

Durante unos instantes no le llegó ningún sonido desde el otro lado. Después apreció el rumor de una risa cruel y la primera voz silbó de nuevo. Lenta y despiadada. Y esta vez, Mario comprendió que hablaban de Ana:

–Conjurar a la sibila fue un tremendo error. Pero él cometió uno mucho mayor al enviar a su discípula. ¡Infeliz! Esta vez conseguiremos vencerlo. Asistiremos a su ruina y se maldecirá cuando contemple el castigo que he reservado a su pequeña.

La segunda voz balbució unas frases inaudibles. Mario sólo pudo entender las palabras finales:

–... tenaz. Y sus compañeros son valientes. No se detendrá...

–Bien... Bien... –interrumpió la primera voz–. Dejemos que se aproxime. No puede escapar a su propia trampa.

Unos pasos decididos se acercaron hasta la puerta. Mario se escabulló hacia las sombras y consiguió agazaparse en un rincón, justo en el momento en que una alta silueta se encorvaba en el dintel.

Desde su oscuro escondrijo, el muchacho reconoció la figura del adivino, que se detenía en el umbral de la puerta. Quizás había intuido su presencia. Avanzó dos pasos hacia el chico, que sintió cómo su corazón empezaba a bombear sin control. Mario deseó haber tomado consigo la espada corta, pero ahora era demasiado tarde para improvisar un ataque suicida. Encogió la cabeza sobre el pecho con ambas manos y contuvo el aliento.

–Subamos a cubierta –ordenó el augur con un susurro cavernoso–. Un sacerdote no debe retrasar sus sacrificios.

La silueta desapareció escaleras arriba. El muchacho suspiró en silencio, aliviado, y aguardó luego a que el segundo personaje abandonara la estancia de Apio Tulio. Pero nadie siguió al augur.

Pasaron dos o tres minutos interminables. La puerta de la pieza aún se encontraba abierta. Mario decidió incorporarse y avanzó hasta el umbral. Tras un instante de indecisión, asomó su cabeza con tiento hacia el interior de la habitación.

Y descubrió que estaba vacía.

Mario irrumpió con estrépito en su aposento. Ana y Lida, ya en pie, le miraron alarmadas.

−¡Está a bordo! −gritó−. ¡Rápido, no hay tiempo que perder...!

−¿Quién se encuentra a bordo? −preguntó Lida.

Un chirrido estridente estalló con rítmica violencia, paralizando al muchacho.

Por segunda vez, el teléfono móvil de Mario sonaba en el siglo III antes de Cristo.

Pasmados, Ana y Mario volvieron sus ojos hacia la mochila que reposaba junto al camastro. En esta ocasión fue la chica quien atrapó el móvil. Antes de pulsar el botón verde, se detuvo a comprobar la procedencia de la llamada.

−No está conectado... ¡Es imposible!

−¿Quieres contestar de una vez? −gritó Mario.

Ana respondió a la llamada, ante la curiosidad expectante de sus compañeros. Pero la chica sólo escuchó el rugido de la estática y una confusa mezcla de interferencias.

En medio del vendaval electrónico pudo oír unas palabras sueltas, pronunciadas por una voz irreconocible que parecía llegada desde el más allá:

–... en peligro... subir a cubierta... tienda de popa...

La comunicación se cortó.

–Alguien intenta avisarnos de un peligro –dijo Ana–. Me ha parecido entender «cubierta» y «tienda de popa».

–Es Virgilio Marone –aseguró el muchacho.

–Pero... ¿cómo estás tan seguro? –replicó la chica.

El chico le arrebató el móvil.

–No es momento para explicaciones. ¡Subamos a cubierta!

Ana y Mario tomaron sus mochilas y se aseguraron las cinchas. El muchacho iba a cruzar la puerta cuando Lida lo tomó de un brazo.

–¡Espera! –gritó–. Olvidas esto.

Mario se detuvo y contempló un instante lo que Lida le ofrecía. Decidido, recogió su espada corta y salió hacia el corredor seguido de las dos chicas.

Aunque ya había amanecido, no se veía rastro del sol. La jornada comenzaba envuelta en densas brumas. Sobre el entablamento de la cubierta, cien legionarios aguardaban inmóviles, asomados a la baranda de estribor con la vista fija en un inabarcable telón de espesa niebla. Asido a la columna de los Dióscuros, los gemelos protectores de Roma, Apio Tulio parecía contemplar desde la proa un punto imaginario del brumoso horizonte. Temblaba y sus ojos estaban húmedos.

La gran vela cuadrada colgaba arriada en el único mástil. A causa de la niebla, los timoneles se veían incapaces de intuir el rumbo. Un negro augurio pesaba sobre la nave, anclada en algún lugar entre las Baleares y Sardinia.

Mario barrió la silenciosa cubierta con la mirada, en busca de alguna señal que delatara el peligro anunciado. Después hizo un gesto a las chicas y se abrieron paso entre los soldados hasta alcanzar la tienda de cuero situada en la popa: así, obedecían el consejo que Ana había creído escuchar a través del móvil. La chica apenas podía contener su impaciencia:

–¿Quién está a bordo? –preguntó.

–La sombra que nos atacó en el arco de Jano.

Ana se llevó una mano a la boca. Mario relató en voz baja la conversación que había escuchado unos minutos antes, al abrigo de la oscuridad.

–Distinguí dos voces distintas. Una de ellas, la más cruel, pertenecía a un anciano. La otra era una voz joven, un cuchicheo tímido. La puerta se abrió y sólo salió del aposento aquella figura siniestra. Caminaba encorvada. Cuando me atreví a mirar al interior... ¡la habitación estaba vacía! Hubiera jurado que dentro discutían dos hombres. Pero las dos voces pertenecían a la misma persona.

–¡Eso no es posible! –exclamó la chica saguntina.

–Sí lo es. Escipión me aseguró que Jano bifronte nos acompaña en nuestro viaje. O más bien una de sus encarnaciones. Si hubieras espiado a un dios auténtico, ahora no lo estarías contando.

Ana describió a sus amigos la insólita naturaleza de Jano y sus dos rostros. La explicación encajaba a la perfección con el relato de Mario. El chico miró de reojo hacia la baranda de estribor, distraído por una leve agitación entre los soldados.

—No me importa lo que Jano sea exactamente —dijo—. Habló de castigar tu atrevimiento y el de Virgilio. Y también dijo que, si seguías el oráculo, caminarías hacia una trampa mortal.

—No creo que el *signore* Marone me haya empujado hacia una muerte segura —replicó Ana—. Si así fuera, no me habría ordenado que cruzara el arco de Jano, mientras él se enfrentaba con la sombra. No queda otro camino más que obedecer el oráculo de la sibila —la muchacha enmudeció al nombrar a Amaltes, y se preguntó si llegarían a tiempo en su ayuda—. Dime: ¿cómo estás tan seguro de que es el conserje quien acaba de llamar a tu móvil?

—La voz siniestra dijo que alguien había intentado avisarnos en un momento de peligro y el móvil nos despertó antes de la tormenta, cuando la barca comenzaba a zozobrar, ¿recuerdas? Además, el viejo tiene mi número de teléfono. ¡Tú misma le llamaste desde mi móvil, la noche en que abandonaste el hotel!

A la mente de Lida acudió la imagen de la figura envuelta en llamas que, desde lo alto del promontorio de Saturno, increpaba a los rayos y a la lluvia. Un escalofrío recorrió su espalda.

—Dijiste que se encontraba a bordo —susurró la muchacha de Arse—. Pero, ¿dónde?

Desde su lugar en la popa, Mario escudriñó de nuevo la cubierta:

—¡Allí!

No fue el único que descubrió la sombra del augur sobre el castillete de los vigías. Recortada contra la pared neblinosa, la figura alzó sus brazos hacia el cielo y los extendió con un áspero movimiento. Al instante se abrió una brecha en la bruma y las espesas cortinas se abrieron, dejando paso a la luz de la mañana.

Aterrado ante el prodigio, Apio Tulio no se atrevía a mover un músculo.

A lo lejos, en la claridad del horizonte, un objeto confuso cobraba forma y tamaño lentamente. Segundos después, dos objetos más flanquearon al primero. Entonces uno de los marineros rompió el plomizo silencio con un grito de alarma:

—¡Naves de Cartago a proa!

Apio Tulio apretó los labios y el miedo dio paso a un furor que le abrasó las entrañas. ¿Así que aquél era el sacrificio anunciado por el augur? ¡Su propia nave! Clavó los ojos en la figura que dominaba la atalaya de cubierta. De ningún modo estaba dispuesto a entregarla como ofrenda a los dioses. El capitán rugió una orden precisa y, como si fuera un conjuro, los soldados despertaron de su letargo y cobraron vida.

—¡Virad una cuarta a babor! ¡A todo trapo!

Noventa remos asomaron por los orificios que horadaban el casco y cayeron sobre las aguas. Al mismo tiempo, un relámpago surcó el cielo y una salva de truenos estremeció la atmósfera. Los tres muchachos se taparon los oídos con sus manos. Sobre el castillete, el augur desataba la furia de los elementos.

La quinquerreme giró pesadamente sobre sí misma y emprendió la huida. Mientras tanto, los marineros se apresuraron a retirar el mástil ante la seguridad del combate que se avecinaba. Desde la popa, Ana comprobó que las tres embarcaciones cartaginesas se les echaban encima. Horrorizada, vio el destello de los rayos en sus amenazantes espolones de bronce. Entonces dudó de que se hallaran en el lugar más protegido de la nave. ¿Había entendido bien la confusa orden de Virgilio?

Una de las quinquerremes de Cartago, la más adelantada, mantenía la proa fija en el barco de Apio Tulio. De pronto, las dos naves de los flancos realizaron una maniobra de dislocación. Impelidas por el empuje formidable de sus remos, adelantaron a la embarcación que navegaba en punta y se colocaron junto a los costados de la nave romana, que apenas avanzaba a un tercio de su potencia.

–¡Más rápido, por el fuego de Vulcano!

Apio Tulio juraba con desesperación. A un gesto del augur, el cielo se abrió y una fenomenal centella golpeó la proa de la quinquerreme. La columna de los Dióscuros saltó destrozada en pedazos incandescentes. El capitán rodó entre sus hombres hasta el centro de la cubierta. Se incorporó y, presa de la histeria, ordenó a los timoneles que hiciesen virar la nave hasta emparejarla con la quinquerreme enemiga de estribor. El ímpetu del viento dificultaba la operación, pero Tulio consiguió su propósito.

El augur alzó de nuevo los brazos y un rayo formidable estalló entre el brocal del mástil y la popa, incendiando armas, hombres y aparejos. Ana, Lida y Mario cayeron de bruces con espanto. Los remos de la nave cartaginesa casi alcanzaban el casco del buque romano. Apio Tulio desenvainó su espada y, tras hacer una enérgica señal, la gigantesca estructura del *corvus* giró sobre la cubierta. Una treintena de soldados con las armas en ristre y los escudos dispuestos se preparaba para entrar en combate.

–¡Van a abordar el barco cartaginés! –gritó Mario.

Los marineros maniobraron con las amarras del *corvus*. Tulio lanzó una mirada desafiante hacia la atalaya. El augur advirtió el gesto del capitán y alzó uno de sus brazos hacia la proa. Al instante, una marea de fuego inflamó la plataforma del *corvus*. El garfio afilado, que ya iniciaba su descenso sobre la cubierta enemiga, se agitó con una convulsión estruendosa y, tras describir un giro repentino, cayó con estrépito sobre la propia nave romana. La máquina de guerra aplastó contra el entablamento a una docena de soldados. Una viga astillada derribó a Apio Tulio y lo aprisionó sobre la cubierta. Impotente, el capitán trataba de huir de aquel cepo, mientras el incendio se propagaba sobre el entablamento y la tripulación, aterrorizada, saltaba por la borda.

Ana miró hacia el costado de babor y gritó con todas sus fuerzas.

La segunda quinquerreme embistió la nave romana y el espolón atravesó el casco, destrozando en dos pedazos el barco de Apio Tulio. Ante el asombro de los desgraciados que todavía quedaban con vida, la figura del augur aumentó de tamaño y ardió como una antorcha humana, convirtiendo los restos de la nave en una monumental pira.

La mitad ardiente de proa se sumergió en el Mediterráneo, arrastrando consigo al capitán.

La otra mitad de popa se mantuvo a flote durante unos segundos más. Ana, Mario y Lida se asieron a los restos de la cubierta, sostenida en un equilibrio imposible. En pocos minutos, apenas quedó rastro de la orgullosa quinquerreme de Apio Tulio. Los últimos tripulantes descendían hacia las profundidades del mar, acompañando al capitán en su suerte.

La esfera incandescente que rodeaba al augur se mantenía ingrávida sobre las aguas. Ana vio en su interior la imagen del dios bifronte, cubierto con su negra toga, rodeado de un fuego infernal. La visión sumió a la muchacha en un trance de maligno sopor. Los gritos de desesperación se amortiguaron hasta convertirse en un lejano rumor. Al mismo tiempo, un pavimento de tablas deshechas cedió bajo sus pies.

Mientras se hundían en el piélago, Mario y Lida vieron atónitos cómo su amiga empezaba a elevarse sobre los humeantes despojos del naufragio, atraída por la esfera ardiente.

—¡Ana, vuelve! ¡Mírame, despierta!

Aferrado a un brazo de la chica, el muchacho suplicaba e intentaba retenerla. Pero una fuerza mucho más poderosa le obligó a ceder y terminó por arrebatarle a Ana de su lado.

XII

Mario y Lida se mantenían a duras penas sobre el amplio pecio de la popa, que oscilaba con violencia y se alzaba como un desafío sobre las aguas embravecidas.

Absorta en el intenso resplandor del fuego, Ana ascendía por encima del desastre a lo largo de una rampa invisible. El muchacho la veía caminar con mirada ausente, como dominada por un sortilegio, lentamente, sin atender a su angustiosa llamada. Entre tanto, la esfera incandescente se contraía y giraba en torno a sí misma sobre los restos del naufragio, arrojando a su alrededor miles de centellas que caían al mar. El espejo de las aguas reflejaba aquellos espantosos juegos de artificio, multiplicando su fulgor.

La joven iba a penetrar dentro del resplandor. Lida se cubrió el rostro. En cuanto las llamas engulleron el cuerpo de Ana, se produjo un estallido luminoso que bañó de luz blanca el mar y el cielo. La esfera ígnea desapareció con la explosión y la muchacha cayó a las aguas. Ana despertó del hechizo y se encontró de pronto entre el despiadado oleaje, a una distancia insalvable de la improvisada balsa.

Las naves de Cartago se alejaban a toda velocidad entre la tormenta.

Sin apenas detenerse a pensar, Mario se despojó de la túnica, recogió dos largas sogas que sostenían la ruinosa tienda de popa y las anudó.

—¡Deprisa, Lida, o se la tragará el mar!

Amarró un cabo de la cuerda al adorno trasero de la nave, un saliente en forma de cola de delfín. Después se ató el otro extremo alrededor a la cintura. Ana sucumbía en medio de las olas, cada vez más lejos de sus amigos. El muchacho iba a arrojarse a las aguas cuando una tabla plana pasó junto al pecio, arrastrada por la corriente a velocidad endiablada. Mario saltó sobre ella y trató de mantener el equilibrio.

El muchacho conocía de sobra aquella sensación. Primero notó que su cuerpo se deslizaba sobre una pista helada. Arqueó el torso y extendió los brazos, al tiempo que alineaba sus pies en la posición adecuada. Uno detrás de otro. Lo había practicado cientos de veces, desde que tomara las primeras lecciones de *surf* a los ocho años. Sus pies no pisaban el último modelo en tablas de fibra de vidrio, sino un pedazo de madera delgada a punto de astillarse. Pero en los últimos seis años, Mario había desarrollado un instinto envidiable que le permitía sostenerse sobre cualquier superficie flotante, por frágil que fuera. En un instante, la corriente lo aproximó a pocos metros de Ana.

Mario flexionó sus rodillas y rectificó su postura para no caer. La muchacha, casi exhausta, levantaba sus brazos con debilidad. El mar la cubriría en pocos segundos.

Mario se preparaba para saltar cuando sintió un doloroso tirón alrededor de la cintura y cayó al agua. El cable no daba más de sí.

No podía ver la balsa... ni a Ana. Los vaqueros y la camiseta, empapados hasta la última costura, pesaban como una armadura. Sin ceder a la desesperación, Mario empezó a nadar con rabia. De repente, el dolor de su cintura se alivió y comprendió que la cuerda acababa de soltarse por el extremo que había amarrado al pecio. Mientras braceaba desorientado en su lucha contra las olas, el chico vio que una mano de Ana se alzaba frente a él y luego desaparecía bajo el agua. Reunió todas sus fuerzas. Llenó de aire sus pulmones y se sumergió en el mar.

Bajo la superficie era imposible ver nada, pero la última y fugaz visión de la muchacha le bastó para intuir su rumbo. El agua empezó a penetrarle por la boca y por las narices. Creyó que se ahogaba sin remedio, cuando notó el cuello de la chica en el dorso de su mano. Entonces sujetó el mentón de Ana con un brazo y, ayudándose del otro, nadó hacia la superficie, tal como le había enseñado su maestro de *surf* en las clases de salvamento. Se sintió inseguro: era la primera vez que ponía en práctica el ejercicio y temía asfixiar a Ana.

Al fin, un golpe de viento le azotó el rostro. Intentó respirar el aire rebelde de la superficie, entre toses. Ana parecía inconsciente, o al menos eso quería creer. La asía firmemente y trataba de mantener su cabeza a flote, pese al peligro de hundirse por el esfuerzo. El cielo tormentoso había tornado el día en una prematura noche. Mario intentó buscar alguna señal de Lida. ¿Sobrevivía aún a bordo de la balsa?

La duda le llenó de espanto. El chico era incapaz de alzarse para otear el horizonte y las olas le impedían ver el pecio de la quinquerreme.

El brazo con que sostenía a Ana le pesaba terriblemente y el que quedaba libre no bastaba para nadar. Para nadar hacia ningún lado.

Las fuerzas le abandonaban. Sus ojos se nublaron por el cansancio. Creyó que se hundía en el piélago y, en ese momento, el tirón de la soga le hizo reaccionar. Dondequiera que se hallase, Lida aún se encontraba con vida.

No era momento de preguntarse por qué el cable le oprimía de nuevo el torso. Entonces, acudió a su mente la imagen de Dibus henchido de arrojo. Espoleado por la esperanza, sujetó a Ana con fuerza y se aferró a la cuerda. Sintió cómo se tensaba, una y otra vez, y se dejó arrastrar. Por fin divisó sobre las olas la cola de delfín y la figura de Lida que, sin cejar en su empeño, tiraba de la cuerda como si le fuera la vida en ello. La chica saguntina dio un grito de alegría en cuanto le vio aparecer con Ana, a una distancia de unos veinte metros.

Entre los dos subieron penosamente el cuerpo de Ana y lo tendieron sobre la balsa.

–¡No respira! –gritó Mario, casi desfallecido, mientras se desataba la soga–. ¡Ayúdame a reanimarla!

Las olas barrían la maltrecha superficie de tablas rotas y el mar se ensañaba a cada momento con aquel pecio a la deriva. Pero los dos muchachos no estaban dispuestos a abandonar a su amiga. Arrodillados, insuflaron aire en sus pulmones y le oprimieron el vientre para que expulsara el agua que había tragado. Tras varios minutos de tensión, la chica abrió los ojos y se agitó entre tosidos.

Ana regresaba.

De inmediato, sobre la superficie del agua brotó un burbujeo y alrededor de la balsa comenzaron a surgir los restos del naufragio, rechazados por el mar. Con un bramido estremecedor, el terrible garfio del *corvus* emergió ante los ojos atemorizados de los chicos y se alzó frente a ellos como una amenazante guadaña que les cerraba el paso. El titán de madera y metal se irguió por completo hasta quedar sostenido en el aire durante unos instantes interminables, como la testa de una serpiente marina. Un crujido recorrió la imponente estructura. Aterrados, los tres muchachos vieron que el aguijón de hierro se desplomaba en dirección a la balsa para caer entre las olas rozando el pecio, provocando un gigantesco remolino de agua y espuma.

La balsa se agitó con la zozobra y, al escorarse, sus jóvenes tripulantes rodaron torpemente por la cubierta. Lida y Mario se aferraron a la cola de delfín y sostuvieron con fuerza el cuerpo de Ana.

El mar engulló de nuevo el *corvus*. El viento y las aguas amainaron su ímpetu hasta calmarse.

Cuando pasó el peligro, Lida se abrazó a su amiga. Mario oteó el horizonte con la vana esperanza de descubrir alguna vela. Entonces reparó en la soga, amarrada en torno a la cola de delfín con unos nudos más firmes que los que él había hecho antes de lanzarse al agua.

–La cuerda se desató –dijo el muchacho, pasmado–. Tú... ¿te arrojaste al mar para recuperarla?

Lida asintió.

–No quedaba otro remedio.

Mario se sentó sobre el entablamento. Nunca se había sentido tan triste y tan feliz al mismo tiempo.

Bajo un cielo plomizo y hostil, los tres náufragos navegaban sin rumbo. Sumidos en una silenciosa tristeza, emprendieron una nueva etapa de su travesía a merced del azar, impulsados por los vientos del Mediterráneo. Finalmente, el cansancio doblegó sus cuerpos y cayeron en un profundo sueño.

Cuando Ana despertó, Mario contemplaba el mar en calma sentado en un extremo de la balsa. Lida dormía junto a ella, hecha un ovillo. Ana gateó sobre el pecio y se colocó junto al muchacho.

–Gracias –susurró.

Mario sonrió. Su cabello claro caía como una maraña sobre un rostro tiznado, cubierto de pequeñas heridas. Su camiseta surfera favorita estaba hecha jirones y la sangre empapaba uno de sus hombros. Costaba reconocer a Mario en aquel muchacho de aspecto desastroso, que sólo dos semanas antes vestía la mejor ropa deportiva y se paseaba por el instituto con aires de chico guay.

–Tenías razón –fue toda la respuesta del muchacho.

Ana hizo un gesto de extrañeza.

–No comprendo en absoluto qué hago aquí, perdido en el mar, sobre los restos de un barco romano. Pero me da igual.

La chica arrugó el ceño, más perpleja todavía.

–Sigo sin entender por qué sucede todo esto. Todo es absurdo. Pero sí comprendo lo que hizo Dibus por mí. Eso sí tiene sentido ahora.

Mario miró fijamente los ojos azules de Ana. La chica se retiró el cabello mojado que cubría su semblante y sintió que el muchacho le estaba hablando con auténtica sinceridad.

–Esta mañana creí que nos ahogaríamos, que era el fin –continuó–. Después noté que la cuerda que llevaba atada se tensaba de nuevo. Lida tiraba de nosotros. Entonces pensé en Dibus mientras saltaba desde la muralla para protegerme. ¿Te das cuenta? Salvaste la vida de Lida. Dibus salvó la mía. Lida y yo te rescatamos hoy. ¡Es una cadena!

La vista de Ana se perdió sobre las olas.

–Tenías razón –repitió Mario–. Siempre me he burlado de ti, de tu afición a los héroes y a las leyendas, y a todo ese rollo sobre los oráculos. Sea cual sea el destino que nos aguarde, lo que importa es mantenerse fiel. ¡Entonces todo tiene sentido! ¡Incluso en un viaje fantástico!

Ana se quedó muda durante unos instantes. Su imaginación voló de nuevo hacia los protagonistas de sus libros y de sus películas favoritas. Y de pronto entendió algo más sobre el destino de los héroes. Uno de aquellos personajes

169

aseguraba que el futuro es impredecible porque siempre está en movimiento... ¡porque lo cambiamos de continuo con nuestras decisiones!

–Tenías razón –murmuró Mario por tercera vez–. No hay destino ciego. Cuando se protege y se sirve a otros, el futuro será siempre feliz. Tú misma lo dijiste.

Las palabras del muchacho llegaron directas a la mente y al corazón de Ana. Entusiasmada, se arrodilló sobre las tablas para besar al chico.

–¿El futuro será siempre feliz?

Azorados, Ana y Mario se volvieron de inmediato. Lida se encontraba junto a ellos.

–Entonces espero que la balsa nos lleve pronto hacia la costa –añadió la chica saguntina–. Estamos perdidos en medio del mar, sin agua y sin comida. Y no creo que las naves de Cartago regresen para recogernos. Eso por no hablar del augur.

La mención del oscuro personaje ensombreció el semblante de los muchachos.

–Ana..., ¿qué veías dentro de aquel globo de fuego? – preguntó Mario–. Parecías transportada a otro mundo. Y, de pronto, comenzaste a ascender en el aire.

Ana sintió un escalofrío.

–¿Anduve realmente sobre el agua? Pensé que había sido un sueño.

Una brisa removió sus cabellos castaños. La chica levantó la vista hacia el horizonte, donde un palio de nubes grises se fundía con el mar. Suspiró mientras trataba de recordar:

–Todo desapareció en un instante y me encontré rodeada por un mar de tinieblas. Dejé de escuchar vuestras voces. Él me llamaba desde el interior de la esfera y una fuerza me impulsaba a acudir hacia el fuego. Al entrar en el círculo ardiente...

Ana se detuvo, estremecida. Lida y Mario contuvieron el aliento.

–Al entrar en el círculo –prosiguió–, el resplandor se transformó en las fauces de una gigantesca ballena. Grité con todas mis fuerzas. Intenté escapar de allí, pero el monstruo me devoró y caí precipitada al vacío de su vientre.

–¡Pero allí no había ningún monstruo! Sólo caíste al mar –interrumpió Lida.

–Me sentí enterrada en vida, invadida por la angustia. No puedo decir cuánto tiempo estuve sepultada en su interior. Escuché una voz profunda que helaba los huesos y resonaba en la caverna del animal como un lamento. Al principio no entendí qué decía. Algo brilló en la oscuridad y pude ver de dónde provenía la voz. Sonaba desde un ídolo de piedra, idéntico a la horrible estatua de Baal en el templo de Qart-Hadashat, iluminado por el fuego de un altar. Caí de rodillas sobre la superficie esponjosa del inmenso vientre. El ídolo se aproximó a mí, con los brazos de piedra extendidos, para arrojarme a la pira de los sacrificios. Intenté gritar, pero ningún sonido brotó de mi garganta.

Compadecida, Lida pasó su brazo por los hombros de Ana. La chica siguió recordando:

–El ídolo se transformó en un ser de carne y hueso. Un anciano andrajoso de piel surcada por miles de arrugas.

La barba y las greñas le caían hasta el suelo. En una mano portaba una guadaña. En la otra, un reloj de arena. Alzó la guadaña en el aire y habló de nuevo. Y esta vez entendí sus palabras: «¡Desespera! ¡Así terminará tu viaje, discípula de Virgilio!». La cuchilla cayó sobre mí. Pensé que era el fin. En el último momento...

Ana miró a sus amigos con una sonrisa.

–En el último momento, desperté. Y allí estabais vosotros.

Los tres chicos enmudecieron durante unos instantes. Lida rompió el silencio:

–¿Crees que realmente se trata de un sueño? Tal vez fue una visión, o un aviso.

–¡Más bien una amenaza! –terció Mario–. La encarnación de Jano, el augur o quienquiera que sea, está convencido de que el viaje de Ana es un desafío al tiempo. Lo escuché esta madrugada con mis propios oídos. Desea castigarte, pero al mismo tiempo te permite viajar en ayuda de la sibila. ¿Tienes idea de quién era el anciano de la guadaña?

–Saturno, el dios del tiempo –gimió Ana–. El devorador. Creo que Baal Shanim y Saturno son el mismo. Ambos exigían sacrificios terribles. Saturno es el rostro más poderoso de Jano bifronte: vive en él desde que lo acogió en el destierro y domina su voluntad.

La chica suspiró. De pronto se encontró tremendamente cansada.

–Estamos en manos de Amaltes. No tenemos más remedio que seguir los pasos de su oráculo, aunque nos conduzcan hasta Jano y Saturno.

Lida señaló el mar. Las nubes del cielo habían terminado por cubrir el firmamento con su oscuro sudario. El sol era apenas un aliento de luz moribunda.

–El paso siguiente de nuestro viaje es Roma, pero... ¿cómo llegaremos hasta ella? Navegamos a la deriva.

Ana reaccionó con un grito repentino:

–¡Las mochilas! ¡He perdido el oráculo!

Lida caminó hasta un pañol de la cubierta, reducido a un montón de tablas.

–Tranquila –dijo–. Aquí está lo que queda de ellas.

Mario y Ana tomaron sus mochilas, empapadas como esponjas, y descorrieron las cremalleras. Para su sorpresa, la chica encontró las dos diademas y el diccionario de latín, convertido en un bloque de papeles mojados. Entre ellos se hallaba el texto de la sibila, milagrosamente a salvo. Mario tuvo peor suerte.

–¡La espada está intacta! –dijo Mario–. Pero me temo que mi móvil ha muerto.

El muchacho pulsó las teclas del aparato e hizo un gesto de resignación.

–La verdad es que no me iba servir de mucho. No creo que vendan tarjetas en el Circo Máximo.

Mario lanzó el móvil al agua y un largo trueno rasgó la atmósfera.

El chico levantó las manos en un gesto de inocencia, pero Ana y Lida tan sólo miraban hacia un punto del horizonte donde las nubes se concentraban como una negra espesura.

–¡Oh, no! ¡Otra vez no! –exclamó Mario con rabia.

Estalló un segundo trueno y la balsa comenzó a avanzar, arrastrada por una corriente cada vez más veloz. La niebla cubrió a los muchachos con un velo maligno.

–¡Ana, recoge la mochila! –gritó Mario mientras se colgaba la suya–. ¡Agarraos al madero con todas vuestras fuerzas! ¡Esto aún no ha terminado!

Los tres chicos enredaron sus manos entre las revueltas de la soga para asirse a la cola de delfín, justo cuando la balsa comenzaba a zozobrar sobre el mar airado. Entre las nubes se abrió un arco gigantesco y el pecio voló raudo hacia él bajo una salva de relámpagos y truenos. El portal ya iba a engullirlos cuando Ana percibió un rumor en la distancia.

Una masa oscura, que se deslizaba a lo lejos entre los jirones de niebla, saltó un par de veces sobre la superficie del mar y desapareció con una formidable zambullida. Durante el breve fulgor de un rayo, la chica apreció la inconfundible silueta de un cetáceo.

La cola de delfín se desprendió del pecio, arrastrando a los muchachos.

El umbral en las nubes se cerró y los náufragos cayeron a un abismo de agua y espuma.

XIII

Amarrados a la cola de delfín, los tres muchachos soportaron durante minutos sin término la violencia del mar y el azote de las olas. El agua y los fragmentos del pecio se estrellaban contra sus doloridos cuerpos, pero ninguno intentó protegerse la cabeza con las manos. Aquel pedazo de madera los mantenía a flote en su mortal caída, y desasirse de él los hubiera extraviado entre las corrientes.

Sucediera lo que sucediese, debían mantenerse juntos.

No abrieron los ojos mientras duró el violento trance, tal vez por instinto de supervivencia, aunque hacerlo tampoco les hubiera servido de mucho. En torno a ellos, el agua había tendido una densa cortina que impedía la visión más allá de uno o dos metros. Sólo cabía dejarse arrastrar y esperar a que cesara el terrible flujo.

Lida fue la primera en salir de su aturdimiento. Sus oídos y sus miembros se habían acostumbrado de tal modo a la despiadada potencia del agua, que tardó varios minutos en comprobar que flotaban sobre una mar en calma. Una de sus manos todavía se hallaba enredada entre las cuerdas. Con la otra se retiró el negro cabello de los ojos y se oprimió las sienes para mitigar su fuerte dolor de cabeza.

–¿Sois libertos o patricios?

La voz sonaba con aire jovial, pero autoritario. Lida abrió los ojos y encontró a Ana y a Mario junto a ella, asidos al madero tronchado. Despertaban de su pesadez. La voz se escuchó de nuevo:

–¿O quizás sois esclavos? ¡Responded, por Júpiter!

Lida levantó el semblante, atónita. Entre los cegadores rayos del sol de mediodía vio el rostro de un muchacho de unos catorce años.

Vestía una rica túnica de lino, ornada con grecas de color púrpura, y en su cintura lucía un ceñidor que desprendía destellos dorados. Erguido sobre un pequeño esquife de dos remos, el chico apoyaba uno de sus pies en la borda y clavaba en los tres náufragos una mirada ceñuda, mientras aguardaba una respuesta.

–¿Dónde nos encontramos? –preguntó Mario.

–A dos millas del puerto de Ostia –replicó el extraño con desdén–. El mar debió de empujaros hasta la desembocadura del Tíber, si es que realmente venís de mar adentro. Y ahora decidme a qué familia de Roma pertenecéis. De lo contrario, no os permitiré subir a bordo.

Ana dio un respingo dentro del agua. Miró a su alrededor y vio dos riberas de verdor exuberante. La cola de delfín los había llevado hasta un ancho estuario para topar con el esquife de aquel muchacho que les hablaba en tono desconfiado... ¡en las cercanías del puerto de Ostia!

La travesía había llegado a su término.

—Navegábamos a bordo de la nave de Apio Tulio —dijo Mario—. Nos dirigíamos a Roma desde Nueva Cartago cuando nuestra nave fue atacada y naufragó, en algún lugar entre las islas Baleares y Sardinia.

El interés del joven extraño aumentó súbitamente:

—¿Quién osó atacar un barco de Roma? ¡Los dioses acaban de bendecirnos con la paz!

—Naves de Cartago —respondió Ana—. Partieron el casco de nuestra quinquerreme con su espolón de bronce. Y ahora te ruego que nos permitas subir a bordo. Viajamos con el beneplácito de Publio Cornelio Escipión y debemos proseguir nuestro camino hasta Roma... Si es que Aníbal no nos lo impide. Sabemos que sus tropas amenazan Roma.

El semblante del muchacho romano se transformó en una mueca airada:

—¿Te burlas de mí? Aníbal y Escipión el Africano llevan muertos casi doscientos años. ¡Roma jamás fue invadida por ese bárbaro asesino, ni por ningún otro enemigo! Cartago fue arrasada y sus campos se sembraron de sal.

Ana, Lida y Mario se miraron, incapaces de dar crédito a lo que escuchaban. Enseguida comprendieron que el portal que acababan de atravesar entre las nubes los había transportado hasta otro lugar en el tiempo. La travesía había concluido, pero dos siglos más tarde.

Harto de tanta palabrería, Mario liberó su mano de los cordajes.

–No me importa si nos crees o no –dijo mientras se encaramaba sobre el madero para alcanzar la borda del esquife–. Hemos sobrevivido al asedio de Sagunto. Participamos en la toma de Nueva Cartago. Acabamos de salir vivos de un ataque naval de Cartago, ¡y de un naufragio alucinante! Así que no pienso detenerme ante un niño pijo de Roma que viste túnica de marca.

Ante el desconcierto del chico romano, Ana y Lida se deshicieron en carcajadas e, imitando el gesto de Mario, subieron al esquife. Aquello era un abordaje en toda regla.

–¡Me llamo Marco Vipsanio Agripa! –rugió el dueño del esquife–. ¿No os dice nada ese nombre? ¡Vuestros cuerpos podrían terminar en la cárcel Mamertina por esto!

Mario y Ana se descolgaron las mochilas chorreantes y las abrieron. Como si se tratara de una farsa, el muchacho empuñó la espada corta y las dos chicas se colocaron las diademas con parsimonia. El arma y las dos coronas refulgieron como joyas sobre los andrajos de un mendigo.

La muchacha saguntina se encaró con el indignado chico romano:

–Mi nombre es Lida y soy hija de Belisto, capitán de Sagunto muerto por defender la alianza con tu pueblo. Éstos son Mario y Ana, ciudadanos de Nueva Cartago. Los tres gozamos del favor de Escipión.

Marco Vipsanio pareció calmarse, aunque no comprendía nada de cuanto estaba sucediendo:

–Supongo que entonces sois ciudadanos romanos, pues en Sagunto y Nueva Cartago rige nuestro derecho. Oye, ¿esa espada es auténtica? ¿Me dejas probarla?

Mario dudó en prestar su arma a aquel muchacho engreído, pero finalmente cedió. Los ojos de Marco brillaron al contemplar la hoja, que se agitaba en sus manos con los pretenciosos ademanes de un gladiador.

–¡Es fantástica! Mi padre sólo me deja entrenarme con espadas de madera. A veces le acompaño al Campo de Marte para ver los ejercicios de los soldados. ¿De veras no conocéis mi nombre?

–¿Deberíamos conocerlo? –preguntó Mario.

Marco se sintió ofendido.

–Mi padre se llama igual que yo. Marco Vipsanio Agripa. General y almirante de Roma. Primer lugarteniente del emperador Octavio Augusto, a quien los dioses guarden por muchos años. ¡La escuadra de mi padre venció a la de Marco Antonio y Cleopatra en la batalla de Accio! No hay en Roma otro militar como él. Desde hace un mes, mi padre custodia el sello del emperador. Sabed que ha sido designado para sucederle a su muerte.

–¡Vaya, entonces hemos tenido una suerte tremenda al encontrarte! –exclamó Ana–. ¿Podrías conducirnos a Roma, Marco Vip... Vip...?

El joven devolvió a Mario su espada y echó un vistazo a los tres muchachos llegados de Hispania. Como patricio de Roma, juzgó que sería interesante recibirlos como huéspedes en su propia casa. ¡Tres náufragos procedentes de otra época! Quizás habían enloquecido durante su accidentado viaje..., o tal vez el mismo Neptuno los había conducido hasta su esquife. Decidió acceder a sus ruegos. Al menos, así tendría algo excitante que contar a sus amigos

179

del Monte Palatino, la colina romana donde residía lo mejor de la clase noble.

—Vip-sa-nio —dijo Marco remarcando las sílabas—. Ese es mi *nomen*. ¿Cuáles son los vuestros?

—¿*Nomen*? —repitió Mario—. Ana, Mario y Lida...

—No. Ésos deben de ser vuestros *praenomina*. Marco es el mío. Vipsanio es el *nomen* y Agripa, el *cognomen*. Todos los ciudadanos de Roma tenemos tres nombres. Recordad los míos: Marco Vipsanio Agripa, hijo del general que...

—Dejémoslo en Marco a secas, ¿vale? —interrumpió Mario—. Y ahora, dinos, ¿vas a llevarnos a Roma en esta barca o esperas a alguno de tus criados?

De pronto, Marco pareció nervioso.

—¡Oh, por Júpiter! Ya habrán descubierto mi ausencia. Me he entretenido demasiado tiempo con vosotros... ¡Maldición! Ahí viene mi esclavo.

Una barcaza de un solo mástil llamó la atención de los chicos. Bajaba lentamente, surcando el manso lecho del Tíber.

—¿Es que estabas haciendo algo que no debías? —preguntó Lida.

—Me he escapado de mi preceptor. Es un gran poeta y un maestro muy sabio, pero se empeña en perseguirme para que me aprenda la *Ilíada* y la *Odisea* de memoria. Y yo odio cantar en griego, ¡es humillante! Así que esta mañana, temprano, huí de mi casa en compañía de mi esclavo Fortunato Simón. Nos escurrimos por las calles de Roma hasta llegar a los muelles del Tíber, donde descargan las naves mercantes de mi padre...

La barcaza se detuvo junto a un costado del esquife. La cubierta rebosaba de ánforas, cajones de madera y otros embalajes.

—¡Terminó la travesura, Agripa! Regresamos a Roma inmediatamente —gritó en tono agrio el piloto de la nave.

Toda la arrogancia de Marco se desvaneció ante aquella amonestación. Un hombre de tez morena y rasgos afilados, entrado en la treintena, se asomó a la baranda y miró a Marco con expresión apurada.

—¡Señor! No debisteis huir de nosotros en Ostia. Vuestro padre os espera antes de la hora undécima para asistir a la velada en el palacio del emperador. Sabéis de sobra que es muy estricto con la puntualidad.

—Ése es mi esclavo, Fortunato Simón —murmuró Marco con fastidio—. Mi segunda sombra.

A pesar de la cuantiosa carga que desplazaba, la barcaza avanzaba con ligereza contra la corriente del Tíber. La nave pertenecía a la flota mercante de Vipsanio Agripa, mano derecha del emperador y próspero comerciante, y acababa de abastecerse con un cargamento de aceite de oliva proveniente de la lejana Gades, la capital andaluza de la Bética. Una orden de Marco había bastado para que sus tres nuevos amigos saltaran a cubierta con él. Por muy desastroso que fuera el aspecto y el olor de aquellos muchachos, nadie a bordo se habría atrevido a contradecir al hijo de Agripa.

Tras engullir el primer bocado que probaban desde la noche anterior —carne en salazón y vino aguado—, los tres extranjeros quedaron sumidos en un profundo sueño.

Ana se asomó a la baranda y admiró las campiñas del Lacio bajo la luz de la tarde. Lida y Mario permanecían aún sobre unos odres, rendidos tras los últimos peligros del viaje. Hubiera dormido durante más tiempo, pero la chica no deseaba perderse ningún detalle de su segundo viaje a Roma, ¡esta vez en el siglo I antes de Cristo! Según les había informado Marco, se encontraban en el año 730. Ana sabía que los romanos contaban los años desde la fundación de su ciudad, allá por el 750 antes de Cristo. Con ese dato, resultaba fácil calcular con exactitud la época en que se encontraban: tras cruzar el umbral abierto entre las nubes, habían aparecido en el año 20 antes de nuestra era.

La chica hizo un repaso mental de la nueva época en que se encontraban.

Julio César y Marco Antonio estaban muertos. Si la leyenda era cierta, un áspid había terminado con la vida de Cleopatra, hija de Ra y reina del Nilo, que ambicionaba el trono de Rómulo y Remo. Roma había dejado de ser una república para transformarse en un imperio, el primero que se extendía desde las costas de Hispania hasta las de Egipto. Las sienes de Octavio Augusto ceñían ahora la gloriosa corona de laurel, signo del *imperator*. El ahijado y sucesor de César había adoptado su propio nombre, césar, y con él habrían de conocer los siglos venideros a los demás emperadores de Roma.

Ana se moría de impaciencia por llegar a los muelles del Tíber. Desde que comenzó aquel viaje, su vida corría un peligro casi continuo. Como Mario, echaba de menos a su familia y se preguntaba si volvería a verla. «Las personas sólo se aprecian de veras cuando se pierden», pensaba la chica con añoranza. Pero, al mismo tiempo, Amaltes le había permitido ver el pasado con sus propios ojos. Y no estaba dispuesta a perderse el momento en que la nave de Agripa arribara a la ciudad eterna.

A medida que la tarde avanzaba, el cauce del río se hacía más estrecho y sobre las aguas aparecían nuevas embarcaciones. El tráfico llegó a hacerse tan denso que a veces obstaculizaba el paso de la barcaza. Ana escuchó a su espalda el rumor de una discusión. Al volverse descubrió a Marco, que replicaba a Fortunato con aspereza. El chico se apartó de su esclavo y se dirigió hacia Ana.

–¿Algo va mal? –preguntó la muchacha.

–¡No! Bueno, mi esclavo piensa que vuestra presencia en mi casa puede disgustar a mi padre.

–No es necesario que nos des alojamiento. En cuanto lleguemos a Roma debemos dirigirnos hasta la Boca del tritón. Supongo que sabes a qué me refiero... Es un pozo de la Cloaca Máxima.

–Lo conozco. Se encuentra en el Foro Boario, muy cerca del lugar donde atracará esta nave –Marco arrugó el ceño, perplejo–. Acabáis de sobrevivir a un naufragio... ¿y sólo se os ocurre visitar al viejo tritón de piedra?

Ana suspiró. Por tercera vez se vio obligada a narrar a un desconocido su insólito viaje, comenzando por su encuentro con la sibila de Cumas. Para su sorpresa, el entusiasmo de Marco crecía con cada frase de su relato. Ana le explicó, por último, que esperaba encontrar una nueva etapa de su aventura junto a la Boca del tritón.

–¡Permitidme acompañaros, por favor! –insistió el muchacho.

Los gritos de Marco despertaron a Mario y a Lida. Ana no estaba segura de aceptar el ruego del chico romano: Marco podía complicar sus planes.

–Pero tienes una cita en el palacio de Octavio... ¡Tu familia cenará esta noche con el emperador, nada menos!

–¡Oh, no es la primera vez! Mi preceptor ha compuesto un largo poema en su honor –Marco hizo un gesto de aburrimiento–. ¡Prefiero ir con vosotros! No se me ocurre un plan mejor para librarme de la cena. Además, necesitáis un guía en vuestra aventura. ¡En Roma vive medio millón de habitantes!

–Tiene razón –terció Lida–. Además, el hijo de un general puede servirnos en caso de apuros en una ciudad tan enorme.

Marco se creció con el apoyo de la muchacha.

–¡Y no es un general cualquiera! Su ejército ha vencido al último pueblo enemigo, y mañana encabezará el desfile triunfal ante el pueblo. Roma disfruta de paz tras dos siglos de guerra. ¡Toda la ciudad prepara una fiesta!

–¿Y cuál era ese pueblo enemigo, al fin vencido? –preguntó Mario con curiosidad.

–Los cántabros. El emperador rogó a mi padre que terminase la conquista de Hispania, vuestra patria, comenzada por Escipión hace doscientos años. ¡Es la provincia que más tiempo ha costado someter!

184 La barcaza dobló un recodo del río y en la orilla derecha apareció un pórtico, cuyas altas columnas se alineaban con precisión geométrica a lo largo de la ribera. Tras el edificio, destinado a almacén de cereales, Ana divisó la cúspide de un promontorio: el Monte Testacio, una cima artificial levantada con los restos de las ánforas de aceite llegadas desde la Bética.

La nave enfiló un tramo recto del Tíber. El corazón de la muchacha comenzó a latir con fuerza cuando descubrió los primeros tejados y fachadas de un mármol resplandeciente bajo los rayos del ocaso. La piedra pulida de templos, torres y palacios descollaba al abrigo de las imponentes murallas, como nieve virgen sobre cumbres escarpadas.

Con las manos apoyadas en la baranda, absortos por el efecto de un sortilegio poderoso, los tres muchachos extranjeros terminaron por contagiar su hechizo al joven romano. Ante sus ojos, Roma se alzaba gallarda con su coraza de piedra centelleante y metal precioso, mientras la luz de Apolo se extinguía en el poniente.

Atravesaron los arcos del primer puente. En la ribera oriental desfilaron los santuarios de las diosas Juno, Minerva y Ceres, las primeras en saludar a los viajeros que alcanzaban Roma a través del Tíber. Antes de cruzar el segundo puente, Ana y Mario admiraron la mole del Circo Máximo, cuya larga espina central habían contemplado tan sólo dos semanas antes, en un largo recinto cubierto de maleza y ruinas. Frente a la proa aparecieron las arcadas del teatro Marcelo, ornadas con estatuas que se sumaban a la bienvenida de las diosas. Corriente arriba, el cauce se deshacía en dos brazos para dar cobijo a la isla Tiberina.

Acostumbrados a su aspecto devastado, tan típico de las tarjetas postales, los dos fugitivos del siglo XXI se rendían ante el prodigio. Roma era un milagro labrado en piedra. Lentamente, la nave se aproximó a los muelles del Tíber entre un enjambre de mástiles y lienzos plegados.

–Preciosa, ¿verdad? –Marco rompió el silencio, ufano–. «He hallado una Roma de ladrillo y dejaré una Roma revestida de mármol.» Eso prometió el emperador ante mi padre.

XIV

De nada sirvieron los gritos de Fortunato Simón. En cuanto la barcaza de Agripa se detuvo junto a los muelles, los cuatro muchachos saltaron a tierra y se mezclaron a la carrera entre una muchedumbre de marineros, soldados, esclavos y mercaderes. Algunos de ellos se detenían sorprendidos para admirar el aspecto de Mario, que destacaba en el grupo de fugitivos por sus vaqueros y su andrajosa camiseta surfera. Marco marchaba en cabeza, con la decisión de quien conocía el camino correcto en aquel laberinto de callejuelas pulcramente empedradas. En pocos minutos llegaron a una plaza de trazado irregular, dominada por un templo circular cuya techumbre soportaban esbeltas columnas de capitel corintio. Ana reconoció al instante el lugar donde se hallaban:

–¡Mario, estamos cerca del hotel, en el barrio del Velabro! ¿Recuerdas? Me seguiste hasta aquí la noche de mi cita con Virgilio. ¡La noche en que viajamos al pasado! Frente al templo había una iglesia. Y allí debía de estar el arco de Jano... ¡pero en su lugar hay una fuente!

–¿El arco de Jano? –repitió Marco sorprendido–. Existe un templo dedicado a Jano, pero se encuentra en una muralla del Foro. Aquí nunca se ha levantado ningún arco...

–Quizás no lo han construido aún –sugirió Mario.

Marco señaló un ángulo de la plaza:

–¡Venid rápidamente!

Siguieron al muchacho, que se detuvo ante una losa de mármol blanco del tamaño de una rueda de molino, semihundida en el pavimento de adoquines.

–La Boca del tritón.

Ana se hallaba otra vez ante la Boca de la verdad. Y, de nuevo, la invadió el temor al contemplar aquel rostro de cuencas vacías y fauces entreabiertas, que la miraba con la expresión inanimada de un fantasma esculpido en piedra. A través del semblante horadado del tritón brotaba un eco cavernoso: el rumor de las corrientes fétidas bajaban por la Cloaca Máxima hasta desaguar en el Tíber.

La diosa Venus se asomó en el cielo de Roma en forma de lucero de la tarde.

–¿Y bien? –preguntó Mario con impaciencia–. Prueba superada. ¿Cuál es el siguiente paso del viaje? No vamos a estar aquí toda la noche...

La muchacha entornó los ojos, mientras trataba de pensar. Miró a uno y otro lado, indecisa.

–La Boca del tritón... es la entrada a una caverna. Un pasadizo subterráneo... Esto sólo es una puerta, una más en el camino –la inseguridad de Ana desapareció al punto–. No podemos detenernos aquí. ¡Ayudadme a retirar la losa! ¡Tenemos que bajar a la Cloaca Máxima!

Los tres muchachos dieron un respingo.

–¿Te has vuelto loca? –protestó Mario–. ¡No pienso entrar ahí adentro! ¡Antes prefiero un combate de *kickboxing*!

Instantes más tarde, entre gruñidos, Mario introducía su espada corta en la abertura entre la losa circular y el pozo excavado en el pavimento. Pese a la actitud del chico, Lida y Marco opinaron que la idea de Ana, si bien descabellada, no carecía de sentido. En la primera tentativa, la losa les pareció terriblemente pesada. En la segunda sintieron que todos los tendones y arterias de sus cuerpos iban a estallar de un momento a otro, pero el empuje de los cuatro muchachos bastó para remover la piedra dos palmos de su posición original. Por fin, tras un nuevo intento, la losa dejó al descubierto un tercio del pozo: el espacio suficiente para penetrar en su interior... y caer al vacío.

–El agua fluye hasta el río, a unos tres metros bajo el nivel de la calzada –dijo Marco–. El cauce debe de tener un metro y medio de profundidad.

–¿Has estado ahí abajo en alguna ocasión? –preguntó Lida llevándose una mano a la nariz.

–En realidad, no. Bueno, en una ocasión me escondí en el conducto que muere en el Tíber y eché un vistazo..., pero no me atreví a caminar más de tres pasos.

Un grito de alarma resonó al final de la plaza:

–¡Allí están! ¡Hijo de Vipsanio Agripa, deteneos!

Fortunato acababa de encontrarlos. Le acompañaban dos marineros corpulentos, algo fatigados por la carrera.

–¡Deprisa, saltemos de una vez! No creo que se atrevan a seguirnos.

Sin pensarlo dos veces, el chico se arrojó al pozo. Uno tras otro, la Boca del tritón engulló a los visitantes más extraños de la Cloaca Máxima desde su construcción en los tiempos de los antiquísimos reyes de Roma. Y uno tras otro comprobaron que las corrientes de una alcantarilla pueden ser tan hediondas como gélidas. Rodeados de oscuridad y hundidos en aquella pestilencia hasta la altura del pecho, los cuatro muchachos comenzaron a tiritar.

–No sé que resulta peor: el frío o el olor –dijo Lida con la voz entrecortada.

–Pues todavía no ha aparecido la primera rata... –comentó Marco con ironía.

Ana y Lida se abrazaron horrorizadas. Para calmar los ánimos, Mario se apresuró a hacer balance de la situación:

–El aire fresco que sentimos a nuestras espaldas viene del Tíber. Y allá adelante, la cloaca asciende hasta el interior de la ciudad. ¿Qué dirección tomamos?

Ana preguntó, tras un momento de duda:

–¿Recuerdas lo que nos explicó el catedrático italiano?

–¿El tipo que nos presentó la *Barbie*? Me pareció bastante pesado y subí el volumen de la música que estaba escuchando... ¡Oh, Dios mío! ¡Lo había olvidado en el fondo de mi mochila! Supongo que a estas alturas estará completamente oxidado.

—El *dottore* nos dijo que la Cloaca Máxima se construyó para drenar una laguna que, en otro tiempo, se extendía sobre lo que hoy es el Foro. Creo que debemos caminar aguas arriba. ¡Marchemos hacia el Foro!

—Espero que no suba el nivel del agua... —deseó Mario.

Los cuatro fugitivos avanzaron pesadamente contra el flujo de la alcantarilla. Sus pies se hundían en un suelo limoso y resbaladizo, pero muy pronto se acostumbraron a caminar en aquella gruta infecta, donde el menor ruido sonaba amplificado en la interminable bóveda. Poco a poco, notaron que el suelo ascendía hasta convertirse en una pendiente y el paso se hizo más difícil. Según Marco, la galería había sido construida con una anchura suficiente para permitir el paso de un carro rebosante de heno... si bien reconoció que nadie se atrevió nunca a comprobarlo.

Al cabo de un tiempo impreciso, Lida creyó ver una brizna luminosa al final del túnel. Pronto comprobaron que su impresión era cierta y se encontraron bajo una tronera enrejada. Un débil rayo de luz procedente del exterior caía sobre las aguas y delataba el flamear de una antorcha lejana.

—¡Luz, por fin! —exclamó Mario—. Pero es imposible alcanzar la ventana.

—Noto una corriente de aire, a la altura de la cabeza.

En la penumbra, Lida palpó las piedras del muro. Poco después gritó:

—¡Aquí arranca una segunda galería!

La muchacha saguntina pateó la pared. Bajo el agua, sus pies golpearon unos escalones que arrancaban a la altura de las rodillas y ascendían hasta la superficie. Subió por ellos guardando el equilibrio, seguida de Mario y Marco. A la escasa luz que surgía de la tronera pudieron ver que se hallaban sobre una cornisa, libres, al fin, de las aguas de la cloaca. La bifurcación descubierta por Lida comunicaba con un pozo similar al que cubría la Boca del tritón, pero mucho más alto, iluminado en algunos tramos por un resplandor moribundo. Colgada en las paredes circulares, la escalera de piedra trepaba en espiral hasta perderse por encima de sus cabezas.

Los muchachos comenzaron a subir con paso prudente. De pronto, a mitad de camino, Mario se detuvo en seco y preguntó en la oscuridad:

–¿Dónde está Ana?

La muchacha aún se encontraba sumergida en las aguas hasta el torso, incapaz de levantar los pies de aquel fondo fangoso. Tampoco había advertido que sus compañeros desaparecían a través de la bifurcación. Un débil rayo de luz penetraba por la ventana enrejada y se reflejaba sobre la corriente, tremolando en una lluvia de chispas que hería los ojos de Ana. Lentamente, como el péndulo de un hipnotizador. Como el baile maligno y sinuoso de una serpiente.

El reflejo tiñó de un rojo intenso la superficie del agua. La muchacha concentró en ella los cinco sentidos. Su mente sólo existía para aquella mancha luminosa que, poco a poco, se extendió hasta cubrir la anchura del cauce subterráneo.

Sangre.

Un terror indescriptible se apoderó de su mente. Intentó huir. Gritar. Pero ya no era dueña de sí misma. Sólo existía para contemplar la transformación de las aguas. Algo tomaba forma dentro del reflejo sanguinolento. Dos cuerpos caídos, deshechos sobre las rocas. Uno de ellos estaba vuelto hacia arriba y pudo percibir su rostro. Vio la imagen borrosa de unos ojos que se clavaban en los suyos. Unos ojos negros, abiertos y sin vida. Bajo las aguas, la muchacha reconoció el rostro de Lida.

El grito de Ana resonó con fuerza en las galerías de la Cloaca Máxima. De inmediato, sus tres compañeros se precipitaron escaleras abajo hasta alcanzar la galería principal. Sus cuerpos tropezaron en las tinieblas y cayeron de nuevo a la corriente apestosa. Apoyada en la cornisa, Ana temblaba presa de los nervios.

Lida se abrazó a ella y no se separó de su amiga hasta que cesó su angustia.

El grupo se puso de nuevo en camino, esta vez al completo, encabezado por Marco. Mientras retomaban la escalera que ascendía en espiral a la alta bóveda, Mario caminaba convencido de que Ana les ocultaba lo que realmente había sucedido minutos antes, en el oscuro vientre de la ciudad. Por muy cansada que dijera estar, nunca se hubiera distraído en un lugar tan peligroso como aquél, hasta el punto olvidar a sus compañeros. Tampoco la creyó cuando aseguró que había gritado al encontrarse, de repente, rodeada de oscuridad.

En ese mismo momento, el ánimo de la muchacha se debatía entre las dudas. La confusa visión que había recibido no auguraba un peligro contra ella, sino contra Lida.

Tal vez Mario estaba en lo cierto cuando, al zarpar en Nueva Cartago, le había advertido que cambiar el pasado no tenía por qué ser necesariamente bueno. La muchacha cuya muerte impidió en Sagunto había decidido acompañarla después en su viaje, y Ana apreciaba de corazón aquella muestra de lealtad.

La chica miró a su izquierda, hacia el negro abismo que se abría en el hueco del pozo. Entonces sintió que la mano de Lida, que marchaba tras ella, se posaba en su hombro con suavidad para apartarla hacia la pared curvada. Ana sonrió, reconfortada. Si un riesgo de muerte acechaba a su amiga, ella haría lo imposible para protegerla.

La espiral de escalones terminaba en una arcada de piedra, iluminada por el rayo de luz que llegaba a través de una estrecha portañola. Cuatro barras de hierro cubierto de orín atravesaban el vano. Un soplo de brisa fresca se escurrió entre los cuerpos de los muchachos, que aspiraron el aire nocturno como un bálsamo de alivio en aquella atmósfera viciada. Agarrado a los barrotes con ambas manos, Marco se encaramó en la pared y se asomó al ventanuco.

–¿Tienes idea de dónde nos encontramos ahora? –preguntó Mario–. Esto ya no parece la Cloaca Máxima.

–¡Estamos en el Foro! Desde aquí puedo ver la Via Sacra y el templo de Cástor y Pólux.

Marco introdujo aún más su cabeza entre las dos barras de hierro. Miró abajo y dio un largo silbido.

–Hemos subido muy alto. Si no me equivoco, esta escalera conduce a algún lugar dentro del Tabularium.

–¿El Tabularium? –repitieron tres voces al unísono.

Marco bajó de nuevo sobre los escalones y señaló la arcada.

–Supongo que esta puerta nos conduce a él. Es un edificio enorme que cierra uno de los extremos del Foro. Fue levantado en la falda del Monte Capitolino, para albergar el archivo de Roma –el muchacho adoptó un tono más serio–. Está prohibido entrar aquí sin permiso del senado o del sumo sacerdote, ¡bajo pena capital! Pero creo que no tenemos otra opción...

Al traspasar el arco, los chicos dejaron atrás el pozo y penetraron en un largo corredor, ocasionalmente iluminado por las luces del exterior. El pasillo terminaba en una pequeña sala de baños dominada por una pileta vacía, excavada en el centro de la estancia. Caminaron bajo un lucernario abierto en la techumbre y las cuatro sombras vacilantes se dirigieron en silencio hacia el umbral que se abría en la pared opuesta del recinto. Marco se asomó con sigilo al otro lado de la puerta.

–Todo parece desierto. Con un poco de suerte, encontraremos una salida sin que nadie nos descubra.

El joven romano parecía disfrutar con la aventura que sus nuevos amigos le estaban proporcionando. Cuando aquella mañana escapó de su preceptor, ni por asomo hubiera imaginado que terminaría la jornada dentro de un edificio protegido por las sagradas leyes de Roma, en compañía de tres muchachos venidos de otra época. Sin embargo, a medida que se internaban en los suntuosos salones del Tabularium, en Ana crecía una sensación muy distinta: la de saberse una intrusa que profanaba un lugar prohibido.

El grupo accedió a una galería, iluminada por un pebetero de bronce. Ana se dirigió a Marco:

–¿Por qué se castiga con la muerte a quien entra sin permiso en el Tabularium?

–Os lo acabo de decir. Aquí se custodia el archivo y las leyes de la ciudad. Y también se guardan los Libros sibilinos.

Ana detuvo al muchacho tomándole del brazo. Su rostro palideció:

–¿Los Libros sibilinos? ¿Te refieres a los oráculos de la sibila de Cumas? Creí que se guardaban en el templo de Júpiter Óptimo Máximo.

Marco miró a la chica con profunda sorpresa:

–¡Y yo pensé que tenías tratos con la sibila! El templo de Júpiter sufrió un incendio hace muchos años y las profecías de la sibila fueron trasladadas aquí. ¡Son vitales para Roma en los momentos de peligro! Lo fueron cuando Aníbal amenazaba nuestra patria.

Los muchachos llegaron hasta el final de la galería. Allí, el amplio corredor se ensanchaba en un salón ornado con ricos cortinajes y con pinturas murales de escenas campestres. Una docena de pebeteros inundaba de flameante luz una gran estatua de Apolo, que lo mostraba radiante sobre el carro solar. Ante sus pies reposaba un arca que destellaba con reflejos de oro y plata.

–Los Libros sibilinos se vigilan ahora en el Tabularium. Octavio ha triplicado el número inicial de sus guardianes. Éste es un lugar mucho más seguro... siempre y cuando se vigile la entrada por la Cloaca Máxima.

El chico soltó una risita irónica.

Mario se descolgó la mochila y, sin ningún pudor, tomó en sus manos los cortinajes que cubrían un alto ventanal y comenzó a secarse los cabellos y las ropas húmedas. Lida y el joven romano se dispusieron a hacer otro tanto, pero Ana, guiada por una intuición, abrió su mochila y extrajo el viejo diccionario de latín de su padre. Lo abrió y, por enésima vez, examinó el oráculo de Amaltes:

–*Bucca tritonis*... –murmuró. A continuación leyó la etapa siguiente–. *Lupa cum pueris*... ¡Oh, 'la loba con los niños'!

Ana se volvió hacia Marco, que frotaba la tela contra su rostro:

–¿Dijiste que el edificio del Tabularium se alza en la colina del Monte Capitolino?

El chico romano asintió despreocupado.

–¡Mario, Lida! ¡Acaba de cumplirse el cuarto paso del viaje! Después de *bucca tritonis*, es decir, la 'boca del tritón', la sibila escribió *lupa cum pueris*, 'la loba con los niños'.

–¿Y...? –replicó Mario.

–¿No lo entiendes? ¡Es la *Loba Capitolina*! La loba que amamantó a Rómulo y Remo. ¡Nos encontramos en su monte! La *Barbie* nos mostró una copia de la escultura, antes de asomarnos al Foro.

Completamente ajenos al entusiasmo de la chica, Mario y Marco observaban desde el ventanal la caída hasta las calles del Foro. Tan sólo Lida advirtió el extraño brillo que despedían los ojos de su amiga. Ana se encaminó con pasos lentos hasta el arca de metal precioso. Se arrodilló bajo la estatua de Apolo y, asiendo la tapa con ambas manos, la descubrió. Entonces, su semblante se transfiguró al admirar su contenido.

En el fondo reposaban tres gruesos volúmenes, encuadernados en piel de color ámbar. Tomó uno de ellos, el que parecía más antiguo, y comenzó a pasar las páginas parduzcas con dedos temblorosos. La muchacha sintió que sus ojos se humedecían a causa de la emoción, al tiempo que recorrían los textos interminables, escritos en latín con una caligrafía desigual y apresurada.

¡Sus manos sostenían los oráculos de Amaltes!

Creyó escuchar en su interior el eco de innumerables voces, que pronunciaban desde la eternidad los misterios del pasado y del futuro. Comprendió después que aquellas lenguas extrañas procedían de la misma garganta. La garganta de una mujer condenada de por vida a cantar las profecías de Apolo. Amaltes, la sibila de Cumas. La joven que había suplicado su ayuda en la capilla Sixtina. Al coger entre sus dedos una de las páginas, la hoja se deshizo en cenizas. Comprobó que las páginas finales del volumen se encontraban medio carbonizadas, debido al incendio del templo de Júpiter.

Miró el oráculo que Amaltes en persona le había entregado días atrás y sus ojos se fijaron en los bordes quemados.

La hoja que había portado consigo durante su viaje, mostraba las mismas medidas que las páginas de aquel libro.

Una frase contundente tronó en el salón del Tabularium:

−¡Profanación!

Ana se volvió atemorizada. Al final de la galería, una figura togada la señalaba con indignación. Los dos guardias que la acompañaban desenvainaron las armas y corrieron hacia los chicos.

Cuando la muchacha quiso reaccionar, Mario gritaba con energía desde el alféizar del ventanal. En sus manos esgrimía la espada corta.

−¡Subid rápidamente! ¡Tenemos que saltar!

Ana creyó que el muchacho había perdido el juicio, pero los soldados ya habían cubierto la mitad de su recorrido y se les echaban encima. Marco fue el primero en huir. Se escuchó un grito agudo y el cuerpo del joven patricio desapareció en la noche.

−¡Corre, Ana, dame la mano! −desde la repisa, Lida le tendía su brazo.

Mario saltó al interior de la estancia y se interpuso entre los guardias y el arca, con el arma en ristre. Gracias al impulso de su amiga, Ana se encaramó hasta el ventanal y miró al vacío. Entonces vio a Marco tres metros más abajo, en pie sobre el tejado inclinado de un pequeño edificio. El chico acababa de saltar por encima de una estrecha callejuela del Foro que discurría entre la fachada del Tabularium y un templo vecino.

Ana flexionó sus rodillas y se precipitó sobre la calle. Pero su salto no alcanzó tan lejos como el de Marco y, tras notar un doloroso latigazo en las rodillas, rodó sobre las tejas del templo. Sus piernas ya colgaban sobre el vacío cuando sintió que una mano del muchacho oprimía su brazo como una tenaza. Escuchó en el tejado un golpe sordo: el salto de Lida. Los dedos de Marco comenzaban a resbalarse en torno al brazo de Ana. La tenaza se aflojaba. Entonces notó que una segunda mano se aferraba a su otro brazo, impidiendo la caída fatal. Entre Lida y Marco izaron su cuerpo en el aire y la chica consiguió arrodillarse sobre el tejado.

–¿Dónde está Mario? –gritó Ana con angustia.

Una sombra cayó a poca distancia de los chicos, resbaló tras el impacto y se irguió con soltura.

–Siempre a tu lado –respondió la sombra con buen humor–. Y ahora, huyamos de aquí, antes de que esos *punkis* nos arrojen a los leones.

XV

—Pero... ¿se puede saber qué tiene de divertido arrojarse a un pozo de estiércol?

Fortunato Simón caminaba de un lado a otro, agitando los brazos con excitación. Para alivio suyo, el joven Marco Vipsanio había reaparecido felizmente en su mansión del Palatino, el monte donde residía lo mejor de la nobleza patricia.

Mientras el muchacho y sus huéspedes se reconfortaban con un baño caliente, los lamentos e imprecaciones del esclavo llenaban toda la casa:

—Señor, vuestros padres, cansados de esperar, se han marchado al palacio de Augusto hace casi una hora, acompañados por vuestro preceptor. ¡Oh, qué terrible era la indignación de Agripa! ¿Acaso no sabéis que mi vida depende de vos? Dentro de un par de años vestiréis la toga viril, ¡pero aún sois inmaduro y díscolo!

La puerta del baño se abrió y Marco dedicó a su esclavo la mejor de sus sonrisas:

—Mi vida corre el mismo peligro que la tuya, Fortunato. Recuerda que mi padre también tiene poder sobre su esposa y sus hijos, no sólo sobre sus esclavos.

Un criado terminó de ajustar la nueva túnica de Mario, que introdujo su espada corta en un ceñidor. El muchacho lucía satisfecho su prenda de lana. Como correspondía a dos menores de diecisiete años, los chicos vestían sobre sus túnicas la toga *praetexta*, bordeada por una franja roja.

Antes de introducirse en el estanque de agua caliente, Mario había entregado a los esclavos sus zapatillas de deporte y su pantalón vaquero, con la indicación de que no decolorasen la tela. Tras el naufragio y las últimas penalidades, la camiseta surfera casi era un andrajo amarillo, sucio y deshilachado, pero Mario no estaba dispuesto a desprenderse de ella por nada del mundo.

Fortunato tendió un manto a su joven amo. Marco hizo un gesto de fastidio:

—¡Por todos los rayos de Júpiter! ¿Tenemos que acudir sin excusa? Estamos cansados y hambrientos.

—Hoy ya habéis contrariado demasiado a vuestro padre. Ya sabéis con cuánto interés ha esperado esta velada. Además, os acompañarán al palacio vuestros huéspedes, tal como habéis deseado.

Ana y Lida aparecieron en la galería, acompañadas por dos jóvenes criadas. Mario las contempló boquiabierto. Vestían unas largas y elegantes túnicas, rematadas con ribetes dorados y prendidas con preciosas fíbulas. Una estola colgaba de sus cuellos, adornados con collares de cuentas relucientes. Y, sobre sus cabellos, recogidos con horquillas ambarinas, lucían las diademas que Escipión les había regalado en Nueva Cartago.

—¡Mario! —exclamó Ana con emoción—, vamos a asistir a una velada en la *domus Augusta*, ¡el palacio de Octavio! ¿No es increíble?

El chico dio un silbido:

—Vosotras sí parecéis increíbles. ¿De dónde habéis sacado esas ropas y todas esas joyas?

—Son de mi hermana mayor, Vipsania Agripina. No creo que se moleste porque las hayan tomado prestadas.

Fortunato Simón se envolvió en su manto y señaló la escalinata que conducía a la calle:

—No perdamos más tiempo. No es bueno demorarse en una cita con Octavio.

La *domus Augusta* era una imponente mansión erigida en lo más alto del Palatino y sus muros de blanca piedra destacaban entre las demás villas. Bajo la noche romana, todo el monte aparecía iluminado por centenares de antorchas, que reflejaban sus trémulas llamas en las fachadas de mármol inmaculado. Arcos, esculturas y columnatas se repartían por doquier sobre las gradas del monte, salpicadas de altos cipreses y arbustos en flor.

El esclavo de Agripa marchaba con paso rápido, flanqueado por Ana y Lida. Algo más retrasados, Marco relataba a su amigo las carreras de cuadrigas que había presenciado en el Circo Máximo, muy cercano a la colina.

Ana se dirigió a Fortunato:

–¿Por qué es tan importante esta velada en el palacio de Octavio? Marco nos dijo que también asistirá su preceptor.

–¿Te refieres al poeta, Publio Marón? Toda Roma espera ansiosa su canto. Esta noche recitará ante el emperador y su familia los versos que ha compuesto en su honor. El mismo Octavio en persona le encargó que escribiera un largo poema sobre la historia de Roma y los héroes que la fundaron. Es una manera de honrar la paz de la que ahora disfruta el mundo.

–El pueblo aclama a Octavio Augusto como a un dios... –comentó la chica.

Fortunato hizo un leve gesto de reprobación y bajo el tono de su voz:

–Se han levantado altares a Augusto en todas las ciudades del Mediterráneo y su nombre se pronuncia con veneración, igual que el de los otros dioses. Pero no hay otro dios que Adonai.

Ana miró al esclavo con sorpresa:

–Creí que los romanos adorabais a muchos dioses.

Fortunato no pudo reprimir una carcajada:

–¿Acaso tengo aspecto de ciudadano romano? Yo sólo soy un pobre esclavo hebreo. ¿O pensabas que Simón es un nombre patricio? Provengo de una familia temerosa de Adonai, el único Dios. Somos oriundos de Jericó, en la lejana Judea. ¡La ciudad más antigua del mundo!

–Entonces, tú no crees que la paz romana sea obra del poder de Octavio, favorecido por los demás dioses.

—¡En absoluto!

El esclavo se detuvo frente a la esplendorosa fachada de la *domus Augusta*, donde montaba guardia un grupo de soldados armados con sus lustrosos pertrechos.

—La paz de Augusto sólo se debe a un hombre y, créeme, no será duradera —Fortunato Simón seguía hablando con cautela—. En cambio nuestro pueblo espera la auténtica paz, la que prometieron profetas judíos como Isaías y Miqueas. La que únicamente traerá el Mesías. Roma aclama a Octavio, pero el verdadero liberador del mundo surgirá de nuestro pueblo. Judíos y romanos solamente coincidimos en una cosa: el tiempo ya está muy cercano.

La imaginación de Ana voló hacia la capilla Sixtina, hasta los frescos de los profetas que Miguel Ángel pintaría, quince siglos más tarde, en la ciudad donde se encontraban. Recordó entonces aquella figura enigmática situada en la parte superior del Juicio Final, aterrado ante la presencia del gigantesco pez.

Después pensó en el cetáceo que la había devorado en sueños y en la ballena que avistaron tras el naufragio de la quinquerreme. Seguro que existía una explicación a todo aquello.

La chica dio un giro repentino a la conversación:

—¿Conoces a algún hombre de la Antigüedad acechado por un monstruo marino? Quizás uno de los profetas de tu pueblo...

El esclavo se quedó pensativo y, al cabo de un instante, exclamó:

—¡Jonás! En nuestras Escrituras se cuenta su historia.

Fue devorado por un pez inmenso, seguramente una ballena, después de rechazar una peligrosa misión. Pasó tres
días dentro de su vientre hasta que, finalmente, fue libera-
do en una playa.

Mientras caminaban por los amplios pasillos del palacio, Ana meditaba la respuesta de Fortunato. El esclavo le
había desvelado el nombre de aquel misterioso personaje,
pero no alcanzaba a comprender por qué su trono se asen-
taba precisamente sobre el fresco del Juicio Final... a escasos metros por encima del Mesías. La historia del profeta
Jonás y la ballena era realmente extraña.

¡Jonás...! La chica sonrió al advertir otra curiosidad. En
Pinocho, la vieja película de Walt Disney, la ballena que se
tragaba a Geppetto y al niño de madera también se llamaba Jonás.

Absorta en sus pensamientos, Ana ni siquiera reparó
en que el criado de la *domus Augusta* los había conducido
hasta el salón principal. Penetraron en una estancia de techos altos, realzados por columnas coronadas por espino-
sas hojas de acanto que se trenzaban como enredaderas. El
resplandor de las innumerables lucernas se multiplicaba
en los fustes de piedra blanca y rosada, en la pulida madera de los muebles y en el bronce de la rica vajilla. La cena
acababa de terminar. Una treintena de importantes personajes, todos ellos patricios de la sagrada Roma, se hallaban
sentados en semicírculo sobre mullidos divanes de raso
y terciopelo, en torno a la sede que ocupaba un hombre
de mediana estatura. Apenas sobrepasaba los treinta años,

pero bastaba una mirada breve para descubrir un espíritu adusto y grave tras aquel rostro jovial. Octavio, llamado Augusto, presidía la noble reunión.

Ana supo entonces que el centro del mundo se encontraba en aquella estancia.

Los cuatro muchachos se acomodaron en un rincón, intentando pasar inadvertidos. Poco a poco, el rumor de las conversaciones se disolvió en un leve murmullo y en la gran sala creció una atmósfera de contenida expectación.

–Aquél de cabello canoso es Mecenas, el mejor amigo de mi padre –susurró Marco–. Fue quien le recomendó a mi preceptor, Publio Marón. A Mecenas le encanta todo lo relacionado con el arte, por eso presentó a Publio ante el emperador. Le dijo que era el mayor poeta de Italia y que sólo él podría cantar a Roma con versos que superarían a los del propio Homero.

Mecenas se inclinó para hablar con el hombre sentado a su lado, un patricio de semblante severo que lucía palmas doradas sobre sus vestiduras.

–Y aquel otro es mi padre, Marco Vipsanio Agripa, el que viste la túnica victoriosa –dijo el joven con orgullo–. Mecenas y Agripa son los dos brazos de Augusto. Y el que ahora se levanta para dirigirse hacia Octavio es Asinio Polión.

Fortunato Simón chistó a sus espaldas, instando a Marco a que callara. Algunos pebeteros se apagaron y un ambiente de intimidad y reverencia se extendió entre los invitados. El silencio en la estancia era absoluto.

La silueta de un maduro personaje avanzó en la penumbra hasta situarse frente a Octavio. Ana leyó dos palabras en los labios mudos de Marco: «mi preceptor». Respetuoso, el poeta bajó la cabeza ante el emperador. Saludó después a su auditorio con una nueva inclinación y, con dedos ágiles, desenrolló ante sus ojos los papeles que llevaba consigo.

Comenzaba la lectura del poema que toda Roma esperaba:

Callaron todos, puestos a escuchar con profunda atención, | y enseguida el gran Eneas habló desde su alto lecho: | «Me mandas, ¡oh, reina!, que renueve inefables dolores, | al referirte cómo los dánaos asolaron las grandezas troyanas | y aquel miserando reino. Espantosa catástrofe que yo presencié | y en que fui gran parte. ¿Quién, al narrar tales desastres, | quién, ni aun cuando fuera uno de los mirmidones o de los dólopes | o soldado del bravo Ulises, podría refrenar el llanto?»

Apenas desgranó el poeta los primeros versos, la emoción se adueñó de Ana. ¡Conocía aquel poema! Estremecida, sintió que su rostro ardía y se preguntó cómo ni siquiera había sospechado el acontecimiento que iba a presenciar aquella noche.

Ana asistía a la primera lectura de la *Eneida* en el palacio de Octavio.

Aquellos versos correspondían al momento en que Dido, reina de Cartago, pide a Eneas que relate sus desventuras ante toda la corte púnica. Presa del dolor, el héroe narra el ardid del caballo gigante, la destrucción de Troya y su desastrosa huida por mar, en compañía de los supervivientes y sus familias.

Ana se aproximó hacia Marco y preguntó con voz temblorosa:

–¿Es ése realmente tu preceptor? ¿Cuál es su nombre completo?

El joven romano bostezó:

–Publio Virgilio Marón.

La muchacha abrió los ojos, aterrada. Y ante el asombro de sus compañeros, se puso en pie y clavó su mirada en el poeta.

Al advertir el gesto de Ana, el preceptor de Marco giró su rostro hacia ella y sonrió con discreción.

Aquélla no fue una sonrisa de cortesía. Era el saludo de un amigo encontrado después de largo, larguísimo tiempo. El poeta presentaba el rostro afeitado, según la costumbre romana. Rondaba los cincuenta años y en sus cabellos apenas asomaban las canas. Pero Ana recordaba perfectamente su semblante, que invitaba a la confianza, y aquellos ojos de amable expresión.

Publio Virgilio Marón, el cantor de las hazañas de Eneas, el poeta favorito de Augusto, el escritor que habría de inspirar a tantos autores a lo largo de los siglos... era también Virgilio Marone, el *signore* Marone. ¡El guía de los Museos Vaticanos! El anciano que le había presentado a la sibila de Cumas mientras contemplaba los frescos de Miguel Ángel. «Llevo aquí una eternidad», le había confesado en su primer encuentro. Y Ana comprendió que no había mentido en absoluto.

El auditorio parecía hechizado, rendido ante el dramatismo y el cautivador acento de Virgilio. Tras escuchar la caída de Troya, Dido se enamora perdidamente de Eneas. Pero el héroe es consciente de que su amor pone en peligro los planes de Júpiter. El padre de los dioses le ha encomendado la fundación de una nueva Troya en las tierras de Hesperia: Italia.

En el segundo canto, el poeta relató la huida secreta de Eneas y el suicidio de Dido. Mientras las naves troyanas abandonan Cartago, el cuerpo de la reina se consume en una pira y las llamas asoman por encima de las murallas. Pero antes de morir, Dido ha arrojado sobre Eneas y su pueblo una siniestra maldición:

Nunca haya amistad, nunca alianza entre los dos pueblos. | *Álzate de mis huesos, ¡oh, vengador, destinado a perseguir* | *con el fuego y el hierro a los advenedizos hijos de Dárdano!* | *¡Yo te ruego que ahora y siempre, y en cualquier ocasión* | *en que haya fuerza bastante, lidien ambas naciones,* | *playas contra playas, olas contra olas, armas contra armas,* | *y que lidien también hasta sus últimos descendientes!*

Aquel curso, mientras leía la *Eneida*, Ana había quedado impresionada por la terrible profecía de la reina Dido. Pero ahora que la escuchaba de labios del propio Virgilio, comprendía el alcance de aquella maldición. Con ella se predecían las guerras que habrían de enfrentar a Roma y a Cartago durante más de dos siglos. Recordó el horrible asedio de Sagunto y el dolor de Lida. A su mente acudieron las imágenes de Qart-Hadashat, su propia ciudad, tomada por las tropas de Escipión.

En ocasiones, el emperador se erguía sobre su sede, emocionado por los versos de Virgilio. Ana advirtió que los ojos de Octavio centelleaban cuando se mencionaba el futuro glorioso de Roma, la ciudad que habrían de fundar los descendientes de Eneas en la región de los ausonios. Pero, al iniciarse el canto tercero, fue Ana quien apenas pudo ocultar su emoción. Relataba entonces el poeta la llegada de Eneas y sus naves a Italia. Una vez en tierra, se dirige a una ciudad de la costa para visitar a una misteriosa mujer, que habrá de acompañarle a las profundidades del infernal Averno. El corazón de Ana comenzó a latir desbocado cuando Virgilio mencionó el encuentro de Eneas con la sibila de Cumas, al pie de la peña donde se alzaba su santuario:

Una de las faldas de la roca eubea se abre en forma de inmensa caverna, | a la que conducen cien anchas bocas y cien puertas, de las cuales salen | con estruendo otras tantas voces, respuestas de la sibila.

La muchacha cerró los ojos. A su mente acudió, como un sueño lejano, el momento en que la capilla Sixtina se agitaba por el fugaz torbellino, mientras Amaltes le entregaba su oráculo: la respuesta a su atrevido ruego:

Se revuelve como una bacante en su caverna la terrible sibila, | procurando sacudir de su pecho el poderoso

espíritu del dios. | Pero cuanto más ella se esfuerza, tan-
to más fatiga él su espumante boca, | domando aquel
fiero corazón e imprimiendo en él su numen. | Ábrense
en fin por sí solas las cien grandes puertas del templo | y
llevan los aires las respuestas de la sibila.

Una vez más, Ana sintió compasión por Amaltes. El
dios Apolo le había concedido el don de la profecía, como
prueba de su amor.

Pero la sibila había quedado encadenada para siempre
a Saturno, dios del tiempo, condenada por mil años a pronunciar oráculos. Abrió de nuevo los ojos y vio que Octavio levantaba las manos y las cerraba en un puño al escuchar con Eneas las palabras que Amaltes pronunciaba en
su trance:

¡Oh, tú, que al fin te libraste de los grandes peligros del
mar, | pero otros mayores te aguardan en tierra! Llega-
rán, sí, | los descendientes de Dárdano a los reinos de
Lavino. | Arranca del pecho ese cuidado. Pero también
desearán algún día | no haber llegado a ellos. Veo gue-
rras, horribles guerras, | y al Tíber arrastrando olas de
espumosa sangre.

La noche transcurría velozmente. Las llamas comenzaban a extinguirse en los pebeteros y el salón de la *domus*
Augusta se pobló de fantasmales sombras. Poseído de un
arrebatado entusiasmo, Virgilio relataba ahora el descenso
de Eneas a los infiernos bajo la guía de la sibila de Cumas.

Una negra sombra cubrió el semblante del poeta mientras describía la Laguna Estigia, una de las entradas al Averno, cercana a Cumas. Y el encuentro con Caronte, barquero del río infernal. Y las muchedumbres de troyanos muertos en la feroz batalla. Y los horribles suplicios de los condenados.

Eneas encuentra a su padre, Anquises, y el anciano le muestra las almas de sus futuros descendientes en el trono. Virgilio pasó entonces a enumerar los héroes y militares ilustres de la historia de Roma. Pero la mención de Caronte había causado en Ana una tremenda impresión y, en su imaginación, la muchacha recorría la gran pintura de Miguel Ángel y los tormentos representados en el Juicio Final.

Por los versos de Virgilio transitaron Julio César, los reyes Tarquinos y Rómulo, hijo de Marte y de Ilia. Y Numitor, Catón y los altos Escipiones. En un arranque de osadía, el poeta alzó sus brazos ante Octavio y exclamó, prestando su voz al padre de Eneas:

Ése, ése será el héroe que tantas veces te fue prometido, | César Augusto, del linaje de los dioses, que por segunda vez | hará nacer los siglos de oro en el Lacio, en esos campos | en que antiguamente reinó Saturno. Es el que llevará su imperio | más allá de los garamantas y de los indios, a regiones situadas | más allá de donde brillan los astros, fuera de los caminos del año y del Sol, | donde el celífero Atlante hace girar sobre sus hombros | la esfera tachonada de lucientes estrellas.

¡Aquel héroe prometido era el propio emperador! El tono apasionado del poeta anunciaba el desenlace del largo poema. En lo más alto de su canto a la gloria de Roma, pronunció el nombre de Marcelo: el joven hijo de Octavia y sobrino de Augusto, a quien el emperador había designado como sucesor antes de que su temprana muerte lo arrancase del mundo de los vivos:

¡Oh, mancebo digno del eterno llanto! Si logras vencer el rigor | de los hados, tú serás Marcelo... Dadme lirios a manos llenas, | dadme que esparza sobre él purpúreas flores. Que pague al menos | este tributo a los manes de mi nieto y le rinda este vano homenaje.

Apenas pronunció Virgilio el último verso, la madre de Marcelo dio un grito y se desmayó sobre el blanco pavimento con el rostro arrasado en lágrimas. Una mujer corrió a socorrerla, pero nadie más se atrevió a abandonar sus divanes. Conmovido por el dolor de Octavia, Virgilio concluyó su poema y el silencio regresó a la *domus Augusta*.

XVI

La luna llena avanzaba en un firmamento de límpida pureza, apagando a su paso el centelleo de las estrellas. De regreso en el palacio de Agripa, Marco avivaba el fuego que ardía en la lámpara de Vesta, la protectora de los hogares. Su llama no debía consumirse nunca. Ana extendió ante sus ojos el oráculo de Amaltes mientras su silueta se recortaba en la terraza contra la noche. Sobre el papel gastado, la escritura latina revelaba la última etapa de su viaje:

V

VIDE IN AMPULLAM

ET AMBULA PER IGNEM

IN ITINERE AENEAE

–«Mira hacia la botella y camina a través del fuego por la senda de Eneas» –leyó una voz a sus espaldas.

Mario sonrió. El latín carecía de secretos cuando el hechizo de una sibila andaba por medio. Ana le había despertado de un codazo cuando el preceptor de Marco concluyó la lectura de su interminable poema. Ni siquiera sospechó que aquel tipo envuelto en su espléndida toga, elogiado por el emperador, era el mismísimo *signore* Marone. El tal Virgilio. ¡El causante de todo!

—¿Has averiguado ya en qué consiste la última prueba de la *gymkhana*? —preguntó entre bostezos.

—No entiendo qué puede ser esa misteriosa «botella». Pero pienso que el camino de Eneas, sin duda, está relacionado con un episodio de la *Eneida*. Hace unos minutos, el *signore* Marone, quiero decir... Virgilio, relató el viaje del héroe por los infiernos del Hades, guiado por la sibila de Cumas.

—Vaya, eso no suena muy prometedor. ¿Y es estrictamente necesario pasar por ahí si queremos regresar a casa?

Ana asintió:

—Pero antes debemos encontrar a la sibila y liberarla. Aunque no sé cómo. Me hubiera gustado hablar con Virgilio, pero ni siquiera pude acercarme a él. En cuanto terminó la lectura de su poema, Augusto y los demás patricios lo rodearon para halagarlo. Noté que me miraba con ojos impacientes a través de la estancia. Al menos me ha hecho llegar un mensaje a través de Fortunato: mañana debo reunirme con él en la Via Sacra del Foro, antes del desfile triunfal de Agripa. Toda Roma se dispone a celebrar el inicio de una era de paz, que comenzará con una ceremonia en el templo de Jano.

Mario hizo una mueca al escuchar el nombre del dios bifronte. Ana continuó:

–Escipión me contó que, cuando Roma está en guerra, las puertas del templo permanecen abiertas para que Jano acompañe a sus legiones. Llevan dos siglos abiertas, desde que comenzó la batalla contra Aníbal. ¿Te das cuenta, Mario? La guerra se inició con el ataque a Sagunto. Nuestro viaje también. ¡Y mañana, Octavio Augusto cerrará las puertas al cabo de doscientos años!

El muchacho comenzó a pasear por la terraza. A pesar de su tremendo cansancio, comprendió enseguida que aquella ceremonia también estaba relacionada con la aventura. Y no de modo casual.

–Si hemos viajado al pasado a través del arco de Jano –dijo nervioso–, tenemos que cruzarlo de nuevo si queremos regresar. Parece lógico. Pero ese monumento no existe aún, ¿recuerdas? ¿Dónde se encuentra entonces el templo que cerrará el emperador?

–En realidad no es exactamente un templo, sino una puerta dedicada al dios en una muralla del Foro. Supongo que debemos traspasarla si queremos regresar. Por desgracia, no tenemos mucho más tiempo: el umbral quedará solemnemente cerrado ante el emperador dentro de unas horas.

En silencio, Ana y Mario contemplaron la hermosa vista de Roma desde la mansión del Monte Palatino. Los magníficos edificios resplandecían a la luz de las antorchas, esparcidas como una multitud de luciérnagas sobre la urbe, velando el sueño de medio millón de almas.

Minutos atrás, antes de despedirse para avivar el fuego de Vesta, Marco había señalado los principales templos que descollaban entre las siete colinas. El muchacho les habló con orgullo del Panteón, el santuario que cobijaba a todos los dioses de Roma, construido por su padre, Vipsanio Agripa. Así se podía leer en la inscripción conmemorativa de la fachada.

A petición de Ana, Marco también les había indicado el lugar exacto donde se encontraba en otro tiempo el templo de Júpiter Óptimo Máximo, un peñasco del Capitolino también llamado Roca Tarpeya. Ana recordó la visita al terrible lugar, en compañía del *dottore* Di Bogliore. Desde allí se arrojaba a los traidores.

Ana sintió un repentino escalofrío. Encontraba cautivadora la belleza de Roma, pero su historia también estaba escrita con páginas de sangre. Su mirada se perdió entre una multitud cautivadora de luces flameantes. El viaje que había emprendido llegaba a su fin, pero también se aproximaba el momento de mayor peligro.

Notó la mano cálida de Mario en la suya.

–¿Ves las Pléyades sobre el Panteón? –susurró el muchacho–. A su lado se extiende Perseo. Siempre junto a Andrómeda, la princesa cautiva.

Ana alzó la mirada hacia las estrellas.

–Perseo la rescató cuando Cetus, un monstruo marino, estaba a punto de devorarla –dijo el chico–. A su lado se encuentra la constelación del Pegaso, el caballo alado del héroe.

La muchacha cerró los ojos y se vio a sí misma prisionera en el vientre de la ballena... Y a salvo después junto a Mario, entre la espumosa furia de las olas.

—¿Piensas que soy una princesa cautiva?

—¿Imaginas a Perseo sobre una tabla de *surf*?

Los dos se echaron a reír. Ana abrió sus grandes ojos azules y los posó con delicadeza en el rostro de Mario, aquel muchacho que, tres semanas atrás, tan sólo le parecía un engreído sin remedio.

—¿Sabes, Ana? —dijo volviendo su mirada de las estrellas—. Te seguí hasta el arco de Jano porque estaba celoso. Primero recibiste aquel mensaje en el hotel... Luego creí que escapabas para acudir a una cita nocturna.

La chica se mordió el labio para reprimir una carcajada.

—Los conserjes italianos no son mi tipo —bromeó—. ¡Vaya! Pensé que te parecía una chica aburrida. Ya sabes... la típica empollona de la clase. ¿Recuerdas cuando te di aquel bofetón en el metro?

Pero Mario no deseaba cambiar de conversación. Hablaba en serio; como nunca en su vida.

—Ana... quiero que sepas que, cuando te vi caer al mar..., cuando pensé que te había perdido para siempre...

El muchacho era incapaz de hilar una palabra con otra. De pronto tartamudeaba como un niño tímido y se sorprendía de sí mismo al pronunciar aquellas palabras tan cursis, horteras y ridículas..., pero tan auténticas.

Enmudeció al sentir la mano de Ana en su rostro, convertida en una caricia.

Sus ojos se encontraron, pero ya no eran Ana y Mario. Ni Andrómeda y Perseo. Ni siquiera dos intrépidos viajeros más allá de los confines del tiempo. Sólo eran dos muchachos de Secundaria, inseguros ante los misterios del futuro. Muertos de miedo. Enamorados.

Esta vez fue Mario quien se aproximó para besar la mejilla de Ana... Y de nuevo la magia se esfumó con una frase brusca que los devolvió al mundo de los vivos:

—¡Muy bien, muchachos, va a comenzar la tercera vigilia! Lida y Marco ya duermen en sus aposentos. Y ahora, acompañadme hasta los vuestros o nunca terminaré de apagar las luces de este bendito palacio.

Dieron la espalda a la ciudad eterna y, caminando todavía entre las brumas del ensueño, siguieron a Fortunato Simón.

Roma despertó engalanada para el desfile triunfal más importante de su historia. Desde el Palatino hasta la tribuna instalada en la basílica Julia, Ana había recorrido las calles y plateas adornadas con guirnaldas y floridos ornamentos, entre miríadas de ciudadanos eufóricos que lucían sus vestidos de fiesta. Marco se encontraba a su lado sobre la escalinata de la basílica, en el puesto destinado a la familia de Vipsanio Agripa. El muchacho rebosaba de orgullo. Aquel día, su padre sería honrado con la más alta distinción que el senado y el pueblo romano reservaban a mortal alguno: el triunfo.

Un nudo en el vientre oprimía el ánimo de Ana. Virgilio no había aparecido todavía en la tribuna y su mente se escapaba una y otra vez a la puerta del templo de Jano, que se cerraría al término de la ceremonia.

Junto al asiento de la muchacha había dos sitios vacíos. Lida y Mario, preocupados por el retraso del poeta, habían decidido buscarlo en la tribuna donde se sentaban los hombres ilustres, como Horacio, Mecenas y Asinio Polión.

Un estruendo de trompas y cuernos tronó sobre los templos y basílicas de los Foros, y el bullicio se elevó hasta convertirse en un torbellino de vítores y aplausos. La cabeza de la solemne comitiva, que había partido de las murallas de Roma, alcanzaba ya el corazón de la urbe después de atravesar dos circos repletos de gentío. Los magistrados y senadores abrían el desfile. Tras ellos marchaba una interminable columna de legionarios, que portaban a hombros el botín y las armas capturadas a los cántabros en Hispania: el último reducto que había empañado la gloria de Augusto.

Mientras toda aquella pompa transitaba sobre las losas de la Via Sacra, Ana recordó que había guardado varias postales en algún bolsillo de su mochila. Rebuscó entre los objetos dañados por la humedad marina y halló una pequeña bolsa de plástico que contenía una masa de cartón mojado. Intentó desprender las postales con cuidado, pero sólo consiguió echarlas a perder. Al menos, pudo salvar tres. Una de ellas mostraba una vista del Foro desde el Capitolio. La basílica donde se encontraban en el siglo XXI era una explanada ruinosa, repleta de basas y pedazos de fustes escrupulosamente ordenados. Del soberbio templo de Saturno, que se alzaba a su lado, solamente quedaban en pie tres columnas. Miró arriba. La tosca y negra fachada del Tabularium aún se conservaba, pero no tenía nada que ver con el magnífico edificio que ahora contemplaba a la luz del día, recorrido por dos esbeltas columnatas. En la postal ni siquiera aparecía el templo de la Concordia, sobre cuyo tejado habían saltado la noche anterior para huir de los guardianes del Tabularium.

–¿Qué estás mirando? –preguntó Marco con curiosidad.

Ante el espanto de Ana, el muchacho tomó la cochambrosa postal en sus manos y echó un vistazo.

–¡Una pintura de ruinas! –exclamó arrugando el ceño–. No te distraigas, te estás perdiendo lo mejor del desfile.

La muchacha se quedó atónita mientras recuperaba su postal. Fortunato Simón tenía razón. Toda la gloria de Augusto se vendría abajo. Aquella paz que Roma celebraba no era la definitiva y el orgullo triunfal de los emperadores terminaría arruinándose como el cartón mojado que se deshacía entre sus dedos, como las pavesas que había admirado tres semanas atrás, junto a sus compañeros de clase.

Marco se puso en pie, loco de euforia, mientras alzaba sus manos junto a los demás patricios. Precedida por varios lictores con las fasces romanas, una cuadriga de oro hizo su aparición sobre la Via Sacra, despidiendo cegadores destellos. Tiraban de ella cuatro espléndidos caballos blancos. En la cabina del auriga marchaba el general Marco Vipsanio Agripa. Vestía túnica y toga púrpuras con ribetes de oro, y mostraba las manos y el rostro pintados de rojo, los colores de la victoria. En una mano empuñaba un cetro de oro macizo y en la otra portaba un ramo de olivo. Tras él, un esclavo sostenía sobre su cabeza una corona de laurel mientras murmuraba algo a su oído.

—«Recuerda que no eres un dios» —susurró alguien a espaldas de Ana—. Eso escucha Agripa en este momento.

La chica se volvió para encontrarse con Publio Virgilio Marón. Inundada por la alegría y el alivio, Ana se abrazó al guía de los Museos Vaticanos. Desde el comienzo de su aventura, se sintió protegida por vez primera.

Entretanto, Octavio Augusto recibía a su general victorioso y lo cubría de gloria.

Inmovilizados por una barrera de guardias, Lida y Mario se habían visto obligados a presenciar el desfile en la tribuna reservada a los poetas, artistas y otros gentiles hombres. Pero Virgilio no se encontraba entre ellos.

Intentaron luego regresar con Ana y Marco, pero los soldados se lo impidieron. Lida insistió tanto que un oficial de rudo aspecto se fijó con detenimiento en su llamativo rostro moreno. Y entonces recordó cuándo había visto a aquella joven por última vez.

Fue la tarde anterior, sobre el alféizar de una ventana. En la nave donde se custodiaban los Libros sibilinos.

La ceremonia triunfal concluyó con el sacrificio de dos bueyes blancos en honor a Júpiter. Bajo el sol del mediodía, Ana y Virgilio se unieron a la multitud de nobles y ciudadanos distinguidos que caminaban hacia el templo de Jano.

Tabularium

Templo de la Concordia

Templo de Saturno

Basílica Julia

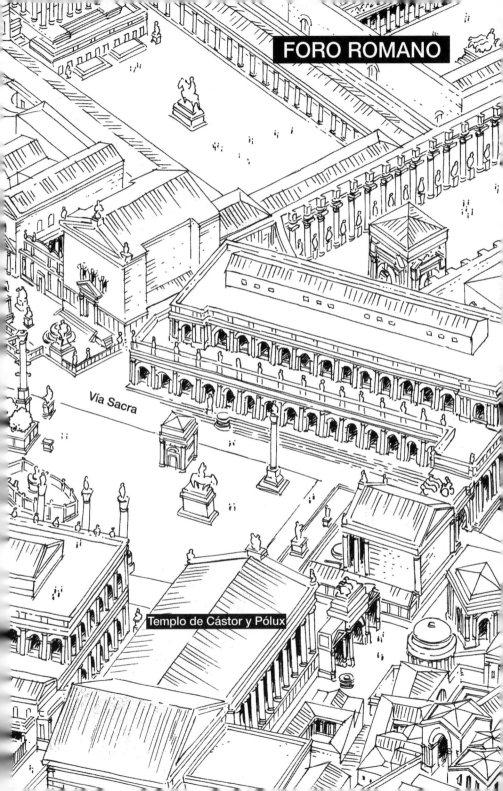

FORO ROMANO

Vía Sacra

Templo de Cástor y Pólux

Marco acababa de dejarlos para correr en busca de Lida y Mario, con el encargo de conducirlos hasta el umbral del dios bifronte. La ausencia de sus dos amigos comenzaba a pesar sobre Ana como un oscuro presentimiento.

—No temas —el poeta conservaba el mismo tono afable que en la capilla Sixtina—. El hijo de Agripa es avispado y sabe moverse por la ciudad. Los encontrará y se reunirán contigo a tiempo.

—No puedo cruzar el umbral de Jano sin Lida y Mario —dijo Ana con pesadumbre—. Son mis amigos... *Signore* Marone, he contemplado auténticas maravillas a lo largo de mi viaje. Pero ellos son lo mejor que he encontrado en toda mi vida.

—Lo sé —Virgilio sonreía y admiraba a su discípula—. Por eso te elegí.

Ana miró perpleja al poeta:

—¿Me eligió usted? Creí que fue Amaltes quien lo hizo con su llamada...

—Cierto. Pero no olvides que fui yo quien te la presentó. Llevo años, ¡siglos!, dedicándome a revelar los secretos del pasado. Y créeme: sé escoger bien a los viajeros.

—Cuando nos conocimos frente al Juicio Final de Miguel Ángel, nunca hubiera sospechado que me encontraba ante el autor de la *Eneida*... ¿Por qué me lo ocultó?

El poeta guiñó un ojo mientras ladeaba con gracia la cabeza:

—¿Me hubieras creído? No todos los días se te acerca un viejo con aspecto de chiflado para decirte: «Buenas tardes, me llamo Miguel de Cervantes, ¡el auténtico y genuino, el de Don Quijote de la Mancha!». No es fácil moverse con discreción entre la gente del futuro, sobre todo entre los curiosos chicos de tu edad que han leído la *Eneida*.

–¿Y cómo adivinó que yo conocía su poema?

–Sé reconocer a mis lectores. No hay nada de mágico en ello, aunque ciertos estudiosos de los siglos venideros aseguran que soy un mago, una especie de profeta. Hasta han llegado a decir que mi nombre, Virgilio, procede de *virga*, 'vara' en latín. Ya sabes, ¡las varitas de los magos!

–¿Me está tomando el pelo? Usted viaja en el tiempo, lucha contra dioses, se relaciona con sibilas y emperadores... ¡Claro que maneja un poder mágico!

Virgilio se detuvo al momento y señaló a la chica con el dedo:

–Ese poder también obra en ti, no lo olvides. Por si no te has dado cuenta, tú también has experimentado los mismos prodigios que me atribuyes.

Continuaron la marcha en silencio. Ana y Virgilio pasaron delante del pórtico de la Curia Julia, el sobrio edificio del senado. Algunos transeúntes miraban con curiosidad la mochila de la chica, que colgaba sobre su túnica. Las preguntas se agolpaban de modo confuso en la mente de Ana:

–¿Por qué yo? –dijo al fin–. ¿Qué puntos contaban a favor? ¿Arte, historia, literatura...? ¿Sólo elige a los bichos raros, a los empollones de la clase?

Virgilio suspiró:

–La elección y la misión siempre son misterios. No se trata de escoger a los candidatos de un concurso de televisión. La cultura es importante, pero no lo más importante. Ana, has encontrado en tu viaje héroes de leyenda y te has cruzado con otros de carne y hueso. Por encima del esplendor de los siglos y de la historia, proteger y servir es lo único que nos hace grandes. Aunque nuestros nombres queden en el olvido.

La muchacha pensó en Dibus. En el padre de Lida. En Marco... En todos los que le habían prestado ayuda en su periplo a través del tiempo. Algunos habían sacrificado la propia vida, aunque la historia nunca llegaría a recordarlos por ello. Pero, por encima de todo, Ana iba a afrontar el último tramo del viaje gracias a Lida y a Mario. Sin ellos no era nadie, y también sentía que su amistad la había ayudado a ser mejor. Ellos eran los auténticos héroes de aquella aventura repleta de peligros.

–Fue usted quien llamó al teléfono móvil de Mario, ¿verdad?

Virgilio asintió:

–Corristeis peligro de perecer en dos ocasiones. No tenía otro modo de avisaros mientras él os zarandeaba con su vendaval.

–Cuando desaparecimos en el arco de Jano, aquella bestia estaba a punto de acabar con usted. Fue lo último que vimos.

Una sombra atravesó el semblante del poeta:

–En cuanto cruzasteis el umbral, supo que sus planes corrían un serio peligro. Ana, en este momento tú eres su mayor amenaza. Por eso se olvidó de mí y se zambulló de nuevo en el torbellino de la historia.

Ana recordó que la siniestra figura no había vuelto a resurgir desde el naufragio de la quinquerreme.

–Debo seguir el camino de Eneas a través de los fuegos del Hades. La profecía de la sibila termina con estas palabras.

–El fin de tu viaje está muy cerca. Jano desea que cumplas hasta el último paso del oráculo de Amaltes. No revelo ningún secreto si te digo que vas a afrontar el momento más peligroso de la aventura. Pero me tranquiliza saber que te acompañan Lida y Mario. Además, ahora eres mucho más fuerte que al principio de todo.

–¡Pero no puedo luchar contra Jano!

–Jano es un dios contradictorio. Acogió a Saturno cuando fue desterrado y el titán lo atormenta desde entonces. Saturno, el tiempo devorador, domina sus ansias juveniles y el optimismo con que mira hacia el futuro. Pero a ti no te causará ningún daño. Al menos hasta que te reúnas con la sibila.

La muchacha y el poeta alcanzaron el templo de Jano. La efigie bifronte coronaba el umbral de piedra abierto en la muralla. Ana se fijó en el doble semblante del dios de los viajeros. Sus inexpresivas pupilas de piedra miraban a ambos lados del portal. En ellas vio, al mismo tiempo, la silueta envuelta en llamas sobre el Promontorio de Saturno y el terrible ídolo de Qart-Hadashat. ¡Y la pira encendida en el vientre de la ballena! Imágenes de la muerte.

–Usted consiguió escapar aquella noche, cuando lo sostenía entre sus zarpas –dijo la chica con un hilo de voz–. ¿Cómo podré yo enfrentarme a él y vencerle?

Virgilio puso su mano sobre un hombro de Ana y le dedicó una mirada de ternura.

Los sacerdotes de Saturno se acercaron al vano del umbral y prendieron resinas olorosas en un brasero. Bramaron las trompas. Octavio Augusto apareció sobre una palestra de piedra, rodeado por su guardia. Entonces la multitud guardó silencio. Una fragante y densa humareda se extendía en el aire.

La ceremonia de clausura del templo había comenzado, pero Lida y Mario no daban señales de vida. Ana miró con angustia a Virgilio y, de pronto, escuchó que alguien pronunciaba su nombre. Sudoroso y jadeante, Marco se abrió paso entre el gentío. Su rostro estaba lívido.

–¡Los han prendido por traición! –dijo sin resuello–. La guardia del Tabularium... Los han encerrado en la cárcel Mamertina...

Ana sintió que sus ojos se nublaban y creyó que iba a desvanecerse sobre el pavimento. El muchacho romano asió con energía los brazos de Virgilio. Por primera vez, la pesadumbre hacía presa en el poeta.

–Les acusan de profanar los Libros fatales de la sibila... ¡Piensan arrojarlos desde la Roca Tarpeya!

La imagen de Lida bajo las aguas ensangrentadas se dibujó con nitidez en la imaginación de Ana. En su visión también había un segundo cuerpo que entonces no pudo reconocer...

¡Mario! No se trató de una alucinación debida al cansancio: era un augurio de la muerte que esperaba a su mejor amiga y al chico al que quería.

Ana ahogó un gritó y sus piernas flaquearon. El devorador había vencido.

Entonces, Octavio hizo una solemne inclinación de cabeza y los sacerdotes se aproximaron a las jambas del templo de Jano.

Virgilio acarició con delicadeza el rostro de la chica. Sus mejillas temblaban, bañadas en lágrimas.

—Debes cruzar el umbral, Ana. Si no lo haces, todo estará perdido para siempre.

—No puedo abandonarlos ahora —su voz rota era una súplica dolorosa—. Ellos nunca me harían una cosa así.

Una de las jambas avanzó pesadamente en torno a sus goznes.

—Ana, comprendo el dolor que sientes. Pero debes cruzar el umbral de Jano. De lo contrario, tampoco habrá esperanza para Lida y para Mario. Te lo ruego. Confía en mí.

La muchacha se sorbió las lágrimas y asintió con los ojos cerrados. Después estrechó a Virgilio en un abrazo. Con un impulso repentino, el poeta introdujo su mano entre los pliegues de su toga y extrajo un papiro enrollado y atado con una cinta.

—¡Olvidaba entregártelo! Es mi poema favorito. Te servirá de ayuda cuando te abandone la esperanza.

Ana tomó el papiro y lo guardó presurosa en su mochila. Su última mirada fue para Marco. Incapaz de entender qué sucedía, el muchacho notó que sus ojos se humedecían a causa de aquella despedida amarga y precipitada.

—Adiós, Marco. Nunca olvidaré lo que has hecho por nosotros.

Ante la sorpresa de Octavio Augusto y los patricios de Roma, una chica que calzaba zapatillas de deporte y ceñía diadema de oro se precipitó a la carrera contra el umbral sagrado. La humareda y el perfume envolvieron su cuerpo. Apartó a uno de los sacerdotes que le impedían el paso y, en el último instante, consiguió introducirse por el estrecho hueco entre el portal y la jamba.

–Lida, Mario... Os quiero.

Antes de que se cerrara la segunda hoja, Ana había desaparecido bajo la luz del sol.

XVII

Un océano de tinieblas engulló el cuerpo de Ana al otro lado del umbral. A sus espaldas, el portón selló el templo de Jano y un eco multiplicó el estruendo hasta convertirlo en un martilleo insoportable. Aturdida por el pánico, la muchacha corrió sin rumbo en la oscuridad, perseguida por una amenaza invisible. Sentía bajo sus pies un suelo de losas mal encajadas, y una corriente de aire viciado y frío le azotaba el rostro.

El eco empezó a desvanecerse. Ana detuvo su carrera y, al extender los brazos, sus manos palparon un muro de piedra a su derecha. Sin duda, se hallaba inmersa en un laberinto de galerías, a juzgar por la tremenda reverberación que se perdía en la distancia.

Necesitaba orientarse antes de dar un paso más, pero no conseguía ver ni oír nada. Intentó calmarse. Para conseguirlo primero se obligó a sí misma a moderar su respiración, transformada en un jadeo debido al miedo y al esfuerzo. Después aguzó la vista y el oído.

Nada.

Transcurrió una eternidad. A cada segundo aumentaba su intuición de que alguien más se encontraba junto a ella, acechando en las tinieblas, y el miedo la invadió de nuevo. Cayó de rodillas, temblando de la cabeza a los pies. Toda la tensión se concentró en un grito:

—¡Ayuda!

Cada piedra repitió la súplica una y otra vez. Cuando al fin se extinguió, el viento le trajo un débil susurro desde las entrañas de aquella oscuridad, negra y densa como la pena más amarga. Al principio creyó que se trataba de su imaginación, pero instantes después percibió con nitidez un murmullo incomprensible de voces femeninas. Pasaban de largo acariciando sus oídos, confundiéndose unas con otras hasta formar un rumor inquietante. Conocía aquella sensación. La había vivido en el salón del Tabularium, al abrir el arca de los Libros sibilinos.

Ana se encontraba en el antro de la sibila, el templo de Apolo excavado en las entrañas de una monumental peña de Cumas.

Se puso en pie y comenzó a andar a ciegas, guiada por el incesante y enigmático rumor, mientras tentaba el muro con sus manos. A lo lejos vislumbró una luz que hería las tinieblas y corrió hacia ella esperanzada. Tras cubrir una distancia interminable, el corredor se convirtió en una amplia galería horadada por cientos de rayos de plateado resplandor, que brotaban a través de altísimas troneras. Los astros de la noche iluminaban tenuemente la estancia, un distribuidor donde confluía una veintena de corredores. Ana intentó descubrir por cuál de ellos penetraba el coro de susurros, sin éxito.

Decidió, por último, invocar la ayuda de la propia sibila de Cumas:

—¡Amaltes!

Como respuesta, un viento impetuoso brotó a través de los corredores, cruzó la galería y ascendió en el aire hasta perderse por las troneras. Ana cayó de bruces y se cubrió la cabeza con las manos. El susurro se transformó en un coro aterrador de voces discordantes. Ana insistió, desesperada:

—¡Amaltes! ¡Guíame hasta ti!

El aire cobró la violencia de un vendaval. La muchacha rodó sobre las losas de la galería y su cuerpo golpeó el muro. Ana se incorporó a duras penas y, venciendo el empuje del viento, consiguió ponerse en pie. Entonces recordó cómo podía arrancar una respuesta de la sibila. ¡Los niños! Los niños jugaban a perderse en los laberintos de aquel antro y torturaban a la desdichada amante de Apolo con sus burlas.

Reunió todas sus fuerzas y arrojó su pregunta contra las veinte fauces que se abrían en la pared de piedra:

—¡Sibila! ¿Qué deseas?

El viento se extinguió de pronto y, con él, las terribles voces. Se hizo un silencio absoluto y la muchacha contuvo el aliento. Una respuesta se abrió camino en la repentina quietud, desde las profundidades del antro. Un lamento débil, procedente de un espíritu antiguo y torturado. Un ruego que helaba el corazón:

–Deseo morir.

Tras unos segundos, la voz de la sibila se alzó de nuevo en el aire con mayor claridad, revelando su procedencia. Sin dudarlo, Ana penetró en uno de los corredores, hechizada por el susurro de Amaltes. La respuesta se repetía como el estribillo de un demente:

–Deseo morir... Deseo morir... Deseo morir...

A medida que avanzaba por el angosto pasadizo, la oscuridad cedía ante un creciente resplandor. La voz de la sibila ya se había apagado cuando la muchacha alcanzó el final del túnel. Ana se detuvo en el umbral, temerosa de dar un paso más. El corredor moría en una sala circular de altas paredes, recorridas por ocho columnas talladas en la piedra que se erguían en la lejana bóveda, como las nervaduras de un monstruoso vientre de granito. La mirada de Ana se elevó hacia un resplandor esmeralda que brotaba de una descomunal joya ovalada, suspendida entre el pavimento y las alturas, allá donde se abría un lucernario. Herido por los rayos de la luna, el enorme cristal despedía a su alrededor innumerables destellos que cegaban los ojos de la muchacha. Se alzaba un par de metros sobre el suelo, izado por una cadena de recios eslabones que pendía del techo.

Entonces la vio. *Vide in ampullam...*

El oráculo no se refería exactamente a una botella, tal como Ana había entendido, sino al ánfora de transparente vidrio que contenía el cuerpo encogido de Amaltes, la adivina eternamente moribunda, condenada a consumirse en la agonía por espacio de mil años. Un tiempo que ella misma había elegido, tras rogar a Apolo tantos años de vida como granos de arena cupieran en su mano.

Ana caminó hasta el centro de la sala circular, poseída por la fulgurante visión del ánfora. La sucesión de eslabones se perdía desde la gran ampolla de vidrio hacia las alturas de la bóveda, para luego descender hasta una argolla hincada en la pared, donde la cadena quedaba sujeta a un garfio. Movida por un impulso repentino, Ana corrió hacia el muro y calibró la tensión de la cadena. El garfio cedió y, de inmediato, sus brazos recibieron todo el peso. La chica temió que el ánfora terminara estrellándose contra el suelo, pero el cuerpo de la sibila pesaba como el de un niño pequeño y el recipiente parecía de material liviano. Poco a poco, la cápsula de vidrio descendió en el aire hasta posarse sobre el pavimento. La muchacha se aferró al cuello del ánfora, ancho como un tonel, y lo volcó con delicadeza.

Ana contempló el semblante de la adivina y expresó su horror en un gemido.

La sibila parecía dormida. Unos andrajos cubrían la podredumbre de su cuerpo miserable y viejísimo. La piel del rostro, repleta de manchas verdosas y amarillentas, reflejaba los rayos de la luna con tonalidades de escama. Sus labios carcomidos se contraían en una dolorida mueca y sus mejillas raídas, que otro tiempo conocieran el rubor juvenil y la sonrisa, se hundían en un cráneo cubierto de yerbajos canosos. Un hedor insufrible se expandía desde el ánfora. Aquel guiñapo consumido no guardaba ninguna semejanza con la vigorosa mujer que Miguel Ángel pintara en el techo de la capilla Sixtina.

De pronto, la sibila abrió sus ojos y emitió un sonoro quejido, al tiempo que asía con una mano un brazo de la joven. La muchacha dio un grito y se apartó del cuello de cristal, pero los dedos de la adivina ya se habían cerrado en su carne con un vigor inusitado:

–Has venido... Acudiste a mi llamada.

Amaltes intentó incorporarse dentro del ánfora. Venciendo su repugnancia, Ana se apresuró a ayudarla y consiguió extraerla de su prisión de cristal. Apenas pesaba. Apoyada en un hombro de la chica, la adivina se puso en pie con lentitud y posó en la muchacha sus ojos nublados:

–Eres tan joven... En tus cabellos luce la diadema de Apolo –su voz era como el crepitar de la leña seca en una hoguera–. Mírame, soy un cadáver. Pero una vez fui joven como tú. Llevo aquí tanto tiempo... Hacía muchos, muchos años que mis pies no pisaban las piedras frías de mi santuario.

–He hecho un viaje largo y peligroso para llegar hasta él... siguiendo los pasos de tu oráculo.

La sibila bajó los arrugados párpados y Ana creyó ver el centelleo de unas lágrimas.

–Has sido muy valiente. Ahora, al cabo de toda esta eternidad, pones en mi vida una brizna de esperanza... Los recuerdos que guardo de ti se pierden en la memoria del tiempo, mucho antes de que acudieras ante mi retrato... ¡Eres tan importante para mí!

Ana retrocedió, asustada:

–¿Sabías que vendría... antes de que me lo pidieses?

La sibila asintió lentamente:

–Saturno me condenó a una muerte lenta. ¡Mil años, antes de conocer el descanso! Pero olvidó el don que Apolo me había concedido... ¡la profecía! Te he visto infinidad de veces en mis sueños, mientras envejecía enterrada en este antro. Una joven ibera de cabellos castaños y ojos celestes. Una joven dispuesta al sacrificio..., atrevida, entregada en la amistad, ansiosa por conocer los misterios del pasado... Pero también, la única que habría de visitarme movida por el bien de otros.

La joven recordó con tristeza a sus amigos. Mientras Ana conversaba con Amaltes, la muerte se cernía sobre Mario y Lida.

–La última etapa de mi viaje transcurre tras los pasos de Eneas –dijo Ana con cierta premura en la voz–. ¿Hemos de ponernos en camino hacia el Hades?

La sibila asintió de nuevo:

–Así lo presencié en mi sueño. No he regresado a las mansiones infernales desde que acompañé al bravo Eneas, el príncipe troyano. Deseaba visitar a Anquises, su padre muerto.

–¿Y qué habremos de buscar en el Hades?

Amaltes clavó sus cansados ojos en las brillantes pupilas de Ana:

–Eso sólo lo sabes tú.

Un estampido ensordecedor retumbó en las paredes de la sala y los cimientos del antro se conmovieron. Aterrorizadas, Ana y Amaltes cayeron al suelo imaginando que la bóveda se les venía encima. Al mismo tiempo, en el aire de la estancia estalló un poderoso centelleo que las envolvió con su fulgor blanquecino.

–¡Es él! –el rostro de la sibila reflejaba terror y demencia–. ¡Ha regresado!

–¿Quién? –preguntó Ana desesperada.

Una sección de la pared circular se vino abajo y al punto penetró en la sala un viento de fuego que rodeó a la joven y a la anciana. El resplandor de las terribles llamas se reflejó en el ánfora de vidrio y se extendió sobre los derruidos muros.

–Saturno. El devorador.

Ana comprendió que la esperanza había muerto en ese mismo instante. El titán dominador de las edades, destronado por su hijo Júpiter. La bestia insaciable que se alimentaba con la carne de sus propios hijos, obsesionada por evitar que un día le arrebatasen su trono. Cronos para los griegos. Baal Shanim para los cartagineses. Moloch, el ídolo espantoso que aceptaba sacrificios infantiles.

Una garganta, profunda como las bocas de Averno, dejó oír su aterradora voz a través del fuego, estremeciendo con un eco imponente las entrañas del santuario:

–Tu deseo se cumple hoy, Amaltes.

Una enorme sombra incandescente brotó de las llamas y se aproximó al centro de la estancia. La joven y la anciana retrocedieron hasta la cápsula de vidrio. Amaltes alzó sus manos temblorosas, mientras sus ojos se desorbitaban:

—¡No! ¡Todavía no!

El coloso incandescente elevó sus brazos y el fuego desapareció, revelando la figura de un anciano de expresión feroz. La barba y los cabellos, blancos y espesos como los de un mendigo errante, le caían sobre la túnica gris que cubría su castigado cuerpo. En una mano blandía una guadaña. En la otra mostraba un reloj de arena, que tendió hacia la sibila:

—Mil años —continuó con cruel ademán—. El último grano de arena está a punto de caer. Y entonces morirás, tal como deseaste.

Amaltes cayó de rodillas, suplicante. El titán giró sus ojos hacia Ana, que estaba inmóvil junto a la adivina:

—¡Infelices! Pensasteis que podíais burlar el poder de Saturno, dueño del tiempo. ¡Hoy mismo pagaréis vuestra osadía!

Una salva de truenos brotó a través del alto lucernario, donde se habían concentrado unas negras y espesas nubes.

—Tal como anunció tu profecía, descenderéis a los infiernos. ¡Las praderas del llanto serán vuestra morada para siempre!

A un rápido gesto de su brazo, la férrea cadena se tensó por sí sola y la ampolla de cristal se alzó con velocidad vertiginosa sobre Ana y Amaltes. Después se detuvo suspendida en las alturas, mientras los relámpagos atravesaban las paredes de vidrio.

—Nada escapa a los designios de Saturno. Ni siquiera tú, muchacha ibera. ¡Pobre desgraciada, arrastrada hacia la muerte por una profetisa enloquecida y un mago patético!

¿Creíste que podías viajar libremente por la historia? ¡Amaltes y Virgilio te han conducido hasta el horror!

El coloso tendió el reloj de arena hacia la sibila, que se cubría el rostro con las manos.

—He ahí a mi prisionera. Los hijos de los hombres conocen tu condena y tu tortura, reservadas a quienes me desafían. ¡Nada escapa al tiempo!

En un arranque de valor, la sibila venció su desesperación y se encaró con el coloso:

—¡Pero tú no puedes hacer nada contra la muchacha viajera! Ella regresará de su viaje, ¡lo he visto!

Saturno rió y los relámpagos arreciaron con furia:

—Tienes razón, mi querida adivina. Pero quizás tu joven amiga desee cambiar de parecer.

El titán hirió el pavimento con un golpe de su guadaña y una profunda brecha se abrió en el suelo de la estancia.

—¿Deseas ver el futuro? —rugió dirigiéndose a Ana—. ¡Tal vez así prefieras cambiar mis designios! Seré clemente contigo, a pesar de tu insolencia. Mi anfitrión te concederá un nuevo don: mi propio oráculo.

Lentamente, Saturno se giró ante la muchacha. Entonces Ana descubrió en el reverso del titán la figura de un joven que la miraba con rostro atemorizado. Una figura prendida a su propia espalda, como una extensión inseparable de su carne.

Jano. El dios que prestaba cobijo al titán destronado en su destierro.

En un solo cuerpo bifronte habitaban el principio y el fin de las cosas perecederas. Futuro y pasado. Anverso y reverso. Juventud y vejez. Esperanza y desesperación. Vida y muerte. Jano y Saturno. Esclavo y déspota.

Saturno enmudeció. El joven dios de atormentados rasgos que contemplaba eternamente el porvenir miró a la muchacha y dijo:

–¡Viajera, conoce el futuro con tus propios ojos!

Jano extendió sus manos hacia la profunda sima abierta en el pavimento. Al instante cayó un rayo sobre la orilla opuesta del abismo y, proyectadas sobre una densa humareda, Ana vio la imagen de dos jóvenes atados de pies y manos.

¡Lida y Mario!

La muchacha escuchó sus gritos de angustia y cayó de rodillas, atravesada por un dolor lacerante. Un sacerdote envuelto en una negra toga pronunció la orden y dos soldados empujaron a los muchachos. Lida y Mario cayeron al precipicio que se abría bajo la Roca Tarpeya. Ana se tapó los oídos para no escuchar sus alaridos espantosos, mientras se perdían en el vacío. La humareda se tiñó de rojo, igual que las aguas de la Cloaca Máxima en su última visión.

La figura bifronte se volvió para mostrar de nuevo el cruel semblante de Saturno. Al advertir la pena de la muchacha, adoptó un tono de burla:

–Oh, mi pequeña discípula de Virgilio... No estés triste. Sólo tú puedes evitar el desastroso fin de tus compañeros. Sólo tú puedes cambiar su porvenir. «Cambiamos el destino con nuestras decisiones», ¿recuerdas?

Ana levantó sus ojos hacia el devorador:

—¿Qué debo hacer para salvar a mis amigos?

Con la rapidez de un áspid, el titán aproximó su rostro hacia la joven y escupió su respuesta, mientras esgrimía en el aire su guadaña:

—¡Cambia tu destino por el suyo! Pon tu futuro en mis manos y ellos vivirán.

XVIII

Las terribles palabras de Saturno resonaron en la alta bóveda y en el profundo abismo. A sus pies, la sibila comenzaba a languidecer, acechada por la muerte.

–Te propongo un trato –el decrépito coloso saboreaba su victoria, ya próxima–. Sobre tus cabellos luce la joya de Apolo. Escipión y sus soldados vieron en ti la reencarnación de Amaltes, surgida cuando Aníbal amenazaba la ciudad de Rómulo. Y tus negras visiones te convierten en una auténtica adivina. ¡En verdad mereces el puesto de Amaltes! Pero me has desafiado con tu viaje y pagarás tu delito encerrada en el ánfora de la sibila.

Ana profirió un grito y contempló la cápsula de vidrio que pendía sobre su cabeza.

–Comparte su tumba. Acompaña el cadáver de Amaltes durante mil años. ¡Que su horrible visión te recuerde a cada segundo que sólo yo, el titán Saturno, hijo de Gea y del celestial Urano, establezco el pasado, el presente y el futuro! ¡Acepta tu castigo y ellos marcharán libres!

La muchacha cerró los ojos y su rostro comenzó a temblar, estremecido por la pena. Su corazón se aferraba a la vida con el vigor y la pureza de sus catorce años. ¡Más que nada en el mundo, deseaba regresar a su hogar! La esperanza de abrazar a Lida y estar junto a Mario... se desvanecía como jirones de niebla bajo el calor del sol. Pero, precisamente, el cariño que sentía por Lida y Mario la empujaba a escoger el terrible suplicio. Si su amor era auténtico, debía entregarse al tormento del coloso.

Dos gruesas lágrimas se abrieron paso por sus mejillas. Ana alzó su rostro hacia el semblante horrendo del titán. Su viaje terminaba en aquel mismo momento:

−Acepto.

La voz de la muchacha se extendió por el antro de la sibila, desatando una poderosa lluvia de relámpagos. En una fracción de segundo, Ana se vio inundada por una luz insoportable y notó que su cuerpo volaba ingrávido como una centella. El fulgor se desvaneció y, a su alrededor, el mundo que la rodeaba se transformó en una imagen vidriosa de reflejos esmeraldas.

Ana se encontraba prisionera dentro del ánfora, junto al cuerpo agonizante de Amaltes. Miró a través de las paredes de cristal. Saturno ya no estaba allí.

La muchacha golpeó el vidrio con los puños y escuchó el zarandeo metálico de los eslabones sobre su cabeza. De pronto sintió que la cápsula se precipitaba en el vacío a toda velocidad, a través de la grieta abierta por el titán. Las paredes de la sima desfilaron ante sus ojos y pronto quedaron atrás para dar paso a un inmenso orbe subterráneo, iluminado por un resplandor de fuego y magma. El ánfora continuaba su viaje por las regiones del Hades.

–¡La senda de Eneas! –gimió la joven.

El oráculo de Amaltes se cumplía nuevamente. Esta vez, de modo funesto.

Allá abajo, Ana divisó un lago de aguas negras que se extendía como una inmensa sombra. Enseguida comprendió que la gran mancha era la Laguna Estigia, aquélla que el barquero Caronte recorría con su espectral nave para transportar a los muertos en su último viaje.

El ánfora continuaba su caída. Bajo los pies de la muchacha, las regiones del Hades aparecían como un paisaje arrasado, cubierto de cenizas, aguas pantanosas y bosques incendiados. El vientre del infierno expulsaba su incesante vómito de fuego. Mil arroyos candentes surcaban las desoladas llanuras para desaparecer después, engullidos por las fauces abiertas de las grutas. Las aguas del lago reflejaban el fulgor intenso y cárdeno de un cielo de piedra, tachonado de peñascos encendidos a modo de estrellas, incrustados como brasas monumentales en la noche eterna.

Las orillas de la Laguna Estigia se aproximaban velozmente y crecían de tamaño. Ana cerró los ojos y se preparó para el inevitable impacto. Con un golpe seco, la cápsula de cristal se detuvo en el aire y comenzó a balancearse. La chica abrió los ojos y comprobó que se encontraban suspendidas a un par de metros sobre la espantosa ribera, en las cercanías de un gran embarcadero.

—Abandona aquí toda esperanza...

La débil voz de la sibila presagiaba su inminente final. La condena milenaria de Amaltes estaba a punto de expirar, justo cuando comenzaba la de Ana. Con las manos pegadas al cristal, presa de la ansiedad, la chica recorría las paredes del ánfora mientras imaginaba el atroz suplicio que le aguardaba. Una luz llamó entonces su atención sobre las aguas de la laguna. Entre las brumas surgió de repente una barcaza repleta de cuerpos que se agitaban con tremendos espasmos. En pie sobre la popa, un anciano vestido con harapos introducía su larga percha en las aguas, una y otra vez. La muchacha reconoció la enjuta figura de Caronte.

El barquero de los infiernos detuvo la barcaza junto al ánfora y acalló con un par de maldiciones los horribles lamentos de los condenados. Después echó un vistazo a través del cristal y emitió un largo silbido:

—¡Por las crines de Medusa! —rugió—. ¿No es aquélla la sibila de Cumas? ¡Esta vez no te has salido con la tuya, vieja hechicera!

Ana aporreó la pared de vidrio e imploró la ayuda del barquero, pero su voz no se escuchaba desde el exterior. Caronte meneó la cabeza y dejó escapar una risa hueca:

—No te esfuerces, muchachita. Nadie escapa de este lugar. ¡Alguna fechoría habrás cometido cuando sufres este castigo!

El barquero escupió sobre las aguas:

—Créeme: deberías considerarte afortunada. ¡Conozco castigos peores! La eterna sed de Tántalo, sumergido, sin embargo, en un estanque... Piritoo, cuya carne permanece fundida a la silla del olvido... O la condena de Sísifo, que lleva siglos empujando la misma roca hasta la cumbre del Hades...

La joven extendió una mano suplicante, pero Caronte conducía de nuevo a sus pasajeros aguas abajo, lentamente, rumbo al cercano embarcadero.

–Te daré un consejo –el barquero rió de nuevo–. ¡Tómatelo con calma! Aquí no existen las prisas.

Con el ánimo vencido, Ana dejó resbalar su cuerpo hasta el fondo del ánfora.

La sibila respiraba fatigosamente y su cuerpo dejaría de alentar de un momento a otro. Amaltes tendió su mano a la muchacha, en busca de calor, y Ana la tomó compadecida.

La joven recordó la tarde en que recibió el oráculo y su llamada de auxilio. Gracias a la adivina, Ana había realizado el más audaz de sus sueños: caminar por los siglos de la historia. Pero al final del recorrido, la joven recibía el mismo castigo que la anciana milenaria.

La desesperación y la amargura hicieron presa en el corazón de Ana. Pensó en sus padres, a los que no volvería a abrazar, y lloró arrepentida por haber sido tan injusta con ellos. ¡Si, al menos, hubiera sonreído al despedirse de su madre!

Recordó también su última conversación con Virgilio ante el templo de Jano. El anciano conserje no estaba allí para ayudarla, ¡y ni siquiera podía enviarle un mensaje de socorro!

Pero el poeta le había entregado algo valioso... ¡Su poema favorito! Y aseguró que le sería de gran ayuda cuando desapareciera la esperanza...

La muchacha se descolgó la mochila y extrajo de ella el rollo de papiro. Desató la cinta escarlata que lo prendía y vio escrita una larga hilera de versos en latín. Comenzó a susurrar las primeras palabras:

Bucólica IV

Musas de Sicilia, cantemos algo más grande...

Al escuchar a la muchacha, la sibila abrió los ojos y apretó su mano. Asustada por aquella reacción repentina, Ana alzó la voz todavía más:

Ya ha llegado la última edad que anunció
la profecía de Cumas. La gran hilera de los siglos
empieza de nuevo. Ya vuelve también
la doncella virgen...

La muchacha se interrumpió y miró a la anciana:
–La hilera de los siglos empieza de nuevo... –repitió–.
¡Amaltes! ¡Este poema habla de ti! ¿Qué profecía es ésta?

Con ese niño que nace terminará al fin
la edad de hierro y surgirá la edad de oro
para todo el mundo...

Mientras leía los versos de Virgilio, Ana pensó en las palabras de Fortunato Simón, el esclavo de Marco Agripa. Cuando toda Roma se apresuraba a celebrar la nueva era de paz, Fortunato aseguraba que su esperanza no estaba puesta en las hazañas de Augusto, a quien sus súbditos consideraban un dios. La auténtica esperanza para el mundo procedía del Mesías que aguardaba Israel... ¡y que habría de nacer precisamente en vida del emperador! Aquel niño de los villancicos navideños, adorado por reyes y pastores... era el mismo del poema de Virgilio. El mismo que aparecía en los oráculos de la sibila de Cumas. El mismo cuya venida prometieron los profetas judíos:

> *En él comenzarán con voz más pura*
> *los bienhadados meses su carrera,*
> *y el mal sucumbirá, si alguno dura.*
> *Lo que hay de la maldad nuestra primera,*
> *deshecho quedará, y serán los humanos libres*
> *de miedo eterno y ansia fiera.*

El sosiego inundó el ánimo de la joven. A su lado, la sibila parecía dormir con una sonrisa placentera en los labios. El largo rollo de papiro que sostenían sus manos comenzó a refulgir con un resplandor blanquecino. La luz bañó sus rostros y llenó el ánfora, atravesando las paredes de cristal. Y Ana seguía leyendo, poseída por la dicha:

> *Tus cunas brotan flores, como un velo*
> *derraman sobre ti de blancas rosas,*

y no produce ya ponzoña el suelo,
ni yerbas ni serpientes venenosas...

El ánfora se agitó con un temblor que aumentaba por momentos.

¡Miguel Ángel había pintado en la bóveda de la capilla Sixtina a siete profetas de Israel, pero también a cinco sibilas paganas! De todas ellas, Amaltes era la principal, pues había profetizado el Juicio Final, pero también el nacimiento del Mesías. ¡El anunciador de la alegría definitiva para el mundo!

Sonríe, pues, con blando y dulce gesto,
¡oh, niño!, ya a tu madre...

El temblor se hizo insoportable. El mágico destello cegó los ojos de Ana y el ánfora estalló en mil pedazos, removiendo los cimientos del Hades.

Cuando la luz se desvaneció, la muchacha se encontró sentada sobre la ribera de la laguna. El paisaje seguía presentando el mismo aspecto desolado, pero un tono azul teñía ahora la atmósfera infernal y el aire ya no parecía viciado. La mochila se encontraba a su lado. Guardó el poema como si se tratase de una joya preciada y se puso en pie.

¡Amaltes ya no estaba junto a ella!

Miró aturdida a su alrededor y vio un estrecho sendero que ascendía hasta una puerta de marfil, cuyo dintel brillaba en la oscuridad del Hades. Una joven detenida en el camino la contemplaba en la distancia y alzaba su mano hacia ella. Sus largos cabellos, adornados con joyas de preciosa pedrería, refulgían con destellos de plata y caían sobre su rica túnica celeste. Entonces Ana supo que contemplaba a Amaltes en el esplendor de su juventud, cuando recibió el don de la profecía. El más grande y hermoso de todos sus oráculos la había rescatado felizmente: aquél mismo que Virgilio había recogido después en su *Bucólica*.

Ana levantó su mano y despidió a la sibila de Cumas, libre ya de la maldición del tiempo. Amaltes se volvió y atravesó el umbral de marfil.

La muchacha centró su atención en el embarcadero y entonces advirtió un nuevo prodigio. La gran barcaza de Caronte estaba medio volcada, completamente inmóvil en un equilibrio imposible. Vio los cuerpos de los condenados, paralizados en su caída. Sobre la ribera les aguardaba la terrible figura de un gigante, en cuyo torso se enroscaba una monstruosa serpiente. Reconoció a Minos, el juez de los infiernos. El número de anillos de la pitón indicaba a los desgraciados su lugar en el Hades. Caronte permanecía en pie sobre la nave, convertido en una estatua amenazante que blandía su percha ante los condenados.

Ana se aproximó al embarcadero, embargada por la curiosidad. Ella conocía aquella imagen estática. Levantó los ojos y vio una multitud de personajes ingrávidos en el aire. Volvió la vista a su derecha y se alejó del embarcadero. Sobre una peña cubierta de verde hierba, los muertos surgían de la tierra y resucitaban para ascender a la gloria. Y un grupo de ángeles hacía sonar sus relucientes trompetas para anunciar el tremendo despertar de la creación.

¡Claro que conocía aquella imagen!

Los cuerpos que veían sus propios ojos, el paisaje que pisaban sus propios pies, habían sido imaginados, pintados y creados por Miguel Ángel en el muro frontal de la capilla Sixtina. Ana ya no se encontraba en el Hades..., ¡sino dentro del fresco del Juicio Final!

Maravillada, dio la espalda al inmenso y estático espectáculo, y se halló frente a un amplio y lóbrego vacío. Escuchó una respiración.

No estaba sola.

Avanzó dos o tres pasos hasta alcanzar el borde donde terminaba el paisaje y se extendían las tinieblas. Bajo sus pies, alumbrada tenuemente por una vela medio consumida, vio la silueta de un hombre maduro, de rasgos afilados y vencidos por la fatiga. La barba y el cabello, canoso y rizado, le prestaban el aspecto de un mendigo. El anciano personaje dormía sentado sobre las tablas de un andamio y por la postura que adoptaba se diría que el sueño le había sorprendido mientras contemplaba el grandioso fresco. Ana aguzó la vista y descubrió pequeñas manchas de vivos colores en su rostro, en las manos y en las ropas.

Ya no le cabía ninguna duda. Aquella estancia en penumbra era la capilla Sixtina y el hombre dormido sobre el andamio... Miguel Ángel Buonarroti.

Ana se adelantó para calcular la distancia entre el borde del fresco y las tablas del andamio. Sus pies tropezaron entonces con la pared de una burbuja invisible que le cerraba el paso. Dio un grito de sorpresa y el viejo personaje despertó sobresaltado.

–¿Quién anda ahí?

Buonarroti se puso en pie sobre las tablas y avivó la luz de la vela. La llama iluminó las retorcidas figuras de los condenados que caían desde la borda de la barcaza. Después brilló ante las diabólicas facciones de Minos y Caronte. Por último, se reflejó en las pupilas de una joven atemorizada que intentaba salir desesperadamente de su pintura.

Miguel Ángel se restregó los ojos y se fijó de nuevo en la aparición.

–Por favor... –rogó Ana azorada–. ¿Me ayudaría a bajar?

El pintor dirigió a la joven una mirada de espanto, pero por fortuna no llegó a gritar. Sin saber muy bien por qué lo hacía, tendió una mano temblorosa hacia la muchacha. Ana se agarró a ella y, al saltar sobre el andamio, sintió que su cuerpo atravesaba un muro frágil y elástico como una membrana de gelatina. Sonrió con timidez al anciano boquiabierto y se volvió después para tocar la pintura. Sus dedos notaron el tacto duro y frío de las paredes encaladas.

–¿Sois... Sois ángel o demonio?

La muchacha enarcó las cejas. ¿Cómo podía explicar quién era realmente?

–Ni una cosa ni otra. Sólo soy...

–Lleváis sobre la frente la diadema de Apolo...

Pasmado, Miguel Ángel reparó en el papiro que Ana llevaba en una mano.

–Es un poema –explicó la chica.

–¿Me permitís leerlo? Yo también escribo poesía.

Miguel Ángel desenrolló el poema y acercó la vela:

–«Musas de Sicilia, cantemos algo más grande...» ¡Por el amor del cielo!

El pintor se volvió hacia los techos de la capilla y pareció buscar entre los profetas y sibilas. Después, sus ojos se posaron en la muchacha de cabellos castaños que acababa de despertarlo... Si es que no seguía dormido.

–La cuarta *Bucólica*... –musitó admirado.

Unas lágrimas brillaron en el semblante emocionado de Miguel Ángel:

–¡Sois la sibila de Cumas!

–¡No, no soy Amaltes! ¡Sólo soy...!

–Portáis en vuestras manos el poema de Virgilio, ¡la promesa del niño anunciado por la sibila! ¡Con ese niño que nace terminará al fin la edad de hierro y surgirá la edad de oro! Oh, sibila... sois tan bella y tan joven...

Ana suspiró. Nuevamente, alguien la confundía con Amaltes.

–A decir verdad, el retrato que pintó usted en la bóveda no hace honor a la belleza de una sibila.

Miguel Ángel parpadeó, anonadado. Tras sesenta y tres años de vida, uno de sus personajes se le aparecía para juzgar la calidad de su obra.

–¡Cierto! Pero solamente quería destacaros entre las demás adivinas. Era necesario resaltar vuestra antigüedad.

El pintor alzó un brazo hacia la bóveda, invadido por el entusiasmo:

–¡Fijaos! Vuestro nicho ocupa el puesto central en uno de los laterales, justo entre dos grandes profetas judíos:

Isaías y Daniel. Hace tanto tiempo que pinté aquello... ¡Cuatro años tardé en decorar los techos por encargo del papa Julio II! ¡Cuatro años enteros, sin ayudantes! Llegué a enfermar tras pasar horas interminables allá arriba, tendido sobre las duras tablas, aterido de frío, con los ojos corroídos por el yeso y la pintura... ¡Oh, sibila, perdonadme! De haber imaginado vuestra belleza, jamás os habría pintado como esa enorme vieja, pesada y torpe.

La muchacha notó que se ruborizaba.

—Algunos creían que las sibilas paganas no merecían hallarse en esta capilla, entre los profetas de la Biblia. ¡Pero yo, sí! ¡Ellas también predijeron el nacimiento de Cristo! Y el Juicio Final...

—No deseo ofenderle, eh... Hum... El Juicio Final es una maravilla, de verdad... Todos lo juzgan así, pero yo hubiera preferido una escena del portal de Belén.

El pintor se agitó con un gesto iracundo:

—¿Todos? ¿Quién se ha atrevido a entrar aquí sin mi permiso? ¡Mi obra aún no está acabada! ¡Malditos espías romanos! —al punto se detuvo—. ¿Belén, decís? Admirad entonces una de mis primeras esculturas, la *Virgen de la escalera*, si tenéis ocasión de ir algún día a Florencia.

Miguel Ángel caminó por el andamio y alumbró de nuevo los rostros de su fresco, mientras murmuraba maldiciones contra los fisgones de Roma. Después enmudeció y dirigió a la muchacha una mirada misteriosa, repleta al mismo tiempo de nostálgica devoción. Ana adivinó que Miguel Ángel intentaba escrutar su espíritu, con el afán de quien sólo vive para descubrir y contemplar. También había algo de eso en la expresión de Virgilio. La mirada de un artista no era una mirada corriente. ¿Qué pensamientos desfilarían por aquella mente creadora?

Ana advirtió que un viento procedente de las alturas comenzaba a extenderse por la capilla. Allá arriba, un resplandor envolvía la imagen de la anciana Amaltes. Los demás personajes del techo permanecían, sin embargo, a oscuras. Al mismo tiempo, en el Juicio Final se iluminó la entrada de una gruta pintada al pie del fresco, indicando el camino a la chica. Ana supo entonces que su encuentro con Miguel Ángel tocaba a su fin y rompió con brusquedad aquel mágico silencio:

–¡Deseo que me responda a algo ahora mismo!

El pintor dio un respingo.

–¿Por qué ha pintado la imagen de Jonás y la ballena en lo alto del Juicio Final? –preguntó sin más preámbulos–. Deseo saberlo desde que entré aquí por primera vez y nadie sabe responderme...

–¿Jonás? ¡El profeta aterrado! Lo pinté hace casi treinta años, igual que el resto de la bóveda. Veréis, Jonás no anunció al Mesías con palabras, sino con su terrible aventura.

Ana arrugó el ceño con curiosidad.

–Fue engullido por un monstruo marino mientras intentaba escapar de una misión divina y pasó tres días en el vientre de la ballena.

La sobrenatural corriente arreció, haciendo temblar los líquidos de colores en sus cuencos. El pintor ni se inmutó.

–Tres jornadas, ¿comprendéis? Aquello fue un signo de los tres días que Cristo tendría que pasar en el vientre de la tierra, sepultado tras su muerte, antes de resucitar. ¡Pero eso deberíais saberlo! Jonás y la ballena son un símbolo de la resurrección.

La muchacha sonrió. El enigma quedaba al fin resuelto... gracias al propio Miguel Ángel.

La corriente, convertida en un aire encrespado y furioso, apagó la vela que el artista sostenía en sus manos. Uno tras otro, los ventanales estallaron bajo los doce profetas y sibilas, y el suelo de la capilla Sixtina quedó sembrado de añicos. Otra vez. Entre confuso y asustado, Miguel Ángel vio que la muchacha se encaramaba con un ágil salto hacia los riscos de su fresco, para correr después a toda prisa hasta la entrada de la gruta.

La joven desapareció en la caverna y el resplandor se desvaneció. Allá arriba, el nicho de Amaltes quedó otra vez sumido en la penumbra.

La calma regresó a la estancia. Miguel Ángel se mantuvo en pie sobre el andamio durante unos minutos más, incapaz de mover un solo músculo de su cuerpo. La luz del amanecer empezaba a asomarse a través de los ventanales.

XIX

Mario cerró los ojos por instinto, mientras su cuerpo se precipitaba al vacío desde la Roca Tarpeya. En sus oídos todavía resonaba el espantoso grito que Lida acababa de lanzar a sus espaldas. Y cuando esperaba el impacto fatal, el muchacho notó que sus piernas se agitaban en una atmósfera mullida que de súbito ganaba solidez bajo sus pies, transformando su caída en una insospechada carrera.

Abrió los ojos en el momento en que atravesaba un alto umbral de piedra blanca. Aturdido, tropezó y cayó de bruces contra el pavimento empedrado. Se incorporó en la noche temblando de miedo, pero sus piernas flaquearon y volvió a caer en tierra. En una fracción de segundo había pasado de la muerte a la vida, aunque todavía no lo sabía.

Consiguió arrodillarse. Una mano le ayudó a ponerse en pie y escuchó su nombre.

–Mario.

Vio el rostro sonriente de Ana. Sus ojos de azul profundo y dulce lo contemplaban como un prodigio. Junto a ellos se alzaba el destartalado arco de Jano.

–Hemos regresado al punto de partida –susurró la muchacha. Miró su reloj, que había reaparecido intacto en su muñeca–. ¡En el día exacto y a la hora exacta!

El barrio presentaba el mismo aspecto que aquella lejana noche. Los mismos edificios, la misma soledad y la misma calma. Pero ya no eran Ana y Mario. Mientras se contemplaban el uno al otro, rebosantes de felicidad, supieron que sus vidas habían cambiado para siempre. De nuevo eran dos chicos que vestían vaqueros y calzaban playeras. El polo azul de Ana parecía recién planchado, la camiseta surfera de Mario no presentaba ningún desgarrón, las mochilas colgaban a sus espaldas sin la menor mota de polvo... En el día exacto y a la hora exacta, tal como había dicho la muchacha. Pero nada volvería a ser como antes.

Mario echó una mirada a través del umbral. Las luces de un semáforo parpadearon a lo lejos y un coche aceleró calle abajo, dejando en la noche una ráfaga de música estridente.

–Fíjate, hemos aparecido al otro lado del arco –dijo Mario con asombro–. Como si nada hubiera interrumpido nuestra huida de aquella bestia.

Ana observó los nichos de piedra carcomida. De pronto reaccionó y se volvió hacia el chico con inquietud:

–¿Dónde está Lida?

A medida que la noche avanzaba, Ana y Mario perdían la esperanza de reunirse con su amiga. Con la vista fija en el arco de Jano, desearon hasta la ansiedad que Lida apareciese en el umbral de un momento a otro. Transcurrió una hora completa, pero no sucedió nada extraordinario.

Durante todo ese tiempo, Ana relató a Mario su llegada al antro de la sibila, el descenso al Hades y el breve encuentro con el pintor del Juicio Final. Su voz se quebró al recordar cuánto dolor le había supuesto cruzar el templo de Jano tras saber que el chico y Lida se hallaban prisioneros en la cárcel Mamertina, a la espera de una pronta ejecución. De no haber sido por la insistencia de Virgilio, Ana hubiera permanecido para siempre en el pasado.

Mario se conmovió ante aquella muestra de lealtad. Pero su corazón dio un vuelco cuando, un instante después, conoció la terrible propuesta del titán en el antro de la sibila. ¡Antes que consentir sus muertes, Ana había aceptado una condena de mil años! El muchacho balbució unas palabras de agradecimiento. Ana sonrió:

–Lida y tú ya hicisteis algo parecido por mí durante el naufragio. Proteger y servir, ¿recuerdas?

Los dos chicos se sobresaltaron al escuchar una melodía electrónica: el móvil del chico sonaba dentro de su mochila.

–¡Virgilio! –gritaron al unísono.

Mario se apresuró a extraer el pequeño receptor y contestó. Una mueca de desilusión se dibujó en su rostro.

–¿Dónde te has metido, tronco? –preguntó una voz de adolescente–. La *Barbie* se ha enterado de que no estás en el hotel y se ha puesto hecha una fiera. Oye, ¿no estará también contigo la pringada de Ana?

–Sí, está aquí.

–¡Qué guay te lo montas! Pues será mejor que volváis enseguida, porque está a punto de llamar a los *carabinieri* y se va a liar una movida guapa.

En cuanto terminó la conversación, Mario accionó el teclado en busca del número de teléfono de Virgilio. Revisó una y otra vez el listado de llamadas recibidas, perdidas y efectuadas, sin ningún éxito.

–No lo entiendo –dijo malhumorado–. Se supone que tú hablaste con él desde este mismo móvil. ¡Recibimos dos llamadas suyas durante la travesía...!

De pronto se detuvo con expresión de desencanto:

–Tal vez no se trate del mismo móvil.

–¿Qué quieres decir? –replicó Ana extrañada–. Acabas de recibir una llamada.

–Bueno, recuerda que arrojé mi teléfono al mar cuando comprobé que estaba averiado para siempre. Nuestras ropas están en perfecto estado. No conservamos las túnicas. La espada corta que me regaló Escipión terminó en poder de los soldados que nos encarcelaron.

Ana se palpó el cabello de la frente.

–¡No llevo la diadema!

La chica abrió su mochila y advirtió que el olor a humedad marina había desaparecido. Enseguida encontró sus prismáticos. Todas sus cosas, incluidas las postales de Roma, se hallaban en perfecto estado. Tomó el diccionario de latín y lo abrió.

¡El oráculo de Amaltes se había esfumado!

–No tenemos ninguna prueba de nuestro viaje –reconoció Ana con desilusión.

Los dos chicos se miraron en silencio.

–Aun así, ¿piensas que nos habría creído alguien? –replicó Mario.

Lida no apareció. El hechizo había abandonado para siempre el arco de Jano y la realidad se mostraba tan horriblemente real... Por fin decidieron regresar al hotel, sin ningún temor a la reprimenda que los esperaba. Mientras caminaban por las calles vacías, la ausencia de Lida les pesaba en el ánimo hasta el punto de oscurecer la alegría del regreso. Lo último que Mario recordaba de la muchacha ibera era su semblante asustado ante el abismo de la Roca Tarpeya. Intentó avivar en su memoria los momentos más felices de la aventura, cuando Lida navegaba junto a ellos y prometía compartir su misma suerte.

Ana, en cambio, era incapaz de soportar la ausencia de Lida. Las dos muchachas nunca se habían separado desde su encuentro de aquella lejana tarde, cuando Sagunto ardía anegada en dolor. Juntas habían compartido peligros y alegrías. Pero, sobre todo, se debían la vida.

El campanario de Santa María in Cosmedin destacaba por encima de los demás edificios. Ana se había citado con Virgilio en el atrio de la iglesia, ante las fauces de la *Bocca della verità.* ¡Desde entonces había transcurrido una eternidad! Su imaginación revivió al anciano guía junto a la reja, vestido con el uniforme de los Museos Vaticanos, cuando sólo era el *signore* Marone.

–«Gracias a los peligros se han forjado los héroes de todos los tiempos» –escuchó en su interior–. «Escoge aquí tu senda o recházala.»

Ana no se arrepentía de su elección.

En lo más profundo de su corazón, sabía que su viaje había merecido la pena y se sentía dichosa por los momentos de amistad de los que había disfrutado.

Sus oídos habían podido escuchar los versos de la *Eneida* de labios de su propio autor. Sus ojos habían podido contemplar Qart-Hadashat, su vieja ciudad, y las maravillas de la Roma antigua. Pero, por encima de todo, había comprobado que en cualquier momento de la historia existen hombres y mujeres que aman y sufren. Y que, como Dibus y Marco, también están dispuestos a comprender y a ayudar.

Llegaron a la puerta del albergue. Mario se detuvo en la acera y, advirtiendo la pesadumbre de Ana, dijo con decisión:

–Mañana es nuestro último día en Roma. Ánimo, aún tenemos tiempo de recuperar a Lida. A primera hora, en cuanto nos levantemos, iremos a los Museos Vaticanos y buscaremos a Virgilio. Él sabrá cómo encontrarla.

Dormir fue un auténtico suplicio. La tensión de las últimas horas, unida a la preocupación por la muchacha ibera, se impuso al cansancio de Ana y Mario. Lo de menos fue la desagradable bronca de la señorita Bárbara. Mientras daba vueltas en su cama, Ana rogaba que amaneciera de una vez. Sabía que Lida se encontraba en algún lugar.

Podía aceptar la desaparición del oráculo y de la diadema de Apolo. Incluso, la del poema de Virgilio. Pero se negaba a asumir que su mejor amiga se hubiera evaporado junto a los otros recuerdos del viaje. ¡Lida no era un recuerdo!

A la mañana siguiente, Ana y Mario hicieron sus equipajes y los trasladaron hasta el autocar, entre las bromas de sus compañeros de clase. Disponían de cuatro horas para llevar a cabo su último intento de recuperar a Lida, pues el grupo de estudiantes partiría a mediodía hacia el aeropuerto de Fiumicino. Cuatro horas más tarde, Roma sólo sería una mancha lejana y difusa en la ventanilla de un avión.

El autocar aparcó en la plaza de Venecia. Frente al monumento de Víctor Manuel II, la *Barbie* dio unas severas instrucciones sobre el plan de visitas de la mañana, pero Ana y Mario ya se habían escurrido entre los demás muchachos y corrían por la Via de los Foros Imperiales. Únicamente aminoraron su paso tras hallarse a una distancia prudente.

–Debemos tomar el metro en la plaza del Coliseo –dijo Mario–. La línea es directa hasta la plaza de San Pedro.

Ana no respondió. Apenas había pronunciado una palabra desde que empezó el día. El chico trató de animarla:

–Tranquila. Ya verás cómo todo termina bien.

La muchacha se detuvo en medio de la acera. Al otro lado de una baranda de piedra se alzaban las ruinas del Foro. Ana contempló aquel vasto solar, sembrado de muros y columnas derribadas.

267

–¿Y si ella no fuese real?

–No te comprendo... –dijo Mario.

–¿Y si Lida también formase parte de un hechizo? Tengo miedo de que nuestro viaje sólo haya sido un sueño. Anoche despertamos del encantamiento en mitad de una plaza de Roma, y de nuevo volvimos a ser los de siempre. Ana y Mario, dos chicos en viaje de fin de curso. ¡No tenemos ninguna prueba de la aventura! Solamente nuestros recuerdos y nuestras emociones. ¡Todo lo demás se ha desvanecido!

–Pero ella decidió unirse a nosotros. Lida también atravesó las barreras del tiempo.

–Si todo ha vuelto a ser como antes..., entonces ella también murió en el asedio de Sagunto.

Ana hizo una pausa y añadió con tristeza:

–Puede que no hayamos cambiado la historia, Mario.

Durante unos instantes, el desaliento les hizo enmudecer. Entonces Mario tomó a la chica de la mano, al tiempo que echaba a correr y exclamaba esperanzado:

–¡Ven! ¡Quizás podamos salir de dudas!

Avanzaron deprisa un centenar de metros y el muchacho se detuvo frente a un viejo edificio de piedra gris y desgastada. Sacó su monedero y pagó dos entradas a un taquillero soñoliento.

–¿Dónde estamos? –preguntó Ana.

–En la cárcel Mamertina. Aquí nos encerraron los soldados después de prendernos en la Via Sacra. ¡Aún existe, por suerte!

Descendieron hasta una galería circular a través de una escalera angosta y mal iluminada. Un olor intenso y húmedo se extendía por todas partes. Ana se llevó una mano a la nariz. Sin dar ninguna explicación de cuanto hacía, Mario recorrió de uno en uno los arcos de la prisión y mientras palpaba las piedras de los muros, tratando de reconocer el lugar donde se hallaba.

–Mario, no podemos entretenernos mucho tiempo aquí...

Por toda respuesta, el muchacho hizo un gesto de silencio con la mano.

–El aspecto ha cambiado..., pero el foso permanece en el mismo lugar –murmuró.

Se detuvo ante un arco de adobe y, ante la sorpresa de Ana, pateó varias veces la pared. Una capa de estuco, deteriorado por la humedad, cayó al suelo convertida en yeso y dejó al descubierto una basa de piedra negra. Propinó varios golpes más y limpió la piedra con las manos. Maravillado, el muchacho sonrió al tiempo que señalaba el hallazgo.

Ana se aproximó al muro, desconcertada por completo. Bajo la luz mortecina de un fluorescente pudo ver una inscripción, grabada toscamente sobre la basa con letras desiguales: ANA Y MARIO.

–Lo escribí con la aguja de una fíbula... Pensar en ti me ayudó a vencer el miedo... –la voz del chico se suavizó con un tono sincero–. Creo que esto prueba... que nada ha sido un sueño.

Ana se volvió y, sin pronunciar una sola palabra, tomó con delicadeza el rostro de Mario entre sus manos y lo besó.

El metro se detuvo en la estación de Ottaviano. Las puertas del vagón se abrieron y los dos estudiantes irrumpieron con sus mochilas en el andén. Minutos más tarde, Ana y Mario alcanzaban sin resuello la entrada a los Museos Vaticanos.

La larga hilera de turistas desfilaba ante la taquilla con exasperante lentitud y la chica consultaba impaciente su reloj, una y otra vez.

Gastaron sus últimos euros en comprar las entradas. Eso significaba que tendrían que regresar a pie desde San Pedro hasta el Coliseo: una caminata de una hora, a buen ritmo.

–¿Crees que la *Barbie* avisará a la policía si no volvemos a tiempo? –preguntó Mario.

–¡Por mí, como si perdemos el avión y nos quedamos en Roma!

Giraron el torniquete y se perdieron a la carrera entre los patios y corredores del museo. Ana marchaba en cabeza, pues recordaba con detalle el camino hasta la capilla Sixtina. Atravesaron salas atestadas de un gentío que expresaba su admiración en cien lenguas diferentes. Al fin, los dos muchachos plantaron sus pies sobre el mármol de la capilla.

La estancia despertó en la memoria de Ana una explosión de recuerdos, pero la muchacha no se detuvo en avivarlos. En su mente sólo existía un pensamiento: encontrar a Virgilio. Giró sobre sí misma y miró alrededor. Se fijó en un par de conserjes que vestían el mismo uniforme que el poeta y corrió hacia ellos. Pero ni siquiera se parecían a él. Mario se dirigió a uno de los empleados con una extraña mezcla de italiano, inglés y español. ¡Qué costoso resultaba comunicarse en el siglo XXI!

–*Buon giorno... Excuse me...* Estooo... *Io voglio buscar...* a un amigo, *friend*!

El conserje miró divertido a su compañero.

–Es un *uomo* viejo, *very vecchio...*

Ana apartó al muchacho con un empujón y buscó las palabras apropiadas en español para hacerse entender:

–Buscamos al *signore* Virgilio Marone... Trabaja aquí, en la *capella Sistina.*

El empleado frunció el ceño y, perplejo, se encogió de hombros:

–*Virgilio Marone? Come il poeta latino della Eneida? No! Nessuno si chiama così nel Museo.*

–¿Nadie se llama así en los Museos Vaticanos? –preguntó Ana con decepción–. ¿Ningún trabajador? ¿Está usted seguro?

Ambos conserjes negaron rotundamente con un gesto de cabeza.

–*Virgilio Marone*! –repitió el segundo empleado. Después se echó a reír.

Ana iba a insistir de nuevo, pero Mario adivinó su intención:

–Déjalo, piensan que estamos tomándoles el pelo.

Con un profundo sentimiento de frustración, se alejaron de la pareja de conserjes sin saber qué decisión tomar. Ana deambulaba bajo la alta bóveda con la mente bloqueada. Se resistía a aceptar que Virgilio también hubiera desaparecido junto a Lida en el torbellino de la historia. Su tiempo en la Roma del siglo XXI se esfumaba sin remedio, a la misma velocidad que su ilusión por reunirse con Lida y Virgilio.

Otra vez se hallaba en el punto de partida, ante la presencia de Amaltes.

Al recordar a la sibila, sus ojos se elevaron hacia el techo de la capilla Sixtina y buscaron el nicho de la anciana entre los demás profetas y adivinas. Allí había comenzado todo. Y allí parecía terminar. La última vez que contempló la pintura, Amaltes se inclinaba con expresión terrible sobre el hueco de sus manos vacías.

Entonces advirtió que algo no iba bien. Se suponía que la capilla debía estar precintada y repleta de científicos y expertos en arte. Los había visto en televisión, dos horas antes de su cita en el arco de Jano. ¿También aquello había cambiado?

Seguida de Mario, apresuró su paso hasta el centro de la nave, sin apartar la mirada de la bóveda.

Se detuvo en seco, petrificada. Extrajo los prismáticos de su mochila y, con manos temblorosas, intentó enfocar las lentes hacia el nicho central.

—¿Es ésa la sibila? —preguntó el muchacho con desconcierto—. La imaginaba mucho más vieja.

Ana dio un grito. Soltó los prismáticos mientras sus piernas se doblaban y caía al suelo. Y allí quedó, muda de espanto y sentada sobre el mármol, con los ojos absortos en el techo inmortal.

Los conserjes y algunos turistas corrieron alarmados hasta la muchacha. Mario recogió los prismáticos y buscó el pedestal de la adivina. No cabía ningún error: en el rótulo se leía «cumana». Después contempló el retrato de Amaltes con detenimiento.

El pincel de Miguel Ángel había plasmado con especial encanto a la sibila de Cumas. Sentada en su trono, sostenía en sus delicadas manos un pergamino extendido ante su rostro juvenil, que contenía en sus facciones todo el esplendor y la alegría de la adolescencia. Ceñía sus cabellos una diadema de destellos ambarinos. Y su mirada expresaba una felicidad desbordante, provocada, sin duda, por el texto que leía.

Mario reconoció al instante la dulzura inconfundible de aquellos ojos azules y se volvió hacia la muchacha con una sonrisa.

–¿Qué tienes en tus manos? –preguntó.

–Un poema.

XX

El vuelo transcurrió con rapidez. En poco más de una hora, el avión salvó la distancia entre una y otra costa del Mediterráneo. A través de la ventanilla, Ana adivinó desde su asiento el contorno de las islas Baleares. Días atrás, la nave del desdichado Apio Tulio había bordeado aquellas mismas playas, durante una travesía que ahora nadie estaría dispuesto a creer. Ni siquiera ella misma podía asimilar los sucesos vividos en aquel inocente viaje de estudios.

Al atardecer, ya de vuelta en su ciudad, bajó rendida del autobús y se abrazó con fuerza a sus padres. La pequeña de la familia sólo había pasado cinco días fuera de casa, pero Ana parecía tomarse aquel regreso como un emotivo reencuentro.

–¡Suéltanos ya, zalamera! –bromeó el padre de Ana–. Cualquiera diría que hace siglos que no nos vemos.

La muchacha esbozó media sonrisa y adoptó un aire compungido:

—Perdonadme. Prometo no volver a ser tan terca.

Los padres de Ana se miraron boquiabiertos:

—Vamos, cariño, el mal genio forma parte de tu encanto —bromeó su madre. De pronto la mujer miró a su hija, horrorizada—. ¡Dios mío, tienes la cara quemada! No recordaba que el sol de Roma fuera tan agresivo.

—Eso más bien parece efecto del viento marino —comentó su padre—. Si lo sabré yo... Ana, ¿habéis navegado también por el Tirreno?

—Bueno... un día remontamos el Tíber en una barcaza.

—¡Ana, no inventes mentiras!

La voz desagradable de la señorita Bárbara se entrometió en la conversación, provocando el desconcierto de los padres.

—Quiero que sepan que estoy realmente disgustada por la conducta de su hija durante el viaje —gruñó la *Barbie*—. Se ha escapado dos veces del grupo ¡y una de ellas durante la noche! Cuando deseen, puedo darles más detalles en el instituto. Han malgastado ustedes su dinero. ¡Ana no ha sacado ningún provecho de este viaje!

La vieja profesora siguió su camino. El padre de Ana levantó un índice amonestador:

—Anita... Roma es bella de noche, pero también peligrosa.

Mario pasó a pocos metros de la chica, cargado con su bolsa de viaje. Se detuvo y la miró, algo indeciso. Ana le sonrió con timidez y alzó una mano en señal de despedida.

El gesto no pasó inadvertido al padre de la muchacha.

–Bueno, quizás no tan peligrosa si sales bien acompañada –añadió.

Mientras se dirigían al coche, la madre de Ana hizo una nueva pregunta:

–Cuéntame, ¿hiciste la prueba de los prismáticos? ¿Escuchaste el *Réquiem* de Mozart ante el Juicio Final de Miguel Ángel?

–Por supuesto, mamá. Fue lo primero que hice al entrar en la capilla Sixtina.

–¿Y cómo fue la experiencia?

–No te lo puedes imaginar.

Los días de verano fueron avanzando y Ana no tuvo más remedio que acostumbrarse a su vida cotidiana. Los dos chicos acordaron no decir ni una sola palabra sobre la aventura. Pero la muchacha también se había prometido a sí misma no olvidarla nunca, y no dejaba pasar una sola jornada sin repasar en su imaginación los detalles de aquel viaje extraordinario.

Como en las escenas de una película, Ana revivía con emoción lugares y personajes. El primer encuentro con Virgilio. El heroico sacrificio de Sagunto. La vista de Roma desde el Tíber. La conversación con Escipión en el templo púnico. La lectura de la *Eneida*... Fortunato Simón. Marco. Dibus... Y Lida. Nada debía quedar en el olvido. Y mucho menos la muchacha saguntina.

En ocasiones, el recuerdo de su mejor amiga la sumía en una tristeza agridulce. Entonces tomaba el diccionario de latín y traducía de nuevo los pasos del oráculo, como aquella noche en el hotel del Velabro, cuando se decidió a descifrar el enigma de Amaltes. Porque, a falta de recuerdos palpables, Ana sólo encontraba consuelo para su nostalgia en sus prismáticos y en el diccionario de latín, de tapas viejas y desgastadas, que había pertenecido antes a su padre.

Un día, de modo imprevisto, Mario apareció en el jardín de su casa, acompañado por la pandilla de clase, y Ana escuchó el ruego más extraño que nunca le habían hecho: ¡historias! El muchacho había explicado a los demás que Ana conocía historias increíbles sobre los mitos del mundo antiguo. ¡Sobre la propia ciudad donde vivían! Por primera vez en su vida, la chica abandonó sus costumbres de ratón de biblioteca y descubrió las excursiones en bici. Recorrió las playas y los montes que rodeaban Cartagena. Y al hilo de historias nuevas y viejas, Ana, el bicho raro, hizo nuevos amigos. Mario desempolvó su planisferio y las noches de verano, antes repletas de anónimas estrellas, se llenaron de dioses, monstruos y gigantes. Y entonces, sobre la pantalla de cine del firmamento, Ana y Mario transformaban los astros en actores y proyectaban leyendas fascinantes..., sin olvidar nunca aquel relato de aventuras en que un joven campeón, a lomos de un caballo alado, rescataba a una princesa de las fauces de un monstruo marino.

Mario estuvo a punto de faltar a su promesa y una noche transformó la constelación de la Corona Boreal en la diadema de Amaltes. Mintiendo con el mayor de los descaros, el chico narró a toda la pandilla un nuevo mito. El de una joven adivina enamorada, que prefirió sufrir una condena de mil años, encerrada en una cárcel de cristal, antes que consentir la muerte de su amado.

Poco a poco, aquel grupo de muchachas y muchachos aprendió a llamar a su ciudad con nombres nuevos: Mastia, Qart-Hadashat, Nueva Cartago... Aquellos nombres con que también la habían llamado los héroes y los hombres del pasado.

Algunas semanas después de su regreso de Roma, Ana se armó de valor y se atrevió a hacer algo cuya sola idea le causaba auténtico pánico. Entró en el estudio de sus padres y, a hurtadillas, cogió de la estantería un tomo de la enciclopedia del arte. Pasó las páginas dedicadas a Miguel Ángel Buonarroti y se detuvo ante las láminas de la Capilla Sixtina.

Por segunda vez, contempló su propio rostro en el de la sibila de Cumas.

Al pie de la lámina, el autor de la enciclopedia había incluido un breve párrafo explicativo:

Miguel Ángel pintó a Amaltes, la principal de las cinco sibilas, entre los profetas Isaías y Daniel. La amada de Apolo luce en su frente una diadema con la imagen del dios de los oráculos. Debido a su profecía del nacimiento de Cristo, la sibila cumana ocupa un puesto central entre las adivinas de la Antigüedad. Basándose en las tradiciones romanas y en los Libros sibilinos, el poeta Virgilio también expresó este anuncio en su cuarta Bucólica, poema que la sibila muestra en sus manos.

–¡La sibila de Cumas!

Ana dio un respingo. Su padre acababa de escurrirse silenciosamente en el estudio.

–Estaba... recordando la visita a los Museos Vaticanos.

–Cinco sibilas –dijo su padre haciendo memoria–: eritrea, pérsica, délfica, líbica y cumana. ¿Sabías que la sibila de Cumas vivió mil años? La pobre pasó la mayor parte de ellos dentro de un ánfora de cristal, colgada del techo en el templo de Apolo. Hasta que una misteriosa joven se aventuró en su antro para rescatarla. Claro, que eso sólo es una leyenda.

Ana arqueó las cejas y fingió admiración. Su padre se acercó a la ilustración de Amaltes y miró después a su hija.

–Por cierto –añadió algo perplejo–, ¿sabes que te pareces mucho a ella?

Septiembre irrumpió como un entrometido, disipando ilusiones veraniegas. Las horas de sol empezaron a menguar y comenzó un nuevo curso. Otro más. Y la vida de Ana recuperó por completo su pulso rutinario.

Una tarde, a la vuelta del instituto, su madre se encargó de romper la monotonía:

–Tienes una carta –dijo, señalando el aparador del vestíbulo.

Ana dejó la mochila y miró a su madre con curiosidad. Un sobre que imitaba la textura del pergamino destacaba sobre la brillante superficie barnizada. Ana lo tomó con ambas manos. El nombre de la chica aparecía escrito con cuidadosa caligrafía, pero no se veía el remite por ningún lado.

—¿Un anónimo? —preguntó con asombro.

Rasgó el papel. Su intriga aumentó cuando extrajo una tarjeta navideña.

—¡Una tarjeta navideña! —exclamó uno de sus hermanos—. Chica, tienes amigos muy raros. Apenas ha terminado el verano...

Ana abrió la tarjeta y encontró una felicitación todavía más misteriosa:

Con ese niño que nace terminará al fin
la edad de hierro y surgirá la edad de oro
para todo el mundo...

ITE AD PORTUM CIVITATIS

NOVAE CARTHAGI

IN HORA SEXTA

ET IN MENSIS NOVISSIMI DIE

El corazón de la muchacha comenzó a latir sin control:

—Mamá... ¿conoces esta imagen? —preguntó disimulando la emoción.

La madre de Ana cogió la tarjeta y contempló una imagen de mármol que mostraba a la Virgen con el niño en brazos.

—Tu amigo secreto tiene buen gusto. Es la *Virgen de la escalera*, de Miguel Ángel.

Con el pecho rebosante de alegría, Ana voló hasta la planta superior y entró en su habitación. Tomó el diccionario de latín y tradujo en dos minutos el mensaje: «Acudid al puerto de la ciudad de Nueva Cartago, a la hora sexta del último día del mes.»

El 30 de septiembre, a las doce y media del mediodía, dos bicicletas derrapaban sobre el muelle principal de Cartagena, ahuyentando con su aparatosa frenada a un grupo de tranquilas gaviotas.

Ana y Mario saltaron jadeantes de sus bicis y miraron alrededor. Los últimos viajeros de un ferry extranjero descendían por la pasarela y se dispersaban hacia las aduanas del puerto. Sobre el muelle vacío sólo quedaron dos estudiantes frenéticos.

–¡Hemos llegado bastante tarde! –Ana golpeó con rabia el manillar de su bici de montaña–. ¡Más de treinta minutos! ¿Y ahora qué hacemos, señor puntual?

–¡Ya te he dicho que lo siento! Precisamente hoy la *Barbie* tenía que estar de guardia...

La chica echó un nuevo vistazo a la cubierta vacía del ferry.

–¡El amo de las pellas! –replicó en tono irónico.

Mario bajó la cabeza con un sentimiento de culpabilidad. Ninguna excusa, por muy buena que fuera, podía justificar su retraso en una cita tan especial como aquélla.

–No debiste esperarme.

Como por encanto, el malhumor se desvaneció en el rostro de Ana.

–Perdóname, Mario. Sé que deseas ver a Virgilio tanto como yo. Además, la invitación también se dirigía a ti: por primera vez, el mensaje decía «acudid» en lugar de «acude». No es sólo mi cita.

Las gaviotas retornaron a sus puestos con timidez, tras abrazar con suaves círculos el cielo limpio de la bahía. Por unos instantes, los destellos del sol sobre las aguas trémulas hipnotizaron al muchacho y su imaginación revivió los días de Qart-Hadashat, cuando la ciudad apenas fundada caía bajo los hombres de Publio Cornelio Escipión. Veintidós siglos después, a Mario le costaba creer que él también hubiera participado en aquellos sucesos. Pensó en Dibus y en su sacrificio.

Por él, su aventura a través del tiempo había llegado a buen término.

Por él, la aventura de su propia vida comenzaba a dibujarse.

–Ana, nunca te he dado las gracias por responder a aquella llamada de socorro –Mario sonrió a la muchacha con melancolía–. Aquella noche estuve a punto de arruinarlo todo. Y hoy también... No tengo remedio. Deberías pegarme una bofetada como aquélla que me diste en el metro de Roma.

Ana soltó una carcajada feliz.

–¿Dónde se ha metido ese chaval vacilón que conocí el curso pasado? ¡Ése que se metió en el vientre de la ballena con su tabla de *surf*!

El tremendo bocinazo de una sirena les hizo dar un salto. A sus espaldas, en el muelle contrario, una multitud se apresuraba a subir a bordo de un segundo ferry. El buque hizo sonar de nuevo su sirena. Ana vio a un par de pasajeros rezagados que atravesaban la explanada del puerto desde el edificio de la aduana.

–¡Ana! ¡Mario!

Una joven de rostro moreno corría hacia ellos con los brazos extendidos, sin cesar de repetir sus nombres. Vestía vaqueros rojos y su blusa blanca destacaba sobre el azul de mar como una vela henchida al viento. Al reconocer a Lida, Ana dejó caer su bici al suelo y salió al encuentro de su amiga. Tras ella marchaba un hombre maduro de barba y cabellos plateados.

Ana y Lida se detuvieron frente a frente, incapaces de pronunciar una sola palabra, paralizadas por completo, inundadas por una alegría que ninguna sabía expresar. Decir amigas era decir muy poco. Sólo al abrazarse, después de meses interminables, supieron que aquella reunión a través de los siglos no era un hechizo más.

Virgilio guiñó un ojo a Mario. El poeta había abandonado su toga y su uniforme por unos viejos pantalones de paño y un jersey negro de cuello alto.

–Feliz encuentro –el anciano besó la frente de Ana y estrechó la mano del joven–. Os pido disculpas por nuestro retraso. A veces no resulta fácil ser puntual cuando se viaja en el tiempo...

–Somos nosotros quienes llegamos tarde –dijo Mario algo confundido.

–En mi mensaje os citaba a las doce en punto, pues nuestro ferry zarpa a las doce cuarenta y cinco. Pero, por culpa nuestra, sólo disponemos de diez minutos para estar juntos otra vez.

Los ojos de Ana se llenaban de lágrimas. Tomó las manos de Lida en las suyas.

–Pero... ¿es que no vais a quedaros con nosotros? Ahora que nuestra aventura ha terminado, después de tantos días de espera... Por favor, ¡quedaos aquí! ¡Hemos deseado tanto este momento...!

La muchacha de Arse sonrió con dulzura y, comprendiendo el dolor de Ana, replicó:

–No puedo regresar con los míos, pues los he perdido para siempre. Arse supone para mí tanto dolor... Cuando decidí acompañaros sabía que emprendía un viaje sin retorno. Mi destino quedaba unido al vuestro, pero aún no estoy preparada para vivir entre vosotros.

Ana iba a replicar con un reproche, pero Lida siguió:

–Compréndelo, necesito aprender muchas cosas nuevas. Tantas o más de las que vosotros mismos aprendisteis durante nuestra aventura.

–No existen cursillos acelerados para asumir veintitrés siglos de historia –intervino Virgilio.

–Un día volveré y me quedaré para siempre –dijo Lida.

Ana se limpió las lágrimas y asintió en silencio.

–Tal vez podría alojarse en tu casa, pero solamente durante los veranos –dijo Virgilio–. Comprende que tu familia no debe advertir nada extraño.

Tanto Ana como Mario sospechaban que había llegado el final de los viajes en el tiempo. El chico miró al viejo poeta con semblante triste.

–¿Terminaron para siempre nuestras aventuras? –preguntó.

–¡Oh, nada de eso! –exclamó Virgilio–. La auténtica aventura comienza ahora. ¡Cruzasteis el verdadero umbral en vuestro viaje de vuelta, cuando aparecisteis sanos y salvos al otro lado del arco de Jano!

El anciano señaló hacia el levante.

–Lida, en cambio, aún debe concluir su propio viaje. Nuestro barco zarpa rumbo a Zakyntos. La isla griega de donde proceden sus antepasados, ¡los mismos que fundaron Arse! Ella no puede regresar a su patria, pero vosotros sí podéis acogerla en vuestra época. Únicamente os ruego que tengáis un poco de paciencia.

–Mi destino todavía está unido al vuestro, recuérdalo –dijo Lida. Y sus palabras avivaron el recuerdo y la aventura en los tres jóvenes.

La sirena bramó de nuevo. Un empleado de la compañía naviera se aproximó hacia Virgilio con ademán inquieto, incapaz de imaginar el dolor de aquella despedida. Lida y Ana se abrazaron por última vez. Sólo la esperanza del reencuentro aliviaba la pena de sus corazones, tan idénticos como aquellos gemelos que protegían Roma desde tiempo inmemorial.

–Gracias por traerla de vuelta –susurró Ana con un hilo de voz.

–Tú la trajiste, ¿recuerdas? –corrigió Virgilio. El poeta reparó en la tristeza de Mario y apretó con su mano el hombro del chico–. Sé lo que estás pensando. Él no puede volver. Pero de alguna manera, Dibus está aquí también, haciendo posible este encuentro feliz y misterioso. Porque, ¿sabéis?, el sacrificio de los héroes es el único misterio que mantiene en marcha la gran rueda de la historia. Octavio me pidió un canto para honrar a Eneas, el héroe fundador de Roma. Pero de todos mis poemas, sólo me siento orgulloso de aquél que compuse en honor de un niño pequeño y débil.

Se detuvo y añadió con buen humor:

–Como vosotros.

Lida y Virgilio ascendieron por la pasarela hasta la cubierta del ferry. La muchacha se volvió para agitar su mano por última vez y Ana dejó de ver a su amiga. La sirena emitió el bramido definitivo. El rugido de los motores se hizo más intenso y el buque comenzó a alejarse del muelle.

Impulsado por un golpe de ilusión repentina, Mario saltó sobre su bicicleta:

–¡Sígueme, Ana!

La muchacha lo imitó sin dudar. En un par de minutos, alcanzaron la estación de cercanías y subieron con sus bicis a un tren.

Las puertas automáticas del vagón se abrieron dos paradas adelante, cerca de la costa del Mar Menor. De nuevo en tierra, Ana y Mario pedalearon sin descanso, atravesando veloces los caminos cubiertos por el polvo de las minas. Aspiraron el aliento dulce de los naranjos y el aroma de los olivos. Olivos recios, milenarios, antiguos como el mar que se abría ante sus ojos.

Saltaron de las bicicletas y subieron a la carrera el último trecho que ascendía hasta lo alto del faro. Entonces contemplaron el mar bajo el sol tibio del otoño recién estrenado. A lo lejos, tras el cabo de Palos, la estela del ferry se perdía rumbo a oriente, más allá de los peñascos barridos por la canción espumosa de las olas.

Y ante la mirada de los vencedores del tiempo, el Mediterráneo abrazó a la nave en su confín.

Ana y Mario se cogieron de la mano sobre el Promontorio de Saturno.

Drammatis personae

Amaltes
Nombre propio de la sibila de Cumas, también llamada Deífoba.

Amílcar Barca
Líder cartaginés. Emprendió la conquista de la Iberia mediterránea tras la derrota de Cartago en la primera guerra púnica. Hizo jurar a su hijo Aníbal odio eterno contra Roma.

Andrómeda
Princesa etíope rescatada por Perseo cuando estaba a punto de ser devorada por un monstruo marino, como sacrificio a Poseidón.

Aníbal Barca
General cartaginés, hijo de Amílcar Barca, que provocó la segunda guerra púnica entre Roma y Cartago tras cercar y arrasar Sagunto en el 219 a. C. Durante el asedio fue herido en una pierna por la falárica que le arrojó un ibero desde una muralla. Partió de Nueva Cartago con un ejército de soldados, caballos y elefantes, atravesó los Alpes y venció a los romanos en varias batallas libradas en su propio territorio. Sin embargo, no se atrevió a invadir Roma, la ciudad de las siete colinas, mientras aguardaba en Italia unos refuerzos que nunca llegaron. Fue derrotado definitivamente por Publio Cornelio Escipión en la batalla de Zama (202 a. C.).

Anquises
Padre de Eneas, el héroe troyano fundador de Roma. Su hijo le visitó en el Hades.

Apolo
Dios de las artes, de la luz y de la música, relacionado con el Sol. Poseedor de los oráculos, concede a quien desea el don de la adivinación y habla por boca de sibilas y augures.

Artemisa
Hermana gemela de Apolo. Es la diosa de la caza, protectora de las jóvenes y está relacionada con la Luna. Se asimila a Diana en el panteón romano.

Asdrúbal
Yerno de Amílcar Barca, a quien sucedió al frente del dominio cartaginés en Hispania. Fundó Nueva Cartago en el año 227 a. C. y negoció con Roma un tratado que fijaba en el Ebro el límite de la expansión cartaginesa. A su muerte, Aníbal ocupó su lugar.

Asdrúbal Barca
Hermano de Aníbal, permaneció en Hispania durante la invasión cartaginesa de Italia. Fue derrotado por los Escipiones. Las tropas de refuerzo que envió a Aníbal, necesarios para su costosa campaña de conquista, no llegaron nunca.

Asinio Polión, Gayo
Político y escritor romano contemporáneo de Octavio Augusto. Fue gobernador de la Galia Cisalpina y fundó en Roma la primera biblioteca pública de la historia, que situó en el templo de la Libertad del Monte Aventino. Como fue protector y amigo personal de Virgilio, le animó a que escribiera las *Bucólicas*.

Atlante

También llamado Atlas, es un titán hijo de Japeto que fue condenado a soportar la bóveda del cielo sobre sus espaldas.

Caronte

Viejo barquero del Hades que conducía a los muertos a través de la Laguna Estigia hasta el portal del Érebo. Sólo admitía en su barca a quienes le pagaran con el óbolo que, según la costumbre, los familiares colocaban bajo la lengua del difunto.

Cástor y Pólux

Gemelos de las mitologías griega y romana, hermanos de Clitemnestra y de Helena de Troya. Expertos jinetes y domadores de caballos, fueron inseparables y vivieron juntos innumerables aventuras.

Catón, Marco Porcio

Cónsul romano, contemporáneo de Escipión y de Aníbal. Luchó contra la corrupción, escribió la primera historia de Roma y fue el principal instigador de la tercera guerra púnica, que terminó con la destrucción de Cartago. Todos sus discursos en el senado terminaban con el grito *Delenda est Carthago!* («¡Cartago debe ser destruida!»).

Cayo Lelio

Almirante de la escuadra romana a las órdenes de Publio Cornelio Escipión durante la conquista de Nueva Cartago. Bloqueó con su flota de treinta quinquerremes la bahía que comunicaba la ciudad con el mar, mientras Escipión invadía la fortaleza por tierra. En pago a sus méritos, la república le concedió la corona de oro.

Ceres

Diosa romana de la agricultura, equivalente a la Deméter de los griegos. Su encuentro anual con Proserpina (Perséfone en Grecia) provocaba la fertilidad de los campos.

Cleopatra

Fue declarada reina de Egipto por Julio César tras su victoria sobre Tolomeo XIV. Tras el asesinato de César, Marco Antonio se divorció de Octavia para casarse con ella y gobernar en el reino del Nilo. En el años 31 a. C., Octavio declaró la guerra a los dos reyes y se enfrentó con la escuadra egipcia en la batalla de Accio. Tras conocer la falsa noticia de la muerte de su esposa, Marco Antonio se suicidó. Incapaz de soportar la humillante desgracia que la aguardaba, Cleopatra también se quitó la vida (según la costumbre, probablemente se dejó morder por un áspid).

Cneo Cornelio Escipión

Militar romano, hermano de Publio y tío de Publio Cornelio Escipión el Africano. Desembarcó con sus legiones en Ampurias en el 218 a. C., en la costa de Cataluña, y comandó junto a su hermano el ejército que se enfrentó a las tropas cartaginesas en Hispania.

Daniel

Uno de los profetas mayores del Antiguo testamento. A finales del siglo VII a. C. fue deportado a Babilonia, donde destacó en las cortes de Baltasar y Nabucodonosor como intérprete de sueños. Fue arrojado por los babilonios a un foso de leones, pero sobrevivió milagrosamente. Miguel Ángel le dedicó un lugar especial en el techo de la capilla Sixtina.

Dárdano

Héroe mitológico, hijo de Zeus y de Electra. Fue gobernador del noroeste de Asia Menor, región a la que denominó Dardania. Su nieto Tros fundó Troya.

David, rey

Segundo rey de Israel, sucesor de Saúl, que vivió hacia el año 1000 a. C. Fue elegido rey por el profeta Samuel cuando sólo era un adolescente que cuidaba los rebaños de su padre. Su fama se inició en el ejército de Saúl, tras vencer con su honda al gigante filisteo Goliat. Conquistó Jerusalén y fue padre del rey Salomón.

Dido

Reina y fundadora de Cartago, también llamada Elisa. Se enamoró de Eneas y, despechada, se suicidó cuando el héroe la abandonó.

Dióscuros

Nombre con el que se conoce a los gemelos Cástor y Pólux. Sus figuras solían representarse a modo de adornos de las naves romanas.

Eneas

Príncipe troyano, hijo de Anquises y de la diosa Venus. Sobrevivió a la destrucción de Troya y se convirtió en líder de las familias supervivientes, con las que se hizo a la mar en un azaroso viaje que le llevó por Creta, Sicilia y Cartago. Protegido por Júpiter y Venus, navegó durante varios años hasta que llegó con su pueblo a las costas del Lacio, en Italia, donde fue coronado rey. Virgilio narró su gesta en la *Eneida*, relato sobre la fundación mítica de Roma.

Ezequiel

Uno de los profetas mayores del Antiguo testamento. Fue deportado a Babilonia en el siglo VI a. C., tuvo visiones de la gloria de Dios, ejerció como sacerdote y como legislador y, sobre todo, difundió con afán la esperanza del Mesías entre el pueblo de Israel.

Goya, Francisco de

Pintor aragonés (1746-1828). Decoró parte de las cúpulas de la Basílica del Pilar y fue nombrado pintor de cámara de Carlos IV. Su obra está influida primordialmente por Rembrandt y Velázquez, y en ella destacan las escenas costumbristas, los hechos heroicos de la guerra de la independencia, los retratos de personajes de la corte y, ya al final de su vida, una oscura visión del ser humano. Es a esta última etapa pertenece su pintura *Saturno devorando a sus hijos*. Buena parte de sus cuadros, considerados obras maestras de la historia del arte, puede admirarse en el Museo del Prado de Madrid.

Hércules

Héroe llamado Heracles por los griegos. Hijo de Zeus y de Alcmena, nació dotado de una fuerza descomunal y realizó doce trabajos portentosos, encomendados por su primo Euristeo. Entre ellos destacan las muertes de la hidra de Lerna, del león de Nemea y de Gerión, rey de Tartessos, o la separación de África y Europa en el fin del mundo, donde colocó sus famosas columnas, conocidas como las columnas de Hércules. Su mito está íntimamente relacionado con las leyendas de la antigua España.

Homero

Rapsoda griego de existencia no probada, si bien se estima que vivió hacia el siglo VIII a. C. Es el autor de los poemas épicos la *Ilíada* y la *Odisea*, en los que narra, respectivamente, las hazañas de los héroes de la larga guerra de Troya (Héctor, Áyax, Aquiles, Agamenón...) y las peripecias de Ulises, rey de Ítaca, durante su travesía de regreso a su patria.

Horacio

Poeta romano del siglo I a. C., contemporáneo de Julio César y de Octavio Augusto, y representante de la edad de oro de la literatura latina. Virgilio se lo presentó a Mecenas, protector de los artistas de Roma. Escribió *Epístolas, Sátiras, Odas* y *Epodos*.

Isaías

Profeta mayor del Antiguo Testamento cuyo libro figura en primer lugar. Vivió en Israel hacia el siglo VIII a. C. Entre sus escritos destacan los capítulos que dedicó a los sufrimientos del "siervo de Yahvé", que profetizan la pasión del Mesías para salvar a su pueblo.

Jano

Dios romano de las puertas y de los comienzos, a quien se invocaba el primer día del primer mes del año (*ianuarius*, de donde procede la palabra *enero*). Mientras Roma estaba en guerra, las puertas de su templo permanecían abiertas. Jano no tiene equivalente en la mitología griega, y su templo más importante se encontraba en el Foro romano, construido con puertas que miraban al este y al oeste. Según la leyenda, Jano fue rey de las tierras del Lacio en los tiempos míticos y dio cobijo a Saturno durante su destierro.

Jonás

Profeta menor del Antiguo Testamento. Recibió el encargo de Dios de predicar la conversión de Nínive con objeto de evitar su destrucción, pero Jonás temió y decidió embarcarse con rumbo hacia Tarsis. Fue arrojado por la borda durante una tempestad y engullido por un pez gigante, que lo expulsó al cabo de tres días.

Julio César

Cónsul romano (100-44 a. C.). Gobernó la Hispania Ulterior en Gades, luchó contra Pompeyo en la Bética y conquistó las Galias. Aclamado como dictador de Roma, fue asesinado por la conspiración de Bruto y Casio. Con su gobierno terminó la república y se inició un período de transición (triunviratos) que concluyó con el coronamiento de su protegido Octavio como primer emperador.

Juno

Diosa romana, hermana y esposa de Júpiter. Equivalente de la Hera griega, se la adoraba como protectora de las mujeres, de los casamientos y del estado romano.

Júpiter

Padre y rey de los dioses, hijo del titán Saturno. Equivalente de Zeus, Júpiter también gobernaba los cielos y su arma principal era el rayo. En Roma se le denominaba Júpiter Óptimo Máximo y su templo principal presidía la colina del Capitolino. Júpiter, Juno y Minerva integraban la tríada de dioses fundamentales de Roma.

Laocoonte

Sacerdote de Apolo que, en el último año de la guerra de Troya, advirtió a sus compatriotas troyanos sobre el misterioso caballo aparecido ante las puertas de la ciudad, repleto de soldados griegos. Poseidón, protector de los aqueos, envió dos serpientes marinas que acabaron con él y con sus dos hijos pequeños. Pronunció ante el pueblo una famosa frase que se recoge en la *Eneida*: *Timeo Danaos et dona ferentes*! («¡Temo a los griegos incluso cuando traen regalos!»).

Lavinia

Figura mitológica romana, fundadora del reino del Lacio. Cuando Eneas alcanzó la desembocadura del Tíber se enamoró de Lavinia, hija de Latino, rey del Lacio. De los descendientes de Eneas y Lavinia nació el pueblo romano.

Magón Barca

Hermano de Aníbal y de Asdrúbal, fue uno de los tres «leoncillos» hijos de Amílcar. Estaba al frente de Nueva Cartago durante la conquista de Escipión. La ciudad de Mahón, que se encuentra en Menorca, debe su nombre a este personaje.

Marcelo

Hijo de Octavia y sobrino de Octavio Augusto. Fue escogido sucesor del emperador, pero su muerte prematura hizo que se frustraran los planes de su tío. Es citado por Virgilio en la *Eneida* como uno de los héroes de Roma. Durante la lectura del poema, la mención de su nombre provocó el desmayo de Octavia.

Marco Antonio

General romano (83-30 a. C.), vencedor de los asesinos de Julio César y miembro del triunvirato junto con Octavio y Lépido. Se repartió el mundo romano con ellos y recibió la extensión comprendida entre la Iliria y el río Éufrates. Enamorado de Cleopatra, provocó la guerra con Octavio al decidir la división de su territorio entre la reina de Egipto y sus hijos. Después de la derrota de Accio, se suicidó al recibir la falsa noticia de la muerte de Cleopatra.

Marco Aurelio

Emperador y filósofo estoico romano (121-180 d. C.). Sucesor de Antonino Pío, afianzó las fronteras del imperio tras contener a los germanos en la línea Rhin-Danubio y vencer a los partos en Siria. Culminó su obra *Pensamientos* mientras mantenía las campañas militares en el noroeste de Europa, con las cuales pretendía extender el poder romano hasta Polonia.

Marco Vipsanio Agripa

General romano fallecido en el año 12 a. C. Octavio Augusto le debió en gran parte sus éxitos militares, entre los que destacan la batalla naval de Accio contra Marco Antonio y Cleopatra, y el final de la conquista de Hispania tras su victoria contra los cántabros. Agripa construyó el Panteón de Roma para conmemorar el triunfo de Accio. Fue sucesor frustrado de Octavio Augusto.

Marte

Dios de la guerra, hijo de Júpiter y de Juno, equivalente al Ares griego. Padre de Rómulo, fue una de las divinidades fundamentales de Roma.

Mecenas

Político romano (74-8 a. C.), amigo y consejero de Octavio Augusto. Actuó como diplomático y fue benefactor de escritores y artistas, como Horacio y Virgilio.

Melkart

Dios marino de los fenicios, asimilado a Hércules en la mitología griega. Señor de Tiro y de Gadir, contaba con numerosos santuarios en las costas del Mediterráneo. Melkart significa «rey de la ciudad». Su templo de Gadir contaba con un famoso oráculo y en él se guardaban las cenizas de Hércules. El emplazamiento del oráculo estaba situado en el actual islote de Sancti Petri.

Miguel Ángel Buonarroti

Arquitecto, pintor y escultor (1475-1564) nacido en Arezzo. Fue una de las figuras más representativas del Renacimiento italiano en Roma y en Florencia. De su obra escultórica destacan la *Piedad* y el *David*, así como la tumba de los Medici. Pintó los techos de la capilla Sixtina y, ya en su madurez, decoró también el muro frontal del recinto con el *Juicio Final*. Como arquitecto, continuó y reformó el proyecto de la Basílica de San Pedro en Roma, en la que destaca su cúpula monumental.

Minerva

Diosa guerrera de la sabiduría, nacida de la cabeza de Júpiter. Es la diosa equivalente a la Atenea de los griegos. Junto con Júpiter y con Juno, integra una de las tríadas divinas de Roma.

Minos

Rey de Creta, hijo de Zeus y de la princesa fenicia Europa. Construyó un laberinto en su palacio para esconder al Minotauro, monstruo al que cada año ofrecía en sacrificio las vidas de siete jóvenes y siete doncellas atenienses. Minos y su hermano Radamantis llegaron a ser jueces de los muertos en el Hades.

Moloch

Nombre temible de Baal, a quien se ofrecían sacrificios humanos. Asimilado a Cronos en la mitología griega.

Mozart, Wolfgang Amadeus

Compositor austríaco (1756-1791), genio musical y niño prodigio en instrumentos de tecla. A pesar de que apenas vivió treinta y cinco años, escribió un gran número de misas, oratorios, conciertos y sinfonías. Su famoso *Réquiem* en re menor destaca entre sus obras religiosas. Entre sus óperas cabe mencionar *Don Juan*, *La flauta mágica*, *Las bodas de Fígaro* y *El rapto en el serrallo*.

Neptuno

Dios romano de mares y océanos, hijo del titán Saturno y de Rea. Es el Poseidón de los griegos.

Net

Dios ibero de la guerra y protector de los caídos en combate.

Numitor

Rey de Alba Longa. Según la mitología romana, tomó a los gemelos Rómulo y Remo, nacidos de su hija Rea Silvia, y los arrojó al Tíber en una cesta para evitar, de este modo, que sus nietos le disputasen el trono.

Octavia

Hermana de Octavio, que llegó a ser el emperador Augusto. Fue abandonada por su esposo Marco Antonio, quien la dejó por la reina Cleopatra de Egipto y provocó la guerra contra Octavio. Su hijo Marcelo fue escogido sucesor de Octavio, pero la prematura muerte del joven frustró los planes del emperador. Durante la primera lectura de la *Eneida* en el Palatino, se desmayó al escuchar la mención del nombre de su hijo como uno de los héroes de Roma.

Octavio Augusto

Primer emperador de Roma (63-14 a. C.). Su tío abuelo Julio César lo escogió como sucesor. Integró el segundo triunvirato junto con Marco Antonio y Lépido. Tras vencer a Marco Antonio, el senado le otorgó el título de *augusto* («consagrado»), después equivalente a *emperador*. Asumió el poder absoluto en términos militares, políticos y religiosos. Su reinado puso fin a un siglo de guerras civiles y supuso la hegemonía de Roma sobre todos los pueblos de la ribera mediterránea. A su muerte le sucedió su hijastro Tiberio.

Ofiuco

Constelación ecuatorial que representa a Esculapio, el dios romano de la medicina, con la constelación de la Serpiente enroscada en su torso.

Orión

Una de las constelaciones favoritas de los amantes de la astronomía. Contiene una nebulosa en torno a los tres cuerpos celestes que componen su cinturón. Sus estrellas más brillantes son Betelgeuse, Rigel y Bellatrix. Orión toma su nombre del gigante cazador de la mitología griega, hijo de Poseidón y de una de las gorgonas.

Pegaso

Caballo alado de Perseo, nacido del cuello decapitado de Medusa.

Perseo

Héroe de la mitología griega, hijo de Zeus y Dánae. Decapitó a Medusa y se casó con la princesa Andrómeda, tras rescatarla de un monstruo marino que iba a devorarla. Hefesto forjó para él una espada llamada Harpe.

Pléyades

Las siete hijas de Atlas y Pléyone: Maya, Taigete, Alcíone, Celeno, Astérope, Electra y Mérope. Fueron convertidas en palomas por los dioses para que pudieran escapar del asedio del gigante Orión. Ambas constelaciones, Orión y las Pléyades se encuentran próximas en el firmamento.

Publio Cornelio Escipión

General romano (234-183 a. C.), héroe de la segunda guerra púnica contra Cartago. Su victoria sobre los cartagineses supuso el inicio de la conquista de Hispania, primera provincia de Roma. Tras desembarcar en Ampurias, protagonizó un ataque sorpresa contra Nueva Cartago y conquistó la ciudad cartaginesa más importante en territorio ibérico (209 a. C.). Consiguió expulsar de Hispania a Asdrúbal Barca, pero no pudo impedir que cruzara los Pirineos para auxiliar a su hermano

Aníbal, que amenazaba la capital de la república. Tras regresar victorioso a Roma, fue elegido cónsul en el año 205 a. C. Venció a Aníbal en la batalla de Zama y recibió el sobrenombre de el Africano.

Ra
Dios del Sol según la mitología egipcia, con cabeza de halcón y cuerpo humano.

Rómulo y Remo
Gemelos hijos de Marte y de Rea Silvia, princesa latina de Alba Longa. Su abuelo Numitor los arrojó al Tíber dentro de una canasta, pero una loba los rescató y los amamantó en las laderas del Monte Palatino. Ya adultos, fundaron Roma en esta colina. Rómulo demarcó el perímetro de la ciudad con un muro y, tras asesinar a su hermano Remo durante una disputa, permaneció como único rey de Roma.

San Bartolomé, apóstol
Uno de los doce apóstoles escogidos por Jesús. También llamado Natanael, San Juan le habló de su encuentro con el Mesías y se lo presentó. Según la tradición, predicó el Evangelio en la India y fue desollado.

Saturno
Dios romano identificado con Cronos en la mitología griega. Según una tradición diferente a la griega, Saturno emigró a Italia tras ser desterrado y allí fue acogido por el dios Jano.

Sibila
Las sibilas eran mujeres dotadas por Apolo con el don de profecía. Instala-ban sus santuarios en cavernas o en las cercanías de lagos y ríos, y pronunciaban los oráculos durante sus estados de trance, entregándolos por escrito a quienes se los pedían. En la leyenda griega sólo se conocía a Herófila, la sibila eritrea, que profetizó la guerra de Troya, pero en tradiciones sucesivas su número llegó a diez: la de Samos, del Helesponto, de Cumas, troyana, frigia, cimeria, délfica, libia, tiburtina y pérsica o babilónica. Cuando proyectó la decoración de la capilla Sixtina, Miguel Ángel sólo pintó a cinco de ellas, las más famosas, entre los profetas del Antiguo Testamento (la de Cumas, de Delfos o pítica, líbica, eritrea y pérsica) pues, según una antigua tradición, estas enigmáticas mujeres también profetizaron el nacimiento del Mesías y el Juicio Final.

Sibila de Cumas
Fue la sibila más importante de la mitología romana. Según diversas tradiciones, también se la conocía como Amaltes o Deífoba. Apolo le concedió el deseo de vivir tantos años como granos de arena cupieran en su mano (mil) pero, al no añadir la permanencia en su juventud, se consumió mientras envejecía y ansiaba una muerte que nunca llegaba. Virgilio relató en la *Eneida* la visita que Eneas realiza a su padre Anquises en los infiernos, viaje que el príncipe troyano lleva a cabo gracias a la guía de la sibila. Otra leyenda relata la oferta que Amaltes realizó a Tarquino el Soberbio, último rey de Roma. La sibila de Cumas ofreció a Tarquino nueve libros con profecías por un elevado precio y, tras el rechazo del rey, quemó tres de ellos y le ofre-

ció los restantes por el mismo precio. Tarquino se negó de nuevo y la anciana quemó otros tres. Por último, el tirano compró los tres libros restantes por el precio inicial. Los textos proféticos o *Libros fatales* se depositaron en el templo de Júpiter y fueron consultados a lo largo de la historia de Roma en momentos de grave peligro para la ciudad. Un incendio los destruyó en el año 83 a. C., pero en tiempos de Octavio Augusto se elaboraron de nuevo. Finalmente, los *Libros fatales* desaparecieron de manera definitiva en el año 405 a. C.

Tagotis
Rey de los infiernos. Representa el espanto y los malos augurios.

Tarquino el Soberbio
Séptimo y último rey de Roma (534-496 a. C.). Según la tradición, asesinó a su yerno Servio Tulio, sexto rey de Roma, y compró a la sibila de Cumas tres libros proféticos que fueron custodiados en el templo de Júpiter. Gobernó como un tirano hasta que su sobrino Lucio Junio Bruto lo derrocó en el año 510 a. C., año en que se instauró la república romana.

Tulonio
Dios ibero. Genio protector del hogar y de la familia.

Ulises
Rey de Ítaca, hijo de Laertes y jefe militar aqueo de la guerra de Troya. Famoso por su astucia, ideó el engaño del caballo de madera que los troyanos confundieron con un regalo de los dioses. Homero relató en la *Odisea* las peripecias de su regreso a Ítaca a través del Mediterráneo, durante un viaje de diez años en el que sufrió las insidias de los dioses, con quienes se había enemistado tras la larga campaña troyana.

Velázquez, Diego de Silva
Pintor español (1599-1660) nacido en Sevilla, el más digno representante del Barroco español. Pintor de cámara de Felipe IV en la corte más esplendorosa de Europa, realizó retratos de la familia real, de políticos (como el del conde-duque de Olivares) y de damas de las princesas (*Las Meninas*). *El triunfo de Baco*, *La fragua de Vulcano* y *Las hilanderas* son ejemplos de pinturas de inspiración mitológica. Quedó profundamente marcado por un viaje a Italia, durante el cual recibió la influencia del Renacimiento italiano y de los pintores de su época.

Vesta
Diosa romana del hogar, hija de Saturno y de Rea, hermana de Júpiter, Hera y Deméter. Equivalente de la griega Hestia. Según la leyenda, el fuego llevado por Eneas desde Troya hasta Italia se alimentaba en el templo circular de Vesta, erigido en el Foro de Roma y custodiado permanentemente por seis sacerdotisas (vestales).

Virgilio Marón, Publio
El poeta latino más importante de la Antigüedad (70-19 a. C.). Nació en las proximidades de Mantua; mientras que en su juventud se dedicó a tareas agrícolas, y posteriormente estudió retórica, filosofía y literaturas romana y griega en Milán, en Roma y en Nápoles.

Fue protegido por Cayo Mecenas y por Octavio durante su carrera como escritor. Viajó por Grecia para documentar su poema la *Eneida*, ya casi terminado, sobre los orígenes heroicos y divinos de Roma. Otras obras fundamentales de Virgilio son las *Bucólicas*, poemas de temática pastoril, y las *Geórgicas*, composiciones sobre la vida campesina. La *Eneida* ejerció una influencia notable en la Edad Media y en el Renacimiento. Dante lo incluyó en la *Divina Comedia* como guía a través del infierno y del purgatorio, y Petrarca encontró en el poeta latino un ejemplo de inspiración formal.

Vulcano

Dios romano del fuego, equivalente al Hefesto griego.

Zeus

Padre de los dioses en la mitología griega, hijo del titán Cronos y esposo de Hera, rey de los cielos olímpicos y señor del rayo. Hermano menor de Poseidón, Hades, Deméter, Hera y Hestia, destronó a su padre Cronos tras la guerra entre dioses y titanes, guerra que dio paso a la hegemonía de las divinidades olímpicas y supuso el encierro de los titanes en el Tártaro.

ÍNDICE DE IMÁGENES

ÍNDICE

Antonio Sánchez-Escalonilla

Es profesor de Guión Audiovisual en la Universidad Rey Juan Carlos y siente una debilidad especial por las guitarras eléctricas y las acampadas de alta montaña. Ha publicado dos novelas juveniles más, *La Palabra Impronunciable* y *El Príncipe de Tarsis*, y es autor de *Estrategias de guión cinematográfico* y de la biografía *Steven Spielberg: Entre Ulises y Peter Pan*.